人體標本師

麥克・歐默——著
李雅玲——譯

A KILLER'S MIND

MIKE OMER

獻給里歐拉，因為她能夠理解，連環殺手是適合我們週年紀念假期討論的話題

第一章

伊利諾州芝加哥市，二〇一六年七月十日，星期日

他將液體倒入混合物中，房裡於是充滿甲醛的刺鼻氣味。一開始他討厭這種味道，但他學會了欣賞，了解到這氣味代表的意義，是永恆。防腐液讓一切免於衰敗。「直到死亡將你我拆散」不過是個不爭氣的概念。真愛應該能夠超越死亡。

他添加比上次更多的鹽分，期待成果會更好。這是一個微妙的平衡；他是吃過一番苦頭才弄懂其中奧妙。防腐液確保永生，生理食鹽水則增加了彈性。

一段美好的戀情正是需要彈性。

鎖好的門外傳來咯吱聲。那聲響——一系列不規則的嘎吱作響和刮擦聲，和女孩吃力的呻吟混雜在一起——彷彿在刺激他的神經。她正在試圖幫自己鬆綁，不安分地動來動去，一直想擺脫他——她們剛開始都是這樣，但是情況會有所改變；他會確保這一點，她不會再這樣扭動不停，不會再有悶聲乞憐，也不會再發出嘶啞的尖叫聲。

她會靜止下來，然後他們將學會彼此相愛。

突如其來的撞擊聲破壞了他的專注。他火大了，放下鹽，走向那道門上的門。他解開門鎖，將門推開，光線從後方灑進黑暗的房間。

她躺在地板上蠕動，她將木椅傾倒向一側，椅子壞了。她設法鬆綁自己的腳，並用裸露的

背部把自己的身體推過地面，試圖……做什麼？逃走？沒有出路的。她在有限的空間內扭動赤裸的身體，使他覺得不太舒服，那個動作加上她悶哼的咕噥聲，使她脫離人類範疇，看起來更像隻畜生。這必須停止。

他走進房間，攫住她的手臂將她拉起站好，無視她的尖叫聲。她開始扭動掙扎。

「停止。」他嚴厲地說。

她沒有停止。他差點就揍她了，不過他沒有。他強迫自己深呼吸數次，然後鬆開他堅硬的拳頭。瘀傷不會輕易從屍體上消失，他希望她能在合理的狀況下完整無瑕。

理想上他希望能夠延長這一刻。在關係變質之前，他跟上一個女孩還享用了浪漫的燭光晚餐。那種感覺真是美好。

但是沒有必要了。

他可以把她留在這個房間裡，但她可能會傷害自己，然後刮傷她完美的乳白色肌膚。這不是他所樂見的。

所以相反地，他把她推到他的工作室，讓她坐在他的椅子上。她扭來扭去，左腳踢到他的脛骨。那雙光著的腳踢得很無害，但是很煩人。他從桌上一把抓起手術刀，將鋒利的刀鋒擺在她的左乳上，位置就在乳頭下方。

「妳如果再動來動去，我就要割下去了。」他說，語氣冷峻。

她洩了氣，顫抖著陷入恐懼之中。她的順從使他興奮，就像前戲甜蜜的一刻，他的心跳加快，已經墜入愛河。

他從桌上輕輕拿起事先準備好的絞索，對繩索的質地感到滿意。過去他都是使用普通的棉繩，他很厭惡這種繩索留下的痕跡，摩擦會損傷完美的肌膚。這次他使用人造纖維的多用途繩索，質地光滑怡人，他認為她或許會喜歡這種觸感。

他用繩索繞住她的喉嚨。她一感覺到脖子上的絲質繩索束緊，又開始扭動。但一切已是枉然，且為時已晚。

絞索打了一個簡單的活結，只有一處改造過，他在繩結中卡入一根細長的金屬棒。現在他滑動那個繩結，直到絞索緊束她的喉嚨——緊到不會滑動即可。他只要留下一個痕跡就夠了，不需要更多。然後，他握住金屬棒順時針旋轉，一圈、兩圈、三圈——絞索緊緊咬住她的脖子，愈來愈緊，她扭動得愈來愈張狂，一隻腳狂暴地撞擊桌子，這肯定會留下瘀傷。最後一次旋轉……這就夠了。

隨著她的扭動減緩，他思索著繩索是否會留下傷痕。他一開始希望不要留下任何痕跡，但他現在把這個記號當成他送給她的第一份禮物，就像一條用來代表彼此牽絆的漂亮項鍊，一般人只會用手指上的戒指來當成象徵，難怪離婚率會這麼高。

掙扎停止，他興奮得顫抖。他實在該即刻處置她，愈快將防腐液的混合物質注入她體內，她就會愈加保鮮。

但是他被慾望擊敗了。

他決定先讓自己找點樂子。

第二章

維吉尼亞州戴爾市，二〇一六年七月十四日，星期四

柔伊．班特利在黑暗中坐起身，一聲尖叫卡在喉嚨。她的手指緊緊掐住床單，身體微微發抖，心臟在胸口顫動。她意識到自己顯然身在臥房裡，於是鬆了一口氣。只是另一場惡夢。她知道只要一睡著，惡夢就會找上她。每次她收到棕色信封的郵件，惡夢就會回頭找上她。

她恨自己這麼容易被操縱，如此軟弱。

她從床頭櫃上拿起手機，查看一下幾點了。螢幕明亮的光線使她不禁眨了眨眼，黑點在她的視線中翩然飛舞。四點二十一分。該死。現在開始新的一天也真的夠早了，不可能睡回籠覺，又是注定要喝七杯咖啡的一天，只喝五杯不可能應付得了。

她起床，解開自己身上的毯子，昨晚毯子纏在她的腰上好幾次。她打開燈，眨眨眼，透過窗戶看著對面的建築物，仍然籠罩在夜晚的黑暗之中。所有窗戶都是黑的，她是街上最早醒來的人之一——她真不想要有這種本事。她看著凌亂不堪的床，衣服丟在地上，書散亂在床頭櫃上。家裡一團亂，她的腦海晃過這個念頭，然後又拋去。

柔伊，開門。柔伊，妳不能永遠躲在那裡。然後傳來咯咯的笑聲，一個男人被欲求吞噬殆盡的聲音。

她顫抖著搖搖頭。她已經三十三歲了，該死，她早已不再是個孩子。她的記憶什麼時候才能放過她？

可能永遠不會。一個人的過去，自有它紮根在內心深處的方式，她應該比其他人都更明白這一點。她見過多少案主因為往事而變了一個人，並且留下永恆的創傷？

她踏著沉重的腳步走進浴室，將襯衫和內褲丟在她身後的地板上。淋浴的水流讓她的腦袋清醒過來，幫助她擺脫最後一縷睡意。洗髮精空瓶了，她在瓶裡加入一些水，想要用盡最後一滴，但徒勞無功。她昨天已經用過這一招——三天前也用過。如果想用洗髮精，就得去買個幾罐。她讓水流一再輕撫她的肌膚，感覺煥然一新。她走出淋浴間，一邊想著要把洗髮精加到購物清單，要把洗髮精加到購物清單。她翻遍地板上的衣服，找不到想穿的。她打開壁櫥，找到一件藍色鈕扣襯衫和黑色褲子，然後穿上。要把洗髮精加到購物清單。她不耐煩地梳理紅褐色的髮絲，只將最嚴重的糾結梳開就停下。要把洗髮精加到購物清單。

她踏著沉重的腳步走進廚房，打開燈，她的眼睛立刻聚焦在廚房中的王者：咖啡機。她走過去，拿起身旁一罐哥倫比亞咖啡粉。自從二〇一一年夏天的毀滅性事件以來，她就再也沒有把咖啡沖完的一天。咖啡機裝有兩個濾網，所以煮出來的風味更濃烈，她需要劇烈的咖啡因調味，才能面對早晨。她在濾網內堆積大量的咖啡粉，然後又加了一點。她在頂部注水，啟動電源，看著咖啡滴入壺中的美景。

在等待生命之液沖泡的同時，她走向冰箱門上的購物清單，盯著上面看。好像有個什麼東西要加上去，最後她在上頭寫下廁所衛生紙。這是一個安全的猜測；因為她總是把衛生紙用完。她的注意力回到咖啡機上，將咖啡倒入她最喜愛的白色馬克杯，雖然杯子已經破損，她還是全然忽視架上還有一排未使用的杯子，這些杯子不是太小就是太大，或者杯緣太厚、握把不舒服，因而被棄之不用，高掛起來示眾羞辱。

她啜飲著咖啡，像平時一樣吸入香氣。她站在咖啡機旁逕自喝著，一邊享受咖啡逸入全身的感覺，直到杯子見底。

一杯了，還有六杯要喝。

那只棕色信封放在廚房木桌上，灰色條狀的布料從裡面伸出。前一天晚上她將信封丟置在那，彷彿想證明自己不在乎，想證明這一切已經不重要了。

現在，在清晨的黑暗中，這種行為真是愚不可及。她拿起信封，走到家中的辦公室，那裡有張辦公桌。她鼓起勇氣，打開辦公桌底部那格幾乎一直緊閉的抽屜。

一小堆相似的信封躺在裡頭。她把最新的那只信封塞到信堆上，信封皺掉了，然後她闔上抽屜。感覺好多了，她回到廚房，腳步輕快了一些。

當惡夢的魔掌淡出，她才意識到自己好餓。這是早起的好處之一：她有充裕的時間幫自己做點早餐。她在平底鍋上打了兩顆蛋，煎得吱吱作響，然後把一塊麵包放進烤麵包機，她決定自己也值得多在盤上放一塊奶油乳酪。她笑了，將蛋從平底鍋滑出，輕輕放在盤子上，兩顆蛋黃都完美無缺，這宣告了柔伊．班特利的勝利。她將吐司切成三角形，小心翼翼地將其中一片浸入圓潤的黃色蛋黃中，一口咬下。

極品美味。一顆簡單的雞蛋怎麼可以這麼好吃？這種早餐最適合配上一杯咖啡，她又幫自己倒了一杯。

兩杯。

她又瞥了一眼手機。五點半，去上班還為時過早，但是想到要待在這間闃寂無聲的公寓裡，還有那只藏在抽屜裡的信封，就著實令人不悅。

如果要等我破門而入，妳會後悔的，柔伊。

管他去死，她可以處理一些行政文書工作，曼庫索組長會很樂見的。

她下樓溜進她櫻桃色的福特嘉年華。她打開引擎，播放泰勒絲（Taylor Swift）的專輯《紅色》（*Red*），快轉到〈記憶猶新〉（All Too Well）這首歌。小小的車體充滿泰勒絲的歌聲和吉他聲線，撫慰了柔伊的緊張神經，她總是可以靠泰勒絲來讓自己振作起來。

戴爾市的街道幾乎空無一人。天色依然很暗，深藍色的暗影預示即將來臨的日出。柔伊開車沿著戴爾大道行駛，享受沿途的寧靜。也許她從此以後應該每天都清晨四點起床，可以擁有專屬自己的世界，這個世界裡只有她和那個切到她車子前面的混蛋卡車司機，逼得她要減速。此時泰勒絲的歌聲混入連串咒罵，柔伊一邊對著車外的空氣叫罵，邊暴怒按著喇叭。卡車司機加速了。

她上了九十五號州際公路並向南行駛，泰勒絲的專輯切換到〈22〉這首歌。柔伊踩下油門踏板，享受著加速感，她調高音量，自己哼起歌來，頭隨著歌曲的歡快節奏微微晃動。人生畢竟還挺美好。她決定上班時要讓自己喝下第三杯咖啡，這三杯咖啡可以讓她撐到午餐時間。她在富勒路轉下公路，通往匡提科的路標指引她的方向。

她把車停在幾乎空無一人的停車場裡，少數其他車輛散布在周圍。腳程不遠，在入口處刷一下識別證，爬上兩段樓梯，她就進到辦公室裡了。整個樓層的寂靜令人不安，聯邦調查局的行為分析小組就算在正中午也不是一個吵雜的地方，但她通常可以聽到探員在走廊上說話，或者偶爾會有匆忙的腳步聲從她門口經過。今天除了空調的嗡嗡聲外，整個空間一片死寂。她坐在電腦前，為曼庫索一上班就要收到的週報做好心理準備，她要求柔伊在每週一上繳週報，總結上週的工作。她通常會在當週的週五才交給曼庫索，曼庫索曾威脅要把她送回波士頓，但今天有所不同，這一次她會在週四交報告，只遲交三天，這可以讓她擺脫官僚體制的惡夢直到下個禮拜。柔伊笑了，開始打報告。

桌上的電話驚醒了她，她困惑地盯著自己的電腦螢幕，上面打著的一行字「二〇一六年七月四日至八日週報」看起來孤苦零丁，下方沒有任何報告文字，她一定是在思索要怎麼開頭的時候陷入了昏睡。螢幕右下角的時間顯示上午九點十二分，提早上班不過就是如此無疾而終。她接起電話，轉轉頭以減輕頸部的疼痛。

「行為分析小組，我是班特利。」

「柔伊，」曼庫索的聲音說。「早安，可以到我辦公室嗎？我有個東西想讓妳看看。」

「當然，我這就去。」

單位負責人的辦公室位在隔了四扇門之後的走廊上，門上的銅牌上寫著**組長克麗絲汀・曼庫索**。柔伊敲門，曼庫索立即叫她進來。

柔伊坐在辦公桌對面的訪客椅上，曼庫索坐在桌子另一端，她的椅子轉向側面，專注地陷入沉思，凝視著緊貼後牆的魚缸。她是一個外表令人望而生畏的女人，黃褐色的皮膚光滑，幾乎毫無歲月痕跡，黑色的頭髮向後梳理，銀白色的髮束攙錯其中。她轉向側面，唇旁的美人痣直接對準柔伊。

柔伊看著迷住組長的物體。魚缸的內裝經常改變，反映出曼庫索性格上的反覆無常。目前魚缸的設計看起來像是一座茂密的森林，簇簇的水生植物為水抹上綠色和綠松石的色調，黃色、橙色和紫色的魚群懶散地四處兜游。

「魚怎麼了嗎？」柔伊問。

「貝琳達今天很沮喪，」曼庫索喃喃說。「我認為她不爽提摩西跟麗貝卡和茉莉一起游。」

「喔……也許提摩西需要一些喘息時間，」柔伊建議。

「提摩西是個混蛋。」

「喔對……呃，妳想見我是嗎？」

曼庫索轉過椅子，面向柔伊。「妳知道分析師萊諾．古德溫嗎？」

「就是那個一直抱怨每個人都在偷他食物的傢伙。」

「他參與了『公路連環殺人案件盤點』。」

柔伊花了一點時間回想那是什麼。過去十年來，出現了沿著州際公路丟棄女性屍體這樣令人毛骨悚然的犯罪模式，聯邦調查局的分析師在這些謀殺案上找到了一些共通點：受害者主要是妓女或毒蟲；嫌犯主要是長途卡車司機。為了比對這些嫌犯與其犯罪模式，聯邦調查局啟動了『公路連環殺人案件盤點』。他們在聯邦調查局的暴力犯罪資料庫——暴力犯罪緝捕計畫（ViCAP）上搜尋類似案件，然後嘗試比對嫌犯的犯罪路線和時間表。

「好，」柔伊點頭說。

「他認為自己發現了一種犯罪模式，然後他把這種犯罪模式跟一組可能的嫌犯相比對。」

「很好啊。」柔伊說。「所以妳需要我做——」

「這組嫌犯有兩百一十七名卡車司機。」

「啊。」

曼庫索打開一個抽屜，拿出一個厚文件夾，然後摔在桌上。

「這些就是嫌犯嗎？」柔伊問。

「喔，不，」曼庫索說。「這些只是犯罪檔案，出自與案件相關的各個警察部門。」她拿出另外兩個文件夾，並將它們放在第一個文件夾上面。「這些才是嫌犯。」

「妳要我縮小範圍嗎？」柔伊問。

「是的，麻煩妳。」曼庫索笑了。「如果妳能在下週結束之前，給我一組十人的嫌犯，那就太好了。」

柔伊點點頭，內心升起一股激動。自從她加入行為分析小組，這是她首次被要求進行即時側寫。在一個月內將兩百一十七名嫌犯縮小範圍到十名是一項艱鉅的任務，她能在一週內完成嗎？

她可以，這就是她最擅長的事。

「喔，還有週報……妳寫好了嗎？」曼庫索問，她的聲音愈來愈刺耳了。「妳應該在——」

「寫得差不多了，」柔伊說。「我只要最後再補上一些註記。」

「午餐時間前寄給我。」

柔伊點點頭，站起身。她拿起三個文件夾，離開曼庫索的辦公室，走回自己的辦公室，她已經把最上面那個文件夾打開了，第一頁是一份犯罪報告，報告中描述密蘇里州七十號州際公路上的一條溝渠中，發現一名十九歲女孩的屍體，她赤身裸體，多處瘀傷，脖子上有咬痕。柔伊要翻到下一頁時撞到一個男人，她的文件夾撞到他的腹部，他發出一聲驚訝的悶聲。

他的個子很高，肩膀寬闊，留了一頭長又濃密的黑髮，眼睛是深棕色的，藏在茂密的黑色濃眉之下，看上去像是一個拿美式足球獎學金的得意男大生，只是年紀比較大的版本。他將手掌放在肚子上，臉上的表情半笑不笑。柔伊立刻燃起不悅，好像她撞到他全是他的錯。

「對不起，」她說，彎腰撿起掉落在地上的文件夾。

「沒事，」他說，蹲下來幫她撿。

搶在他之前，她從地板上奪走最後一個文件夾。「我拿到了——謝謝。」

「我有看到，」他說，站起身時咧開嘴笑。「我認為我們沒見過面，我是塔圖姆．葛雷。」

「好的，」柔伊回答得心不在焉，試圖整理手中的文件夾。

「妳有名字嗎，或者我需要更高的安全權限才能知道妳的名字？」塔圖姆問。

「我是柔伊，」她說。「柔伊・班特利。」

第三章

塔圖姆匆匆掃視柔伊一眼。剛開始他問她名字的時候，他只注意到她嶙峋的鼻子和她不悅時皺起鼻子的模樣，但隨後她抬起臉直視著他，他差點後退一步。她有一雙淺綠色的眼睛，目光逼人，他覺得她彷彿可以看穿他的大腦，像逛書店一樣瀏覽他的思緒。她的鼻眼擺在一起幾乎給人一種猛禽的印象，但這種感覺被甜美細膩的嘴型瓦解。她的頭髮長度在肩上，因為跟他相撞，讓幾縷髮絲垂落到臉上，她隨性地向後甩頭，他發現這個動作充滿魅力，惱人的髮絲從她眼上甩除，她對他淺淺微笑。

「嗯，很高興認識你，塔圖姆，」她說著，作勢要轉身離開。

「等等，」他說。「妳能告訴我組長辦公室在哪嗎？」——他花了好一會才想起名字——「曼庫索的辦公室在哪裡？」

她瞥了一眼走廊。「三扇門後面那間，」她說。

「妳是行為分析小組的成員嗎？」他問。

「我是顧問，」她說，他幾乎可以聽出她語氣中的防備，她瞇起眼睛，彷彿在等他說出什麼惡意的評論。

「噢，對了。」他想起有人跟他說過她的事。「妳是波士頓來的心理學家。」

「就是我，」她說。「然後你是洛杉磯來的探員。」

「對，」他驚訝地說道。「妳知道我？」

「昨天有收到一封電子郵件，」柔伊說。「歡迎洛杉磯調查處調派過來的探員塔圖姆・葛雷，等等等。」

「喔，對，」塔圖姆笑著再次說道，這個女人明確讓他感覺到不太舒服。「好吧那……下次再聊了，柔伊。」

她大步走了，拿著看起來很重的文件夾。塔圖姆在身後凝視著她微微出神，接著才意識到自己站在走廊上，看著一個從他身邊走開的女人，幾乎是直盯著對方的屁股。他迅速轉身，走到曼庫索組長的辦公室門口，敲敲門。

「什麼事？」

他打開門。新任組長克麗絲汀・曼庫索坐在她的辦公桌後，被房間後方的巨大魚缸圍繞著。他打聽過曼庫索，她在波士頓調查處的績效傲人，在主導一件被迫公諸大眾的綁架案後，她被拔擢為行為分析小組的組長。這項指派引起諸多不滿，助理部長原屬意提拔部門內的某個人，但顯然已有命令下來指定了曼庫索。她立即著手更改規章、分派任務，更糟的是，她聘請了一個平民百姓來擔任顧問。

「曼庫索組長？」他說。「我是塔圖姆・葛雷。」

「進來，」她說，指著她面前的椅子，塔圖姆關上門坐下。他發現自己的視線一再被組長唇旁的美人痣吸引。

「來吧……」她說，在書桌上打開一個文件夾。「洛杉磯調查處來的葛雷探員。」

「就是我本人，」他微笑著說。

「成功將長達一年的戀童癖連環犯罪案件結案之後，最近獲得升遷。」她強調「成功」這個詞的方式讓這件事聽起來沒那麼成功了——實際上聽起來幾乎變成失敗，塔圖姆對此感到憤憤不平。

「只是盡本分罷了。」

「是嗎？你的組長倒沒跟你所見略同，而且我知道可能還有內部調查正在進行……」她翻開一頁看似要閱讀，儘管塔圖姆猜測她早就對此知之甚詳。他燃起滿腔怒火。

她放下文件夾。「我們就直接攤牌吧，你之前獲得升遷，是因為這是一個備受矚目的案件。」

「這種事妳很熟吧。」

她緊綳起來。

幹得好啊，塔圖姆。不到五分鐘，你已經讓長官討厭你了。

「但這不算真正的升遷，」曼庫索繼續說，語氣鋼鐵般無情。「他們只是想把你趕走，趕去一個無害的地方，坐在行為分析小組的辦公桌後面，看著犯罪現場的照片。」

塔圖姆語塞，曼庫索是對的。實際上，這正是他們「提拔」他時關起門來的說法。

「你現在被指派給我，」她繼續說，「是因為我是新任組長，利用你把我惹惱很有趣。」

他聳聳肩，他才不想管上頭管理階層的政治，也不在乎曼庫索在權力結構中的位置。

「我不會讓你坐在辦公桌後面看著犯罪現場，」曼庫索說。「這太浪費了。」

塔圖姆不發一語，不知道現在是什麼狀況。

曼庫索推了另一個文件夾給他。他傾身拿起，然後打開。最上層的照片是一個女孩站在溪流上方的木橋上凝望著水面，眼神空洞。她的皮膚看起來很奇怪，很蒼白。

「這是莫妮可．席爾瓦，芝加哥的一個妓女，」曼庫索說。「一週前，她在洪堡公園被發現時已經身亡。如你所見，她的姿勢就像在凝視著水面一般。」

「死了？」塔圖姆皺了皺眉，看著照片，這個女孩看起來栩栩如生。「怎麼會——」

「她經過防腐處理，」曼庫索說。「法醫說，她的屍體被發現前已經死了五到七天，根據她的皮條客指出，她在兩週前就失蹤了。她是第二個以這種方式被發現的受害者，由於這些女孩被棄置在公共場所，還有她們被擺出姿勢的方式，這個案子已經受到高度矚目。芝加哥警署面臨找出兇手的巨大壓力，只得請求我們協助。」

「芝加哥調查處怎麼說？」

「聯邦調查局駐芝加哥的外勤探員目前已經自顧不暇，他們即將針對拉丁國王幫派成員展開大型的逮捕行動。」

塔圖姆點點頭。拉丁國王是一個龐大的街頭幫派，在全國各地都有行動據點，重要首腦就在芝加哥。

「雖然芝加哥調查處有興趣追查這個兇手，但決定最好還是將他們的資源分配到其他方面。」

塔圖姆的胡扯解碼器將這句話解碼為：「高層的某個人決定他們還是別招惹這個麻煩，因為他們現在挫屎了。」

他嘆了口氣，抬頭看著她。「妳想要我辦什麼？」

「我希望你明天去那裡，與主辦案件的警探聊聊，確切了解偵查的方向，並向我報告，然後我們再決定下一步怎麼走。」

「我也要向芝加哥調查處報告嗎？還是……」

「最好讓我處理吧。」

「好吧，」塔圖姆說，他很樂意將那種政治上的踢踏舞留給更有能力的人去跳。這項工作意味著他得在芝加哥度過一個週末，但他不介意，他沒去過芝加哥呢。

「葛雷探員，聯邦調查局去那裡只是扮演顧問角色，我之後不想聽到你接手掌管此案，或者以任何方式表現出你想把事情攬到自己手上。我們很努力在博取警方對我們的足夠信任，這樣之後的案件他們才會尋求我們的協助，懂嗎？」

他點點頭。「懂了，組長。」

「還有別的事嗎？」

「沒了，」他說著站起身。「魚養得真好。」

「沒錯，你想要一條嗎？」

他困惑地看著她。「妳想要送我一條魚？」

「我可以分一條讓你放在你的新家，」曼庫索瞄了一眼她的魚缸。「但是我警告你——他是隻混蛋。」

第四章

柔伊機械式地打開公寓的門，思緒飄得很遠，腦中翻查著犯罪現場的資料。她花了一整天時間閱讀再重讀曼庫索交給她的八起謀殺案，嫌犯名單那兩個資料夾則還沒看。她本來應該看得更快更認真，但有什麼使她心煩意亂，阻止她繼續看下去，有些細節不太一致，她仔細鑽研並試圖定位這些證據，以找出問題所在。

在她回家的路上，案件的細節一直陰魂不散，使她幾乎錯過九十五號州際公路的出口，她的腦袋一直嗡嗡作響，她知道今晚又會是個不眠的夜。

她走進公寓，廚房傳來的聲音讓她立即繃緊神經。

「柔伊，是你嗎？」一個聲音問。

她鬆懈下來，將肩背包放在門口。「嘿，安德芮亞。」她喊道。

她妹妹笑著從廚房門口探出頭來。「嘿，」她說。「妳餓了嗎？」

「餓死了。」

「我做了義大利麵，希望妳感覺自己像個義大利人。」安德芮亞說著消失回到廚房裡。

柔伊想說些幽默的話，說她喜歡哪種義大利人，她試圖表現自己妙語如珠的那一面：當然好啊，如果還有一個身材性感的義大利男人就好了。但這聽起來一點也不有趣，連在她腦海裡也很無聊，就像柔伊大部分的笑話一樣，這部分的她在她腦裡早就死了，機智的反應是發生在其他人身上的事，就算發生在柔伊身上，通常也會遲緩個三小時。「好耶，義大利麵聽起來很不錯，」她最後說。

「太棒了，」安德芮亞高興地說道。

柔伊走進廚房，停頓一下。「我的老天啊，妳太神了。」

安德芮亞在方格桌巾上放了兩個餐盤，桌巾掩蓋了醜陋的方桌，餐盤上分別覆蓋著綠色的羅勒葉，上頭盛著黃白色的義大利麵，令人垂涎的義大利麵上放了一小片鮭魚，佐有烤成淺棕色的香蒜麵包片。

「我哪有資格吃這頓神奇的晚餐啊，」柔伊弱弱地說。

「妳當然有資格吃，來吧——來大吃一頓，我也帶了幾瓶啤酒。」

柔伊坐下，大口咬下鮭魚，麵包片如蟬翼般薄脆，魚肉幾乎入口即化。她閉上雙眼深呼吸，這是她一整天以來第一次放空自己的腦袋，品嚐飽餐一頓帶來的純粹生理性喜悅。

安德芮亞在她面前放了一瓶啤酒。玻璃瓶身凝滿水珠，上面放了一片檸檬。

「好像上餐廳吃飯，」柔伊說。

「我想妳的意思是讚美吧。」安德芮亞對她笑了笑，將義大利麵捲繞在餐叉上。「所以……妳工作怎麼樣？」

八個死去的女孩湧回柔伊的腦海。

「那麼不順嗎？」安德芮亞問，看著柔伊的臉。

「不，不，」柔伊迅速說道。「實際上，工作非常好，工作很有趣，只是……滿高壓的。」

她試圖叉住三條義大利麵，繞著叉子旋轉，她在麵上放了羅勒葉，然後是切成薄片的鮭魚，再將精心製作的一口送進嘴裡。絕頂昇天的美味。「我只是在看幾起謀殺案，有八個女孩被棄屍在幾個州的水溝裡，我們認為這些案件彼此間有關聯。她們身上都有咬痕，八個人的陰道都遭到強暴；四個人被雞姦；有兩個人少了幾顆牙齒，但奇怪的是——」她停住不說。

安德芮亞喝了一口啤酒，叉子被丟在餐盤。她的面色蒼白。

「妳還好嗎？」柔伊問。

「嗯……當我問妳『工作怎麼樣？』，我是想聽妳說妳上司有多賤、印表機老是壞掉，比較不會想聽妳講雞姦和少了幾顆牙齒的事。」

「對不起，」柔伊說。「我只是——我整天都在瀏覽這些案件，我沒有想到……」她咒罵自己，她一直很謹慎避免與安德芮亞談到工作，她不想讓妹妹再一次暴露在這種事件之中。

「我只是無法理解妳怎麼有辦法每天看著這些東西，」安德芮亞盯著桌子說。「尤其一想到梅納德鎮發生過的事。」

柔伊不發一語。她可以隨意告訴她妹妹，那只是她的應對機制，「我做這份工作，來確保梅納德鎮的事件不會重演」，或者其他戲劇化的說法。但那是一個謊言，她喜歡自己做的事，她很擅長，她非常清楚自己的過去如何形塑成今日的她，但她想要相信事情已經事過境遷了。

還是絕口不提工作的事比較好，將她妹妹隔絕在她那部分的生活之外，是在保護她，她一如既往都在這樣做，就像許久前的那天晚上那樣。

別擔心，芮芮。他不能傷害我們。

「沒關係啦。」安德芮亞搖搖頭。「我的意思是，這是妳的工作。」

柔伊點點頭。「是的，抱歉我不該提的，芮芮。」

有片刻的沉默。

「妳有好幾年沒這樣叫我了，」安德芮亞抬起眉毛說。

柔伊弱弱地笑了。「我想妳做的這頓晚餐讓我多愁善感了。」

安德芮亞哼了一聲，把盤子推開。「隨便啦，剩下的我等一下再吃吧，妳還沒到家之前，我就吃了一肚子鮭魚了。」

「好吧。」柔伊又吃了一口。「妳有用檸檬調味嗎？」

「只加了一點，」安德芮亞站起來說。

「我吃得出來，」柔伊高興地說。「這確實增加很多風味，我覺得——」

她腦中的拼圖突然間一拍即合。

所有屍體被發現的時候都是裸體，衣服被丟棄在附近，但三起謀殺案中的內衣褲和鞋子都不見了，這一點沒有列入犯罪報告中，報告僅列出找到的證據，沒有提到下落不明的物件。失蹤的內衣褲和鞋子被凶手拿走當成戰利品，但在其他五個案件中則沒有戰利品被拿走。這是兩種截然不同的犯罪特徵，可能有兩個凶手，不只一個。

「沒事吧？」她聽到她妹妹這麼說。「妳就這樣盯著盤子看。」

「我只是搞懂了一些事。」柔伊說。

「是嗎？什麼事？」

她猶豫一下，然後搖搖頭。「沒事，」她說。「只是工作上的事。」

第五章

維吉尼亞州戴爾市，二〇一六年七月十五日，星期五

一聲巨響驚醒了塔圖姆，他的視線迅速聚焦，只有一雙綠色的巨眼恐嚇性地凝視著他，距離他的臉僅有幾英寸。他的手試圖將格洛克手槍從槍套中拔出，但他穿著內褲，拿不到槍，身體的反射被制約。他向後退想逃離攻擊者，卻跌到地板上，急忙尋求任何形式的掩護。塔圖姆一躍而起，攻擊者從視線中消失，他的心臟急速跳動，打開燈眨了眨眼。

他那隻醜醜的橘色公貓不屑地盯著他看。

「該死的斑斑！」塔圖姆對著他大叫。「我跟你說過不要上床。」

斑斑眨眨眼打著呵欠，顯然覺得很無聊。塔圖姆尋找水槍，水槍是斑斑的剋星，但在視野中遍尋不著。這隻貓極有可能在塔圖姆不在時摧毀了那個東西，前三支水槍也是一樣的下場。又傳來一聲巨響。有人在敲門；那才是吵醒他的聲音，而不是他的反社會寵物貓。他穿上一條短褲和T恤，從床頭櫃上一把抓了格洛克手槍，然後走到前門。他已經住慣了戴爾市的新公寓，但他還在昏昏欲睡，黑暗的走廊感覺起來很陌生。他想念之前在洛杉磯的公寓，儘管這間公寓寬敞得多，而且位處更好的社區。

「誰呀？」他問。

「警察，」尖銳又正經八百的聲音這麼宣稱。

塔圖姆將身體緊貼牆上，打開門鎖，然後輕輕打開門，從門內向外窺探。一名身穿制服的警察站在外面，身邊站著一個面容困惑的老人，塔圖姆嘆了口氣，把格洛克手槍擺在身邊的小檯子上，然後打開門。

「晚安，先生，」警察說。「你認識這個人嗎？」他瞥一眼他身邊那名困惑的灰髮男子。

「認識。」塔圖姆嘆了口氣。「他是我爺爺，他叫馬文。」

「我們發現他在洛根公園遊蕩。」警察說。

「莫莉在哪？」馬文用虛弱的聲音問。

「他一直要找她，」警察說。

「莫莉是我奶奶，她過世了，」塔圖姆說。「我們剛搬到這裡……我認為他很難適應。」

「我很遺憾，」警察說。「他跟一些年輕人在一起，那些年輕人一看見我們就跑了，我認為他們打算搶劫他。」

「我知道了，」塔圖姆說。「謝謝你，警官。」

警察看一眼放著手槍的桌子。

塔圖姆清清喉嚨。「我是聯邦探員。」他說。「我的識別證在臥房裡，如果你想要——」

「沒關係。」警察點點頭。「你應該要確保他留在屋內，先生。」他說。「他不該在凌晨兩點到處走動，這很危險。」

「你說得對，警官，謝謝。聽到了嗎，爺爺？」

「莫莉睡了嗎？」馬文問，聲音在顫抖。

「晚安，先生，」警官邊說著便離開了，塔圖姆關上門。

警察的腳步逐漸遠去，塔圖姆和他爺爺默默地面面相覷。

「該死，馬文。」塔圖姆一知道警察已經聽不見他的聲音，便爆發了。「搞什麼鬼？」

「嗯，你要我怎麼辦？」馬文直問，困惑的神情從他臉上消失。「我沒辦法像那些年輕人跑得那麼快，難道你寧願我打電話給你說我因為買毒被捕嗎？」

「我寧願你根本不要跑去買毒，」塔圖姆說。

「不管怎樣，你到底去買毒要幹什麼鬼？你已經八十七歲了。」

「我不是買給自己的，是買給珍娜的，」馬文大步走進公寓。

「誰是珍娜？」

「是我認識的一個女人，塔圖姆。」

「你去哪裡認識這個女人的？」

「賓果之夜。」

塔圖姆閉上眼睛深呼吸。「珍娜幾歲了？」

「她八十二歲，」馬文從廚房大喊。「但是她非常有活力。」

「我相信她是，」塔圖姆喃喃道，跟著他爺爺。「好吧，如果珍娜八十二歲了，她也不該吸古柯鹼。」

「塔圖姆，活到這歲數，我們可以為所欲為了，」馬文說。「我要泡杯茶，你要喝一杯嗎？」

「我想回去睡覺。」

「反正你幾個小時以內就要飛了，」馬文說。

「對，聽著——講到這個，我走了之後不要被逮捕，我需要你照顧斑斑。」

「想都別想。」

「只有幾天而已。」

「你為什麼不把這隻貓送去動物之家？或者，我不知道，把牠帶去公路丟掉。」

「我才應該把你送去老人之家，」馬文遞給他一個馬克杯，塔圖姆抱怨道，他啜飲一口。「聽好了，你只要確保他有得吃而且不要破壞房子就好，我們才剛搬進來，還有要注意他不要去吃魚。」

「什麼魚？」

「客廳容器裡的魚，我需要你去買一個魚缸，我會留點錢給你。」

「我們有一條魚？」

「是的，牠叫提摩西，顯然是隻混蛋魚，你們兩個應該臭味相投，只是要讓斑斑離牠遠一點。」

「那隻畜生討厭我。」

「牠討厭所有人，」塔圖姆說。「不過如果你不要再拿鞋丟牠——」

「如果牠可以不要再撲過來，我可能可以不要拿鞋丟牠。」

斑斑潛入廚房，朝馬文瞥了一眼，威嚇性地發出嘶聲。

「不要這樣，」塔圖姆跟貓說。「我走了你們兩個要乖乖的。」

貓和老人都看著塔圖姆，睜著無辜的大圓眼。

塔圖姆嘆了口氣。「記得要餵這條該死的魚，」他說。

塔圖姆見到芝加哥警署的山繆．馬丁內斯副隊長時，注意力都在這個男人的鬍子上。他與他握手，好奇他的鬍子如果長在自己臉上會是什麼感覺。他的鬍子整齊又厚實，走一種湯姆．謝立克（Tom Selleck）的風格，凸顯了馬丁內斯嘴巴的特色。粗框眼鏡框住他的雙眼，更提高他傳達出的嚴肅感。塔圖姆在想，如果自己也嘗試同樣的裝扮，看起來會像一個墮落縱慾、跟自己學生上床的文學系教師，有些鬍子長在別人身上才好看，截至目前塔圖姆還沒找到適合自己留的鬍子。

「葛雷探員，很高興你可以跑這一趟，」副隊長說。他們站在芝加哥警察總局的入口處，那裡是中央調查組的所在地，人潮洶湧，有警察也有民眾，許多交談融合在一起，空氣中承載著朦朧的嗡嗡聲。馬丁內斯的聲音輕易穿透了喧鬧，他說起話來鏗鏘有力。「請跟我來。」

他們搭乘電梯向上兩層樓，然後沿著走廊進入疑似會議室的空間，有六個人圍坐在中央一張白色的大桌面旁，幾張白板掛在牆上，上面貼有各種照片，並繪製了時間表。塔圖姆左方的牆上貼著一張很大的芝加哥地圖，上面有兩個地點用紅色麥克筆畫圈標記起來。

「這裡是勒喉禮儀師案件的戰情室，」馬丁內斯解釋。「請進。」

「勒喉禮儀師？」塔圖姆揚起眉毛。

「報紙剛開始是這樣稱呼他的，」馬丁內斯說。「幾天前，一名記者想出這個暱稱，大家就流行這樣叫了。」

「無法想像。」塔圖姆喃喃說。

馬丁內斯向房間裡的人介紹塔圖姆。其中五人是警探，第六人是魯賓・伯恩斯坦博士，他的年紀大很多，一頭捲髮，臉上長了一堆黑斑。

「三天前，我們找到第二具屍體後不久，伯恩斯坦就加入了專案小組，」馬丁內斯說。「他是一位經驗豐富的側寫專家，已經提供了莫大的幫助。」

「這是好消息。」塔圖姆點頭致意，握了伯恩斯坦的手。老人握起手來軟趴趴的，塔圖姆感覺好像在握一條死魚。「我想有取得一些進展了吧？我組長有對我說明最新情況，聽她描述起來，案情的狀況非常不樂觀。」

「嗯，案情確實十分嚴峻，」馬丁內斯面無表情地說。「民眾非常恐慌，這些屍體出現在很熱鬧的公共場所，並且被帶著孩子的家庭目擊，但伯恩斯坦博士將嫌犯大範圍縮小，我們終於取得一些進展。」

「很好，」塔圖姆說。「很高興聽到案子朝著正確的方向偵辦，你會想向我說明一下最新案情嗎？」

「你讀過案件檔案了嗎？」馬丁內斯問。

「我讀過了，」塔圖姆說。「而且我只是來這裡提供顧問諮詢，不過如果你們可以針對案情提供一下簡短摘要和最新評估，那就太好了。」

「當然了，請坐。」馬丁內斯說。

塔圖姆看了桌子一眼。五名警探坐在一側，伯恩斯坦博士在另一側，兩側都有幾把空椅，他在老側寫員身旁坐下。

「這位是蘇珊．華納，」馬丁內斯指著白板上的一張照片說。照片上有一個女人躺在草地上，全身僵硬，嘴巴洞開。她身穿黑色晚禮服，其中一邊袖子被撕裂，下襬皺到大腿，雙腿裸露。她的屍體似乎處於完美狀態，除了左腳呈現黑青且略為腫脹之外，全身的皮膚紅潤。

「受害者二十二歲，她於今年四月十二日在福斯特海灘的岸上被發現。除了左腳處於腐爛的晚期狀態之外，屍體已經過防腐處理。華納是藝術系的學生，獨居在比爾森。在她的屍體被發現的四天前，她被一個朋友通報失蹤，由於屍體經過防腐處理，所以死亡時間難以估計，但是根據腳的狀態，法醫估計她死亡已經至少五天，死亡原因是窒息。我們在她公寓的淋浴間發現防腐液和血液的痕跡，有跡象顯示，屍體在死後曾遭受性侵。」

塔圖姆仔細聆聽。他已經將案情內容全部讀過兩遍，但是他想知道副隊長會聚焦在哪個部分。

「第二名受害者」——馬丁內斯指著另一張照片——「是莫妮可・席爾瓦。」

塔圖姆看著那張照片，他第一次看見照片是在曼庫索組長的辦公室裡。莫妮可・席爾瓦的屍體站在溪流上方的木橋，斜倚在欄杆上，彷彿凝視著水面。她的雙眼圓睜，雙唇緊閉，穿著裙子、長襪和長袖T恤，全身肌膚都變成灰色。

「席爾瓦二十一歲，是一名妓女，在洛根廣場賣淫，屍體在一週前的七月七日被發現，在發現她屍體的前一天，有一名自稱表哥但已知是皮條客的男子通報失蹤，但他說在此之前她至少失蹤一週了。死亡原因一樣，是窒息，有跡象顯示她在被殺之前曾被捆綁，屍體一樣曾遭受性侵。我們向目擊者查證過——」

「等等，」塔圖姆說。「在她家中也發現了防腐液嗎？」

「沒有，但她並不是獨居，」馬丁內斯說。「我們認為她是被人從街上帶走，然後帶到其他地方。」

「好的。」塔圖姆點點頭。「你知道為什麼屍體的皮膚呈現灰色嗎？第一具屍體的膚色看起來正常多了。」案件檔案中沒有提及這一點。

「根據驗屍報告，凶手可能使用不同混合成分的防腐液，」馬丁內斯說。「第一具屍體之所以栩栩如生，是因為防腐液中添加了紅色染劑。」

「我懂了，」塔圖姆說。「你有什麼線索？」

「凶手非常小心，」馬丁內斯說。「蘇珊・華納的屍體上幾乎沒有ＤＮＡ的痕跡，莫妮可・席爾瓦身上則發現了合理數量的精液，但她是個妓女，所以這並不太意外，樣本在ＤＮＡ整合索引系統（CODIS）上比對不到。」

塔圖姆點點頭。

「第一起謀殺案確定沒有目擊者，」馬丁內斯說。「第二名受害者可能是在街上被帶走，我們已經訊問過她的一些相關人士，我們掌握有幾名男性顧客的口供，他們在受害者於街上被目擊的前一晚與她有過接觸，但他們就是一般的客人。我們在蘇珊‧華納的公寓裡發現一堆指紋，至少有七個人，追蹤了這些指紋還是沒有下文。」

「所以其實到目前為止，沒有任何實質的線索，」塔圖姆說。

他可以感覺到房裡氣氛緊繃，兩名警探的臉很臭，馬丁內斯皺起嘴。塔圖姆在心裡暗自記下，要說出像是批評的話時要記得小心措辭。「我的意思是，兇手可以說是不著痕跡。」

「恰恰相反，」伯恩斯坦博士嘶啞的嗓音打斷他。「我必須說，兇手為我們留下一條非常明確的道路。」

塔圖姆交叉雙臂，看向博士。「我想你有頭緒了？」

「好吧，我有一份描述，」伯恩斯坦說。「而且只要採用這個描述，警探就可以找到兇手。」

「好吧，」塔圖姆說。「我們來聽聽看。」

博士站起身走向白板，馬丁內斯坐下，全神貫注在博士身上。

「兇手是三十歲上下的白人男性，」博士說。「他——」

「你怎麼知道的？」塔圖姆打斷他。

「什麼？」

「你怎麼知道他是三十歲上下的白人男性？」

「嗯，我不是真的知道什麼事，但是可能性很高，而且我們需要縮小嫌犯的範圍。」

「好吧，是什麼讓你認為他可能是那個年紀的白人男性？」

「嗯……」博士看起來似乎才在熱身。「他是男性，因為——」

「我知道你為什麼認為他是男性，沒關係，但為什麼是白人？」

「幾乎所有連環殺手都是白人，」博士說。「而且針對白人女性的性暴力非常具有象徵意義。」

塔圖姆的表情文風不動，但心裡一沉。「我懂了，」他說。「為什麼是三十歲上——？」

「這起謀殺案不可能在一夜之間突然出現在凶手的腦海中，」博士耐心地回答。「這是一個錯綜複雜幻想的成果，可能是花了幾年時間才達到讓凶手想要付諸行動的程度，所以他不可能太年輕，而如果他年紀更大，我們會先看到其他類似的謀殺案。」

「好吧，」塔圖姆說，他感到疲倦。「繼續。」

「他將屍體留置在非常熱鬧的公共場所，是清楚在向警方展示他的優越感，並且在聚光燈下享受著自滿的時刻，他可能也與警方談過，假裝自己是證人，或者以某種方式參與案件——接近受害者家屬、參加葬禮等等。他的智商很高，擁有高中甚至大學學歷，他有一臺車，顯然很熟悉防腐處理，這使我認定他曾經或現在仍在殯儀館工作。他精心策劃一切，預先選擇受害者。他每一次都讓屍體保存更久，此一事實顯示出他深具耐性。他目前單身，雖然他可能經常約會，並且深具魅力又擁有操控性格。」

「這是非常詳細的側寫，」塔圖姆說。

「根據我的經驗，這種謀殺案是——」

「什麼經驗？」

「抱歉，你說什麼？」博士看起來受到了冒犯。

「你說這是根據你的經驗，哪裡來的經驗？」

博士氣得滿臉通紅。「年輕人，」他說。「我花了很多年研究連環殺手的慣性，我擔任這個議題的專家顧問已經超過十年，我——」

「我很抱歉。」塔圖姆抬起手。「我像你一樣，擔任警方的顧問是我的工作，我傾向於去質疑我聽到的一切，這是我工作的一部分，我不是故意要暗示我在質疑你傑出的資歷。」

博士皺眉，顯然懷疑自己成了笑柄，但塔圖姆已經轉頭面向馬丁內斯和其他警探了。

「所以你們現在都在做什麼？」他問。

「根據心理側寫，嫌犯很可能在殯儀館工作，」馬丁內斯說，「我們已經開始搜索凶手出擊地區的殯儀館記錄，尋找符合側寫描述的人。」

「好的。」塔圖姆按摩他的鼻樑。「棄屍的犯罪現場跟監得怎麼樣？」

馬丁內斯聳聳肩。「這些地方都是非常熱鬧的公共場所，」他說。「每天都有成千上萬的人去那裡。」

「但是晚上都沒有人，對嗎？」塔圖姆說。「我想這就是凶手棄屍的方式。」

「嗯……是，但是他為什麼要……？」

「連環殺手有時會回到犯罪現場，」塔圖姆說。「我確定伯恩斯坦博士可以告訴我們原因。」

「當然，」博士說。「這是非常普遍的現象，連環殺手通常會在潛意識裡希望被逮到——部分出自於罪惡感，部分則是渴望成名。」

塔圖姆嘆了口氣。「副隊長，謝謝你讓我了解最新案情，」他說。「有沒有地方可以讓我坐下來，查看你最新的案件記錄呢？我需要寫一份報告，你也知道，調查局就是這樣。」

馬丁內斯笑了。「當然，我們專案小組的空間裡有張空桌子，我帶你去。」他轉向其餘的警探。「戴娜，妳能分配一下今天的巡邏區域嗎？我想去那幾間殯儀館看看有沒有進展。」

「當然，副隊長，」一名面孔嚴肅的女人說。

馬丁內斯領著塔圖姆離開，進入走廊，走到沒人聽見的距離時，塔圖姆停下腳步。

「聽著，」他說。「你的側寫專家根本不管用，把他開除。」

「抱歉，你說什麼？」馬丁內斯問，語氣緊張。

「我懷疑他根本沒有真正的經驗，他——」

「伯恩斯坦博士在這地區是眾所周知的人物，探員，」馬丁內斯冷冷地說。「他是連環殺手領域的媒體專家，是芝加哥的第一把交椅。」

媒體專家，當然了。塔圖姆搖搖頭。「聽著，他也許很會應對媒體，但是——」

「你是側寫專家嗎，葛雷探員？」

「所有聯邦調查局的探員都受過犯罪側寫訓練。」塔圖姆說。

「但你有真正的側寫經驗嗎？」

「沒有，但是——」

「伯恩斯坦博士有，他親自訪談過約翰・韋恩・蓋西（John Wayne Gacy）[1]，還出過一本書。他經常受聘出庭擔任性侵殺人案的專家證人，相信我，在連環殺手這塊，他比你我都懂得多。」

「無論你的側寫專家怎麼想，連環殺手不會出於罪惡感或者想要成名而回到犯罪現場，」塔圖姆不悅地說。「他們回到犯罪現場是因為想要回憶犯行並且手淫，你的凶手可能會在今晚

---

1 美國連環殺手和強姦犯。

回到其中一個犯罪現場來發洩一下，如果你只跟監——」

「我們沒有人力到犯罪現場跟監，」馬丁內斯說。「我這麼說沒有冒犯之意，但這正是我遲疑於讓調查局介入的原因，你就這樣闖進來，用高高在上的態度和冒犯的語氣來接管調查工作——接下來呢？你要去告訴媒體我們有多無能嗎？」

「對不起，」塔圖姆再次致歉。「我昨晚很不好過，幾乎沒睡。你說得對，當然，是我越界了。我向你保證，聯邦調查局希望這些協調合作能夠順利進行。」

「也許他們不該派你過來。」馬丁內斯說。

塔圖姆全然同意。

塔圖姆向後靠在椅子上，嘆了口氣。他感到侷促不安，還有點幽閉恐懼症。由馬丁內斯副隊長領軍的專案小組，是特別針對當前這幾起連環殺人案而設立，該團隊由芝加哥警署各小組的警探拼湊而成，分配給他們的空間感覺也像是臨時拼湊出來的。客廳的空間雖然很寬敞，但要容納六名警探和伯恩斯坦博士的辦公桌時卻顯得非常狹小，現在他們還要為塔圖姆騰出額外的空間，他們想盡辦法，卻還是走了一種招待不周的路線。他的辦公桌位於房間角落，後方是文件櫃，茶水間就在他右手邊，椅子稍微向後就無可避免會撞到公文櫃，發出鏗鏘巨響。

這一天下來，他周遭的警探聊天說笑，一起去吃午餐，刻意忽視他的存在。

他忽然間渴望成為其中的一員。他怎麼會被派來這裡？在局裡的工作不被欣賞，在部門裡他不願融入，沒有朋友，長官也不信任他。

他還有一堆自憐自艾的想法。真噁心，大家為了聯邦調查局探員的職位會不惜犧牲左臂，為了加入行為分析小組更連右臂都願意加碼拿出來換，但這樣可不成，所有聯邦調查局的探員都至少要有一顆運作正常的腎臟，這點毋庸置疑。

他把正在打的報告存檔，他整天都在檢視兩名受害者的驗屍報告，跟法醫交談，並與專責的警探討論此案。專案小組事實上走在正軌上——或者曾經走在正軌，直到三天前才走錯方向，他首要做的就是幫助他們重回正軌。對此他有一個模糊的想法，他拿出手機，打算打給組長，看見四則未讀訊息的通知，便打開訊息——四則都是馬文發的。

貓飼料放在哪？

沒關係，我找到了。

那包不是貓飼料，但牠喜歡吃。

我覺得貓生病了，牠吐在客廳。魚沒事。

塔圖姆沉吟著回覆貓飼料放在廚房最左邊的櫥櫃裡，他懷疑馬文到底一直在拿什麼餵斑斑，他決定無論答案是什麼，只會讓他心情更差。他向下滑動聯絡人，找到聯絡人克麗絲汀·曼庫索，並按下通話鍵。

她在幾秒後接聽。「喂？」

「我是塔圖姆。」他環顧四周，房裡目前沒人；所有警探都不知去向或者已經回家。

「我知道。」

「喔，好吧，聽我說，這裡的人很好，負責的副隊長非常幹練，他們成立了一支體面的專案小組來偵辦這幾起謀殺案，表現不錯，直到最近才走歪了路。」

「發生什麼事？」

「他們僱用了一個側寫員。」

「啊。」

「這個人拚了命在滔滔不絕說一些陳腔濫調，似乎是芝加哥連環殺手領域的媒體專家，他是熟面孔，所以警探都很樂意聽他指引方向，他浪費了調查的時間和資源，他們還付錢給他。」

「你有跟他們說嗎？」曼庫索問。

「有，」塔圖姆說，一邊用筆在他面前的本子上塗鴉。「我有跟副隊長說，但吃了閉門羹，他們對於局裡介入他們的事務非常敏感。」

有片刻的沉默。「你想要如何進行？」

塔圖姆畫了一張衰臉，然後輕敲一下筆，在紙上各處隨性地點來點去。「妳知道妳延攬的那個平民百姓吧？她的經歷很輝煌對嗎？」

「柔伊．班特利？她跟過約萬．史托克的案子，」曼庫索說。「所以最近在媒體上小有名氣，她還有臨床心理學博士學位和哈佛大學法學博士學位。」

雖然房裡空無一人，他還是壓低聲音。「我認為她應該飛來這裡，用她的學經歷驚豔一下這些警探，然後說服他們把這個冒牌貨踢一邊，然後她就可以協助我將調查重新推回正確的方向。」

「她要怎麼幫你？」曼庫索聽起來饒富興味。

「用她身為側寫員的專業用語和獨特魅力。對於這起調查案該如何進行下去，我有一些絕妙的好點子。」

「所以你希望她過去幫你背書。」

「我該說的話，他們真的聽不進去，因為我只是個聯邦調查員，但她是公民身分的側寫專家，說的話可能更具份量。」

「好吧，」曼庫索說。「我派她過去。」

「太好了。」

「晚安，葛雷探員。」她掛上電話。

通話戛然而止，讓塔圖姆傻在原地。他將手機塞回口袋，然後看著自己畫的衰臉，想了一下，又加了一副眼鏡和三根頭髮。

第六章

伊利諾州芝加哥市，二〇一六年七月十七日，星期日

沒有結果。他原本希望她會是他的真命天女，但是他已經能夠感覺到魔力在消褪，厭煩感接踵而來。當他在她身邊醒來，他不再感覺到慾望和和刺激帶來的興奮感，他感覺到的只有失望。

部分原因是防腐液，他知道。

他沒處理好。她的身體太僵硬，膚色也不完美。他也許該添加更多的染劑來代償生理食鹽水，但他不知道該加多少，他在網路上查的資料，關於這點細節也沒說明清楚。

兩個晚上前，他挫敗地賞了她一巴掌，她從椅子上滑落，跌在地板上，身體仍然呈現屈身的坐姿。他大發雷霆離開屋子，在身後甩上門，開車在城裡四處繞行，知道如果有人來自投羅網，他會殺了她，但他目光所及的所有女人都是成雙成對。他走向街上一個妓女，她說她今天不接客了，眼神中洩露了恐懼。她在他臉上看出什麼，使她如此害怕？他嚇到了，急忙回到車上，從鏡中檢視自己的臉，但看起來與過去無異。他開車回家，在浴室裡解放了一下。

下一個會更好。他會找出讓她更加栩栩如生的辦法，也許玻璃眼珠會有所幫助，他應該研究一下。

但是首先，他得先跟現任分手。

他從地板上抬起她，將她放回椅子上。她凝視著桌面，無疑感受到他們之間的緊張關係。

他把手放在她的手臂上，溫柔地愛撫。

「我們有過美好的回憶，不是嗎？」他對著她微笑。

他任由他們之間的沉默繚繞。她會如何反應？他試著回想他已知的一切，回想他看過的電影，閱讀過的書。

她會哭。

他抓住她的左臂，在肘部彎曲。他想把手扳對位置，這動作很棘手，但最後他設法將手掌擺在她臉上。他抓住她的右臂如法炮製，樣子看起來好像將臉埋在手心啜泣。

她很美。在此時此地，他幾乎要改變主意，幾乎要告訴她也許他們應該再給彼此一次機會，但他知道這最終只會兩敗俱傷，最好絕口不提。

看在過去的情份上，他為他們倒了兩杯酒。她一口也沒喝，所以他把她那杯也乾了。然後他扶她起身，將她拖到車上。他將她擺在副駕駛座上，她的手依舊摀著臉，仍在哭泣。

這對他們倆來說都不容易。

他在她身邊坐了片刻，試圖思考著她將去哪裡哀悼他們的戀情。

他想到一個完美的去處。

第七章

麻薩諸塞州梅納德鎮，一九九七年九月二十七日，星期六

柔伊的父母在彼此交談，聲音壓低了，幾乎聽不見。她母親的嗓門通常幾英里以外都聽得到，因此特別容易發現她壓低聲音說話。柔伊一意識到這不是她該聽到的談話，便定住不動，打算聽清楚每個音節。她站在走廊，不在視線之內，從廚房照進來的光線灑在廊間的地板上，一道陰影從她身上掠過——可能是她父親，每次一激動他都要這樣不停走動。

「他們有找到嫌犯了嗎？」她母親問。

「阿爾告訴我，警長說有找到。」她的父親回答。他的聲音也很小，但是柔伊父親說話的語調總是很柔和，因此壓低聲音並不費力。「但是他當然不會透露是誰。」

「她可憐的母親，」柔伊的媽媽說，聲音聽起來很心碎。「你可以想像嗎？聽到那樣的……」

「我不願去想。」

「她有被……我是說，他有……強暴她嗎？」

柔伊從未聽母親說過這個字眼，她母親親口發出的聲音，也使她不寒而慄。她父親沒有回答，他只是在思索嗎？還是在點頭？搖頭？她必須知道。她躡手躡腳地走到門口，瞥見父母的臉，他們倆站得很近，她的母親靠在廚房檯面上，她只能看見母親的側臉，但仍可以看出她心煩意亂，嘴形彎曲的方式，暗示了她正在掩飾自己的啜泣。

「我們需要和柔伊談談。」她的父親說。「她應該要知道——」

「絕對不行，」她的母親噓聲說。「她才十四歲。」

「她總會知道的，而且最好是從我們這邊聽到的。」

她的母親正要回答之際，柔伊的妹妹經過她房門口進入廚房，隱約揮舞著四肢，頭髮蓬亂地高聲說話。

「我們要做煎餅嗎？」她大喊。即便只有五歲，安德芮亞也盡得母親的真傳，只有兩種音量：大叫和睡著。

她的母親清清嗓子。「妳姊姊醒了嗎？」

柔伊心裡一緊。

「醒了，她就站在——」

「早安。」柔伊說，自己快步走進廚房。廚房的瓷磚地板很冷，她的赤腳幾乎凍僵了。她的母親靠在檯面上，父親站在廚房中央的餐桌旁，桌上難堪地少了早餐。柔伊的母親在週末醒來時總會將早餐準備好，但這顯然這不是一個正常的週末。柔伊伸伸懶腰，假裝打了個大大的呵欠。「要我幫忙做早餐嗎？」

「我要妳把衣服穿好，」她的母親說，越過鷹鉤鼻向她看去。柔伊遺傳了母親的鼻子，或者在更陰鬱的時刻，她會把這種鼻子稱為鳥喙，至少她遺傳了父親的眼睛。她的母親抽抽鼻子說道，「妳會冷死。」

柔伊仍穿著上床睡覺時的寬鬆T恤和薄褲。「好，」她說。方才她聽見父母在交談的時候，正要走去浴室，她的膀胱差一秒鐘就要爆炸，而冰冷的地面更是雪上加霜。她侷促不安地說，「有什麼事嗎？」

「沒事，」她的母親說，回答得或許有些太快了。「來做星期六早餐吧，你妹要吃煎餅，妳也想吃一些嗎？」

「當然，」柔伊說。「我晚點要去海瑟家——」

「妳待在家裡，」她的母親打斷她。

柔伊皺眉。「但是我們要寫化學作業，星期一要交。」

「我開車送妳去。」她父親說。

「我比較想騎車去，天氣很好，而且——」

「我開車送妳去。」他的目光專注地看著她，語氣毫無爭辯餘地。「妳要回家的時候打電話給我，我會去接妳。」

「媽咪，我想要吃煎餅。」安德芮亞抱怨。

「發生什麼事了？」柔伊問。

她的父母一語不發。

她父親最後說，「有……」

「什麼事都沒發生，」她的母親打斷他，低頭看著仍在抱怨沒有煎餅的安德芮亞。「我們只是不希望妳自己到處亂晃。」

「他們發現一具屍體，」她們一到房間，海瑟就偷偷告訴她。「在白塘路大橋旁邊。」

「妳怎麼知道的？」柔伊問。

「今天早上我聽到我爸跟鄰居在談論這件事，鄰居說死的是個女孩，而且是裸體。」

一陣毛骨悚然傳上柔伊的脖子。他們倆躺在海瑟的床上，周圍的床單皺皺的，海瑟的衣服散落在各處，她的房間看上去總是像衣櫥被龍捲風襲擊過，海瑟慢慢吃著她母親為她們切的蘋果，他們的化學作業原封不動擺在桌上，這一整天可能都會是這個狀態。

「他有說她是誰嗎？是梅納德鎮的人嗎？」柔伊問。

「沒有，」海瑟輕聲說。她快速靠向柔伊，手臂碰觸到柔伊的肩膀。海瑟身上有淡淡洗髮精和肥皂的香味，柔伊後悔那天早上自己沒有洗澡，躺在乾淨的床單上讓她感到不太自在，她的腳底可能因為光著腳在家走路髒掉了，雖然海瑟似乎從未介意過，他們總是在她的床上吃東西，她經常把洗衣籃丟在那裡，等著收獲幾件衣物。嗯，如果柔伊的母親像海瑟的母親一樣每三天換一次床單，她也不會介意床單被弄髒。

海瑟有些緊張。「噢，天哪，柔伊，萬一是我們認識的人怎麼辦？」

一幕影像立即躍入柔伊腦海。學校那個凱莉死去又裸身的屍體躺在橋邊，水流拍打著她腳下，這幅畫面在她的腦海中是如此鮮明，讓她泫然欲泣。她為什麼會想到凱莉？為什麼她會去想像這種事？她有什麼毛病？她閉上眼，試圖驅散她腦中的畫面。

「我想大家都嚇壞了，」海瑟說，「有鄰居告訴我爸，他不會讓他家小孩跨出門半步，我敢打賭我媽打算照辦，她會一直把我關在家裡，我媽有時會歇斯底里。」

「我爸媽不肯讓我自己來，」柔伊說，「他們開車載我來的。」她凝視海瑟房間的窗外，從她在床上的位置望去，只能看見藍天和附近一棵樹的葉子，這幅畫面似乎太和平了。

海瑟搖搖頭。「我希望這場風暴能趕快結束，」她說。「我不希望我爸媽無時無刻監視我。」

柔伊心煩意亂地點點頭，但她有種感覺，這場風暴不會很快結束。

她按下剎車，單車車輪嘎嘎作響抗議著。她把車停在白塘路大橋邊，奮力騎車使她的肺快要燃燒起來。那天早上她母親讓她騎單車去學校的唯一原因是因為她上班遲到了，柔伊答應她會跟海瑟一起騎車，放學後也會直接回家，她照理該直接回家。

但是她沒有。

她每次在學校走廊上看見到凱莉，都會有一種如鯁在喉的感覺，罪惡和羞愧感淹沒了她，她覺得凱莉彷彿會告發柔伊曾經想像過她裸身死在水邊。凱莉在體育課對她微笑，柔伊的臉紅了，她迅速移開視線，身體直發抖。那幅畫面在她腦海中揮之不去，彷彿威脅著隨時會回頭找上她。最後柔伊決定，如果她去橋上看看這個地方，就可以清除她腦海裡那可怖的畫面。

她放下單車，沿著阿薩貝特河邊的草地走，一直走到平靜的河面。綠藻漂浮在河面上，在幾不可見的小浪上起起伏伏。這就是他們發現屍體的地方嗎？

她知道屍體曾微微泡在水中——或者至少學校裡每個人都這麼說，還有其他無止盡的謠言悄聲傳來傳去。有人告訴柔伊，那個女孩死前遭到強姦，有人說她受盡凌虐，臉部瘀青腫脹，手被綁在背後，被用刀割傷。每種謠言都讓柔伊感到軟弱、害怕又無助。

她現在知道受害者是誰了，她的名字叫貝絲·哈特利，二十一歲，曾經擔任當地會計師的秘書。那天早上柔伊在報紙上看到她的照片，臉孔看起來很熟悉。柔伊曾經見她在街上走過嗎？見過她去剪頭髮？買比薩？可能見過，畢竟梅納德是一個小鎮。報紙上沒有提供任何其他細節，但提到調查正在進行中。

如今她就身在此處，陽光反射在水面上，光線的斷片讓水面粼粼發光，這幾乎不可思議，柔伊再怎麼樣也無法想像水中的屍體，這太離奇，太遙不可及了。

然而恐懼仍揮之不去……在恐懼中還有別的讓她惴惴不安，毛骨悚然。

她身後的葉子沙沙作響，她轉身，脈搏猛然跳動。空無一物。是鳥嗎？可能吧。她不禁發起抖來，雖然今天相對來說是個暖天。

為了打破詛咒，她從地上撿起一塊石頭扔進水中，石頭碰到水面漾出水漂，波紋向外擴大然後逐漸消散，綠藻已漂離水衝擊到岩石的位置。她回頭騎上單車回家。

她的鄰居羅德．格洛弗在他的前院照料花圃，白襯衫被汗水浸透。她放下單車，他站起身向她揮手，手上拿著剪刀。那是他母親的剪刀，羅德一直借去用。

「嘿，柔伊。」他微笑著擦擦額頭，剪了溜冰者髮型的棕紅色頭髮有點凌亂，但他陽光開朗的笑容和喜悅的眼神彌補了這一點，儘管他比她大十歲，但個性隨和又好聊，有一種傻傻的幽默感，善於模仿名人和鎮上的居民。

「嘿。」她也報以微笑。「你好嗎？」

「沒什麼好抱怨的，放學回家嗎？」

「對呀……」她猶豫了一下，覺得自己需要跟人聊聊。「我剛經過白塘路大橋。」

「不太順路吧，對嗎？」他說著靠在柵欄上。

「我只是想……那是他們發現那個女孩的地方，你知道吧？」

他點點頭。「對啊，我有聽說。」

「太可怕了，她到底發生了什麼事。」柔伊說。

羅德點點頭。「確實是，」他說。「所以……期待今晚嗎？」

她困惑地看著他。「什麼今晚？」

「呃……哈囉妳忘了？今天是《魔法奇兵》之夜，記得嗎？」

《魔法奇兵》，羅德和柔伊都喜歡這部影集；他們會在每集播完後討論劇情，但談話內容忽然轉彎讓她覺得不太舒服。柔伊一語不發。

他換一個姿勢模仿影集中的角色吉爾斯，他用吉爾斯的英式口音說話。「說真的，柔伊，這是第二季了；妳不得分心，此集乃是至關重要。」

「我得走了，」柔伊道歉道，想到那些事，他想要逗她笑的意圖讓她覺得渾身不對勁，這幾天來沒人笑得出來。「下次見。」

「再見，」羅德說。

她轉向家門，走進屋子前，她回頭看了一眼。羅德對她笑了笑，然後假裝要摘掉他想像中的眼鏡下來擦拭，又是在模仿吉爾斯。

第八章

二〇一六年七月十八日，星期一

柔伊翻閱手中的薄文件夾，班機持續的嗡嗡聲震耳欲聾，她無法忽略這陣持續不斷的噪音。她煩躁起來，懷疑問題並不是出在飛機引擎上，她討厭有別項任務將她從原本的案子拉走，看著一個案子有始有終能為她帶來某種愉悅，她沉迷於這起公路連環殺手案件，就算在家，案子也不斷躍入她腦海，她在這幾起犯罪中尋找犯罪模式，試圖為凶手（不是一名，而是兩名）做出側寫。

曼庫索在週六晚上打電話通知她被調任，芝加哥出現一名連環殺手，外勤探員尋求她的協助。儘管警方針對此案所掌握的細節引人遐想，但柔伊指出，公路殺人案件的發生頻率和受害者人數要高出許多，曼庫索同意她的觀點，隨後再次強調柔伊得前往芝加哥。

曼庫索把案件檔案寄給她，柔伊將檔案擺在床頭櫃上原封不動，打算在飛行前稍事休息。但是三小時後的一場惡夢就將她驚醒，她沒有打算要睡回去。

她閱讀第一位受害者蘇珊．華納的驗屍報告，那隻腐爛的左腳持續吸引她的關注，她已經就事實推斷出一些確切的假設，關於屍體的嘴巴也存在一些有趣的細節……

「在飛機上工作，是嗎？」一個親切的聲音問道。

柔伊闔上文件夾，看向她的鄰座。是一名中年男了，長著稀疏的金髮，曬後的棕褐膚色看起來很假，還掛著一抹「我令人無法抗拒」的微笑。他手裡端著一小杯威士忌，旋晃著的杯子裡有一塊冰在融化。柔伊在心裡嘆了一口氣，準備面對客套閒聊的艱鉅任務。

「是的，」她說。「這是節省時間的好辦法。」

「我是厄爾．哈維森。」

「柔伊。」

「我在旅行時盡量不工作。」他說，「這是專注於自己的好時機，妳知道吧？」

柔伊點點頭，設法不要說出「你現在不就沒專注在自己身上」這種評論。「嗯，我喜歡在旅行時工作，」她說，然後打開文件夾，希望閒聊已經結束。

死亡時間是在發現屍體的前幾天，但屍體是在公共場所被發現，在這段時間差裡，凶手對屍體做了什麼？有一件衣服被撕破了——

「我有點害怕搭飛機，」厄爾說。

他瞄了一眼她文件夾上的內容，首頁清楚標示出「驗屍報告」。她覺得很煩，再次闔上文件夾。

「這就是我喝酒的原因，」厄爾繼續說道。

「好喔，」柔伊說，她已經不想再保持禮貌了。

「我是矽谷一家新創公司的技術寫作人員。」

「聽起來很厲害。」

「喔……沒妳想的那麼厲害。」

他這話說得很認真，這是不著痕跡在講反話嗎？聽起來不像。

「妳是做什麼的？」

「我是法醫心理學家。」

「噢，哇。」他的眼神飄了一下，身體緊繃。

這是對她職業的典型反應。有些人對心理學家戒慎恐懼，認為他們可能隨時會遭到分析，而且幾乎每個人都會對法醫這個詞彙退避三舍，因為會使他們聯想到屍體。以上兩種反應的結合往往會使談話陷入尖銳的停頓——在眼前這個情況下簡直是太好了。

當人們真的去細問她這是什麼職業時，她會解釋她主要的工作內容是分析犯罪行為，然後試圖對凶手提出側寫，這有助於調查人員縮小嫌犯的範圍，從「全世界的人」，縮小到密集且可控制的一小群人。她會小心翼翼地解釋，避免使用連環殺手、性犯罪、受害者特徵、犯罪現場，和其他令聽者坐立難安的字眼。

「妳喜歡妳的工作嗎？」他終於問。

「也有好的一面。」她的語氣唐突又不客氣。她瞇眼看他，她被人說過很多次眼神很逼人，她希望能用眼神逼使他閉嘴。

她第三度打開她的文件夾，迅速翻閱第二位受害者，受害者的嘴被黑線縫合，這有什麼含意嗎？也許他殺了她們是為了——

「我們降落之後妳要去哪裡？」他靠向她，壓低聲音說。

柔伊闔上文件夾，咬牙切齒。

他一直要靠過來。「我得去Gogo大廈的分公司，不過我打算十點才到，所以——」

「喔那或許你應該利用這段時間去找一個有興趣聽你講你媽對你有多失望的女人。」柔伊說，「如果幸運的話，她可能不會注意到你口袋上有結婚戒指的輪廓……對了，你手指上的戒指曬痕曬得還不錯，噴日曬噴霧之前記得摘下戒指比較好，然後也許你真的可以找到人跟你上床，讓你可以產生一點自信，去開那場顯然讓你緊張個半死的商務會議。」

其中一些只是猜測，每個人的母親時不時都會對子女感到失望，這不過只是心理分析界的把戲，但從他眼中的怒火，可以看出她在每個環節上都說對了——甚至是他的商務會議。她開始喜歡上他們之間的談話了。

「婊子，」他喃喃碎念，然後別開身。

「噢，厄爾。」她對他微笑。「別這樣跟聯邦調查局的人說話。」

第九章

伊利諾州芝加哥市，二〇一六年七月十八日，星期一

塔圖姆差點決定讓柔伊自行前往警察總局，但在最後一刻決定去接她，在她與馬丁內斯副隊長和他的冒牌側寫專家見面之前先和她談談，最好確定他們站在同一陣線，在他等待她的同時，他打電話給馬文，確定他老人家沒事。

「我當然不好，塔圖姆，你把我丟在這照顧你那隻猛獸，牠已經把我抓傷兩次了。」

「我意思是不要講斑斑了，你還好嗎？感覺怎麼樣？有記得吃藥嗎？」

「我吃這些藥已經九年了，塔圖姆，你覺得只因為你跑去芝加哥，我就會突然停藥嗎？我當然有記得吃藥。」

「好，那——？」

「我不吃那顆藍色的藥丸了；我跟你說過吃了喉嚨會發癢。」

「什麼？從什麼時候？」

「上個星期，我跟你說過了，塔圖姆，你不記得了嗎？」

「你什麼都沒跟我說，」塔圖姆心裡一沉。「你有問過納薩爾醫生嗎？」

「沒有，沒有必要問，我有跟珍娜說這件事。」

塔圖姆花了一些時間才想起珍娜就是他爺爺那個古柯鹼成癮的女友。「她是醫生嗎？」

「不，但是她一年前有同樣的症頭，她的醫生給她開了別的藥，她還有多一些藥，所以我就改吃那些藥。」

「馬文，你不能那樣做，去跟納薩爾醫生談談——」

「納薩爾很忙，塔圖姆，而且這些綠色的很好，沒有副作用——」

「什麼綠色的？」

「珍娜給我的那些藥丸。」

「這些藥中有名字嗎？你到底吃了什麼藥？」

「我不記得了，塔圖姆，但是這藥很好，珍娜告訴我她跟我有一樣的副作用，而且——」

塔圖姆在步出航廈的數百人中認出柔伊，她大步向出口走去，拖著灰色行李箱。

「聽著，我要掛了，把你該死的藥吃掉，連藍色的、會讓喉嚨發癢的藥也吃下去，還有不要吃珍娜的藥，打電話給納薩爾醫生，他會把你需要的藥開給你。」

「我有我自己的需求。」

「如果你不打電話給納薩爾醫生，我會打。」

「塔圖姆，你真機車。」

「要吃藥，還要記得餵魚，再見。」他掛上電話，緊追著柔伊。他追上她，輕拍她的肩。

「班特利博士。」他笑著說，試圖將馬文和綠色藥丸的事拋諸腦後。

「葛雷探員，我以為我們約在警察局。」

「是的，但我想想可以來接妳，我昨天租了一輛車，所以不用搭計程車了。」

「謝謝你，非常周到的安排。」

她似乎心情愉快，也許她很高興自己能暫離辦公室，這讓塔圖姆更覺得找她來這裡是件好事。

「想先吃點早餐嗎？」他問。「離這不遠有一間叫希拉蕊煎餅屋的店，在Yelp上評價很好。」

「當然好，」她說，眼睛閃爍光芒。「我想喝咖啡想喝得要死。」

「那就走吧，」他說。「要我幫妳提行李箱嗎？」

「我可以自己提。」

希拉蕊煎餅屋車程很近，此時離交通尖峰還有一點時間，芝加哥尚在甦醒之中。煎餅屋本身看起來則有點令人失望，深色窗戶的建築物看起來髒兮兮的，店招牌旁邊有個女人拿著一盤閃亮亮的煎餅，臉上露出不懷好意的笑容。然而一走進店裡確實好多了，內部大部分是木頭裝潢，散發著居家氛圍。嘶聲作響的油煎聲和咖啡香在塔圖姆鼻腔內交織在一起，引得他飢腸轆轆。這個地方人滿為患，大部分都是朝九晚五的男女上班族，還有幾名昏昏欲睡的警察，可能大夜剛交班。

「早安，」他們一就坐女服務生便來招呼了，並把菜單丟在他們面前，是個金髮綁馬尾的年輕女生，塔圖姆竭盡全力將目光聚焦在她的眼睛上，避免瞄向她穿著緊身制服的胸部，不過視線還是一直向下滑，所以大部分時間他都盯著她的鼻子看。

「希望我給你們多點時間考——」

「咖啡，謝謝。」在他們的女服務員逃走之前，塔圖姆開口了。「還有……」他瞄了一眼菜單，選了看起來還不錯的第一道餐點。「蘋果香料煎餅。」

「那道有含堅果，可以嗎？」

「當然。」

「我要培根和蛋，」柔伊說。「蛋要荷包蛋，培根脆一點。」

「好的，也要咖啡嗎？」

「要，要特濃的咖啡，說真的，在我看來，妳沒辦法把培根煎太脆。」

女服務員最後給了他們一個露齒微笑，然後轉身離開。

「飛行過程還好嗎？」他問柔伊。

「坐在我旁邊那個傢伙想撩我，我一拒絕他就變得很不客氣。」柔伊說，「但是除此之外，還不錯。」

「很抱歉這樣子把妳拖來芝加哥，但妳來真的對我非常有幫助。」

「沒問題，這個案子聽起來很吸引人。」

「嗯，」塔圖姆說，對她的遣詞感到不太自在，「這案子肯定不尋常。」

「我的意思是，我覺得有趣的點是推理，這個人顯然有戀屍癖傾向，而防腐處理必然使性行為更加複雜，因為——」

「也許我們晚點再去隱密一點的地方聊這個案子吧，」塔圖姆急忙說，他注意到柔伊說得躍躍欲試時，聲音變得更大聲了，坐在他們隔壁桌的女人大聲放下叉子，朝他們面露反胃的表情。

「好的。」柔伊點頭，然後沉默下來。一失去連環殺手這個話題，她就變得不太健談。

「我在離警察局不遠的地方找到一家不錯又乾淨的汽車旅館，」塔圖姆說，「我擅自幫妳在那裡訂了今晚的房間，可以嗎，或者妳想找其他間汽車旅館，或者——」

「太好了，謝謝。」柔伊說。

他點點頭，她也點頭回敬。他給了她一個侷促的微笑，她也笑，他倆體現了所謂尷尬的沉默。

「是說，我知道妳也是行為分析小組的新人，」塔圖姆說。「聽說妳一直待在波士頓，到最近才過來上班？」

柔伊點點頭。「我在那裡擔任聯邦調查局的顧問很多年了，但是曼庫索決定要延攬我加入行為分析小組，老實說這是每個法醫心理學家的夢想，因此我真的拒絕不了。」

「我完全懂，」塔圖姆說。「妳在波士頓有家人嗎？」

「我妹曾經住在那裡，」柔伊說。「但是她跟我一起搬到戴爾市。」

「真的啊？」塔圖姆揚起眉毛。「妳們兩個很親？」

「是的，」柔伊說。「她說她需要換換環境，她討厭波士頓，想拋下不好的過往戀情。」

談論這個話題讓她看起來很不自在，而塔圖姆含糊地點點頭，決定不將話題往前推進。她清清嗓子。「你呢？你怎麼會從洛杉磯調查處調來行為分析小組？」

「喔……」塔圖姆喃喃道。「這我真的不知道，我想這算是某種形式上的升遷吧。」

女服務生回來了，將盤子和咖啡杯擺在他們面前。塔圖姆慶幸可以把煎餅塞進嘴裡，這樣就有理由停止談論他的「升遷」了。他邊大嚼邊觀察柔伊怎麼進食，她拿起一塊烤麵包，謹慎地切碎一塊培根，然後用叉子把兩種食物叉在一起，接著，她將叉子上這小倆口小心翼翼浸入雞蛋中，舉起叉子檢查，彷彿在檢查稀有標本，最後，她將食物放進嘴裡嚼了一下，閉上雙眼深吸一口氣。

「所以……好吃嗎？」他說。

柔伊不停咀嚼，最後才吞下。「很好吃，」她說，「我喜歡培根脆一點。」

她切了一塊蛋白，在上面放了另一片培根，然後小心舉到嘴裡。柔伊不是一個狼吞虎嚥的人，所以他們會在這裡待一會兒，塔圖姆試圖放慢進食的步調，他已經吃了三分之一，而她只吃了兩口。

「所以關於這個案子，」他說，決定提出安全一點的話題，也就是他們的工作。「偵辦的人已經僱用一個當地的側寫師，一個叫伯恩斯坦博士的人？」

柔伊嫌惡地皺皺鼻子，彷彿他剛剛提到一種致命的皮膚病。「喔，」她說。

「妳知道他嗎？」

「在電視上看過他幾次。」

「我認為他不是很好，」塔圖姆說，「我對這個案子有一些想法，調查人員因為這個人而聽不太進去。」

「了解。」

「我是想要妳加入，用妳的學經歷讓他們驚豔一下，我想會比較好溝通一些，因為妳是一般民眾，然後希望妳多少能幫我背書，這樣就可以在調查中取得一些進展。」

「喔，」柔伊說。「你全都佈局好了，所以你有個想法。」

「是有幾個。」塔圖姆說。

「而且你要我幫你除掉那個競爭者。」

「嗯……」塔圖姆猶豫了。「當然還是要聽聽妳的意見。」

「當然。」

他在某個點上說錯話了，他試圖導正這個狀況。「我聽說妳在史托克的案子上表現非常好。」

「是嗎？」柔伊無動於衷地說，一邊創造了另一件由培根、雞蛋和吐司構築而成的雕塑。

「也許有一天我可以像真正的聯邦調查局探員一樣傑出，屆時我會很高興的，誰知道呢？」

塔圖姆嘆了口氣，他最近跟人交手佔不了便宜。

第十章

丹・芬利並沒有如他所願在海灘上度過快樂的時光，其中一個理由是有個流著鼻涕的小孩正在他身旁挖出一個大洞，往他肩膀扔了幾勺沙，完全無視旁人的存在，已經有兩勺沙落在丹的海灘巾上。他本該出言制止，但是他不認為教訓別人的孩子或教別人怎麼當父母是他的工作，這年頭人們生孩子不但沒有負起責任，相反地，他們還把孩子丟進社會的染缸，然後才在犯罪率上升或失業問題日趨嚴重時大肆抱怨。

他哀傷地搖搖頭，翻了個身，腹部朝下，讓太陽曬黑他的背部。如果他沒辦法享受這場海邊旅行，那麼他唯一所求也只有曬得一身均勻漂亮的健康膚色，他只希望自己的防曬乳能過濾掉陽光中的致癌成分，留下安全又能把膚色曬黑的光線。這年頭防曬乳公司削減成本，毫不考慮後果，與其製造高品質的防曬乳，請一個厲害的律師和逃避醫療訴訟可能還比較便宜。

陽光會致癌這件事情讓他心神不寧，早上起床時的太陽似乎非常誘人，在向他招手，現在感覺更像是一顆把人烤焦的不祥火球，好像要使他的皮膚長滿腫瘤。他焦躁不安，坐起來穿上襯衫。值得嗎？四十歲之前死於癌症，只是為了擁有一身漂亮的健康膚色？

當然不是，這年頭人們短視近利，目光放不長遠，對他來說健康才是第一。

左手邊那個女人仍然坐在那裡啜泣，她坐在那裡已經超過一小時，他已經盡了最大的努力給她應得的隱私，他注意到她是在他坐下後才在那裡哭，否則他會選擇在海灘上的其他地點曬太陽。坐在一個愛哭鬼旁邊真是掃興，當然他自己也興致缺缺，加上這妞在距他十尺遠的地方痛哭流涕。

也許她根本不是在哭，她坐在沙灘上，臉埋在掌心，看起來就像是在哭，但或許她只是睡著了。想想自從他坐下之後，她整個人文風不動。

也許她哭泣是在尋求幫助，她在沙灘上哭泣，是希望有人過來問她怎麼了嗎？當然，不會有人這麼做的。這年頭，你可能會爬上一棟大樓揚言要跳樓，但所有路人只會為了經營各自的YouTube頻道對你舉起手機狂拍，真沒同理心。他覺得忿忿不平。

他慢慢站起身走向那個女人，她不知怎地看起來病懨懨的，全身發白到幾乎泛灰，也許她有皮膚病，不應該那樣曝曬在陽光下，她有擦防曬乳嗎？她沒有帶包包，連條海灘巾都沒有，只是坐在海灘上，穿著一件長袖的黃色襯衫和一條裙子。

「抱歉，嗯……小姐？妳還好嗎？」他問。

她動也不動，充耳不聞，他差點就要轉身離開。她不想被打擾，但她身上似乎……少了些什麼。她需要幫助；這點他很確定。

「小姐？妳還好嗎？想喝點什麼嗎？」他蹲在她旁邊。「小姐？」

他把手放在她的肩膀上。

她的肩膀硬如石塊，堅硬又冰冷。他突然意識到她的脖子上有一圈非常清晰的深色瘀血，皮膚呈蠟灰色，也意識到她根本沒有動過，甚至沒有呼吸。

「媽的！」他尖叫著後退。

這個女孩死了。

第十一章

塔圖姆試圖糾正他說錯的話——柔伊必須給他這個機會——但是她很生氣，沒有和解的心情。她在匡提科鎮本來有重要的事要做，他卻強行把她拉走，實質上是要她來當他的助手。剩下這頓飯和開車去警察總局的路上，她面若冰霜，塔圖姆迅速將她帶到專案小組辦公室，並將她介紹給馬丁內斯副隊長。

「很高興見到妳，」副隊長握手道。「我不知道聯邦調查局會派來更多探員來，我們真的沒有地方讓妳坐了，我是有請求調查局協助，但是我沒有意思要——」

「我不是聯邦探員，」她迅速說道，順勢置入自己被預期要扮演的角色。「我是法醫心理學家，來這裡只是短暫拜訪；我不需要位置，只是對伯恩斯坦博士針對此案的說法很感興趣，我覺得這個凶手很有意思。」

「是這樣嗎？」馬丁內斯說，他狐疑的目光從她移到塔圖姆身上。「妳很熟悉伯恩斯坦博士嗎？」

「行內大多數人都知道他，」她對著馬丁內斯甜笑。「他很有名，而且我確定他應該也聽過我，所以這會是一場有趣的討論，討論完之後，我們可能會得出一些新的結論。」

「我會問問他，」馬丁內斯說。

男人打電話時柔伊等著，他顯然已經在懷疑塔圖姆帶她來這裡，是為了幹掉他們的側寫專家，這是一個廉價的把戲，超級容易看穿。但如果換作是她，可能也會做一樣的事。

「好，太好了，到那邊見，」副隊長說著放下電話，他轉向柔伊，對著她微笑。「妳說對了，伯恩斯坦博士聽過妳，很高興也很期待與妳討論此案，他剛進大樓，我們到會議室見他，我會通知其他警探——」

「先別浪費他們的時間吧，」柔伊急忙說，「我想只有我們四個人應該就可以了，至少可以著手開始一些事，也許之後可以舉行更大型的正式會議。」

「嗯，他們待會可能也得在外執勤，」馬丁內斯皺眉。「好吧，我們去會議室聽聽博士的看法。」

她跟隨這兩個男人，他們將她帶到大廳盡頭的一個房間。伯恩斯坦博士已經在長桌旁坐妥，正在查看他的筆記。柔伊對這個人知之甚詳，在電視上見過許多次，每當媒體在關注連環殺手時，他似乎就會突然冒出來，他不是唯一一人，有一群所謂的專家總是樂於接受採訪，並且賣弄他們對該主題的涉獵有多廣泛，這種人並非無害，他們對社會大眾散播誤解和恐慌，並且經常誤導調查方向，就像這個案子。

「伯恩斯坦博士，」柔伊笑了笑，睜大眼睛佯裝仰慕。「很榮幸終於能認識你。」

「謝謝妳，」這名男子說，站起身與她握手，他握起手來軟弱無力。

柔伊保持微笑地坐下。「我對你的看法很感興趣，針對這位……勒喉禮儀師。」

「妳不會想先從頭討論嗎？」博士也坐下了。「這樣可能可以防止妳的看法受到我的影響。」

伯恩斯坦覺得他的想法會影響她的觀點，這點使柔伊覺得很好笑，她看了一眼坐在桌旁的塔圖姆和馬丁內斯。「我不想浪費時間，你顯然已經在此案付出很多努力，所以我們就從已知的部分先開始吧。」

「非常好，」伯恩斯坦博士再次站起身。「好吧，目標對象是男性，可能是白人，三十歲上下——」

「我絕對同意。」柔伊點頭說。

伯恩斯坦謙虛地笑了笑，朝塔圖姆投以勝利的一瞥。他面無表情，緊咬下巴。

「事實上，」柔伊繼續說道，「我想他有百分之六十三的機率是白人，只有百分之十二的機率是黑人，有百分之十六的機率是西班牙裔或拉丁美洲人。」

博士困惑地眨眨眼。

「這是非常具體的數字，」馬丁內斯副隊長說。「妳怎麼知道——」

「那是美國人口的劃分比例，」柔伊解釋，「因此，如果你隨機選擇任何人，都能匹配這項概率，我竊以為這就是博士的意思，因為沒有其他方法可以得知他是白人，連環殺手在各種族中的分佈非常平均。」

「這不完全是我的意思，」博士噘起嘴說，「正如我在兩本書中所說——」

「抱歉，」柔伊以道歉的語氣說。「我還沒有拜讀過你的書。」

有片刻的沉默。

博士終於清清嗓子，將目光遠離她，對馬丁內斯說。「好吧，如果班特利博士在這部分有我的經驗，她就會同意他以白人受害者為目標，這表示——」

「我們有兩名受害者，」柔伊說。「我們還不知道他鎖定什麼目標，而且也有過白人凶手殺死黑人女性，反之亦然。」她感到不耐煩，他用她的經歷刺激她令她惱火。

「以身為一個學者的角度，說出這些事情很容易，」伯恩斯坦說。「畢竟妳最近才剛畢業，妳以探員身分實際擔任法醫心理學家有多久了……抱歉，我是指以顧問身分？」

之外。」

她臉紅，露齒微笑說。「有幾年了吧，你協助側寫了幾個案件？我是指除了接受媒體採訪之外。」

「妳同意博士對凶手年齡的評估嗎？」馬丁內斯問，音調些微提高了。

「可能估計得差不多，」柔伊聳聳肩。「但我不會將其視為事實。蒙特．羅素（Monte Rissel）十四歲時開始強姦女性，之後不久，他便進一步殺害她們，另外，他也是連環殺手同時殺害白人和黑人女性的一個好例子，對吧，博士？」

「嗯，是……呃……」一時他似乎有點茫然。

「我認為我們確實取得進展了，」柔伊說。「請繼續。」

「嗯……他將屍體留置在公共場所，對執法單位展示他的優越感，也享受隨之而來的名氣，他——」

「他寫過信給報社或警察嗎？」柔伊問。

「沒有，」馬丁內斯說。

「那你怎麼知道他這麼做，並非只是為了滿足他的部分幻想，也是為了避險呢？或許那些地點對他而言具有深刻意義，我從這些謀殺案中沒有看出他有任何謀求名氣或玩貓捉老鼠遊戲的意圖，他選擇的棄屍地點是公共場所，確實如此，但這同時也保證這些地點在晚上人煙罕至，並且沒有監視錄影。幫屍體擺姿勢似乎對他來說別具意義，他選擇的地點可能與此意義有關。」

「那是妳個人的解釋，」博士說。「但——」

「好吧，如果我們有兩種相互矛盾的解釋，那麼在我們同意另一種可能性不太大之前，無法真正假設其中一種解釋是可信的。」柔伊堅定地說。

「好了好了，」馬丁內斯說著舉起雙手，彷彿是在試圖控制這場激烈的討論。「也許應該從我們絕對同意的論點上開始進行討論。伯恩斯坦博士說由於此人熟悉防腐處理，可能曾在殯儀館工作過，這點我絕對同意，而且——」

「為什麼？」柔伊問。

「什麼為什麼？」馬丁內斯生氣地看著她。「妳什麼意思？」

「你為什麼同意？在伯恩斯坦博士進行側寫之前，你是否從殯儀館中尋找過嫌犯？」

「嗯，沒有，但是聽起來很合邏輯——」

「沒錯，」柔伊說，她忍無可忍了。「當一個人有著一副學識淵博的外表，一切聽起來都會合乎邏輯，尤其是這個人年紀很大，白髮蒼蒼，並且以連環殺手專家這個頭銜出現在電視上的時候。但是，如果我們的凶手在防腐技術上有如此豐富的經驗，那為什麼第一個受害者的腳被發現時會腐爛呢？讓我來告訴你為什麼，腳會腐爛是因為他過去沒做過幾次防腐處理，他還在學習這個程序，第二個受害者就全面經過防腐了，我們的凶手在學習。另外，葛雷探員告訴我，第二個受害者是透過另一種混合物質進行防腐處理，他這是在實驗，因為他是新手。我想說的是，如果你想排除一部分的人，那麼就得將所有在殯儀館工作過幾週以上的人排除在外，因為他們已經熟門熟路。」

現場鴉雀無聲，柔伊意識到自己正在大吼大叫。安德芮亞經常抱怨她在興奮或激動時，說話就會提高音量。她深吸一口氣，然後轉向馬丁內斯。

「伴隨著連環殺手的出現，有一個眾所周知的現象，我指的是偽專家，他們在電視上談論連環殺手，他們誤導大眾，製造群眾恐慌，並毒害陪審團，他們會造成難以估計的損失。這些人有個稱號，在我們業內稱之為名嘴。」

她看著那位此時已經面紅耳赤的博士，他的心臟病要發作了嗎？她說話時，一邊在腦中排演她第一次的急救訓練。「伯恩斯坦博士就是個名嘴，你可以繼續聽從他所謂的側寫，但你不會從中找到凶手。」

博士眨眨眼，咬牙切齒，然後站起來，一把抓起公事包。有一刻他似乎要說些什麼；然後就這樣轉身離去，把門摔在身後。有片刻的沉默。塔圖姆看著她，瞠目結舌。柔伊冷靜地跟他對到眼，他就是帶她來對付那個側寫專家的不是嗎？他難道期待過程會有多好看嗎？

「沒必要這樣吧。」馬丁內斯唐突地說。

「我必須說這沒辦法，」柔伊說。「抱歉，事態有點激烈，但是這個人給了你一些不好的建議，有可能導致你們浪費寶貴的時間。」

「這下怎麼辦？」馬丁內斯問。「那妳來告訴我，妳朋友說得對嗎？我們是否該鎖定當下的犯罪現場，以防凶手回來？」

柔伊和塔圖姆對上眼。「這不適用於這名凶手，」柔伊說。

「妳說什麼？」塔圖姆說，聲音緊張。

「沒錯，連環殺手經常會重返犯罪現場，主要是回憶犯罪過程並進行手淫，但是他的犯罪行為不是發生在發現屍體的地點。第一位受害者在她自己的公寓裡被殺，我懷疑他要怎麼回到那裡。第二個受害者是從街上消失，有跡象顯示她被綁了起來，這引導我假設她是被帶到某處，並且在那裡遭到殺害——否則為什麼要綁她？發現屍體的地點無法滿足凶手的幻想；他會被吸引到殺害那些女性的實際地點，所以鎖定那些地點是沒有意義的，這會浪費人力。」

柔伊向塔圖姆發出挑戰性的目光，另一種緊張的沉默降臨在房內。他的臉色一沉，但一語不發。

馬丁內斯清清嗓子。「所以妳怎麼看——」

門打開了，一個人站在門口，眼睛睜得大大的。「副隊長，」他說。「又發現一具屍體了。」

第十二章

俄亥俄州街上沿著湖濱沙灘擠滿了圍觀群眾，他們盡可能擠到犯罪現場的黃色封鎖線前面，無可避免地，其中一些人正在用手機拍照。塔圖姆認出兩名新聞從業人員，記者正對著攝影機熱烈播報。他跟隨馬丁內斯副隊長去找現場一名員警，他正試圖要群眾向後退，手中拿著一本小筆記本。

「馬丁內斯副隊長。」副隊長翻一下他的識別證。「這兩個人跟我一起的。」

他們向警察表明自己的身分，警察盡職地在犯罪現場工作紀錄簿上潦草寫下他們的名字，風在此時吹動了書頁。一名媒體人員朝他們的方向跑來，一面大聲疾呼著問題，塔圖姆背對鏡頭，朝海灘走去，柔伊走在他身旁。他努力裝作她不存在，他對她落井下石、破壞他對副隊長的影響力而感到憤怒，並且已經在想方設法告訴曼庫索，要她將那個女人召回匡提科。

他的黑鞋陷入沙中，在他身後留下深深的腳印，他知道離開這裡之後兩隻鞋裡都會有成堆的沙，襪子裡也是，他的穿著絕對不適合來沙灘。

他們朝一群人走去，他們圍著一個坐在沙灘上的女人走來走去。如果塔圖姆不是事先知道那個女人已經死了，他會以為她只是在享受豔陽天，他走近，看到屍體被擺了一個姿勢，彷彿臉埋在手心。

柔伊在離屍體五碼外停步。

「妳還好嗎？」塔圖姆忍不住問。「妳不必來這裡的。」

「我沒事，」柔伊簡短地說。

「看到屍體的照片是一回事，班特利，實際上來到現場是另一——」

「我去過無數的犯罪現場，也看過很多屍體，」柔伊說，沒看他一眼。「我只是在試圖了解全貌，老實說，葛雷探員，你在打擾我專心。」

這位側寫員很惹人厭，塔圖姆咬牙切齒繼續向前走，走到近處，他掃視屍體周圍那些人，其中一個男子顯然驚魂未定——可能是發現屍體的人——正在與一位穿著芝加哥警察制服的警察交談，另一名男子繞著屍體拍照。屍體左方有個紮馬尾的黑髮女人，在沙灘上小心採樣，並將採樣到的東西放進一個紙袋中，那兩個人可能是鑑識服務部派來現場的人員。另一個男人塔圖姆猜想是法醫，他正在檢查屍體的其中一隻腳。

塔圖姆在紮馬尾的女人旁邊蹲下，她腳下有一盒乳膠手套。

「嗨，」他說。「聯邦調查局葛雷探員，介意我借一副手套嗎？」

她轉身面對他，深褐色的雙睛定定看著他，有一會他幾乎要脫口而出，「蒂娜？」她的臉和他高中時的女友幾乎一模一樣，但她不是蒂娜，他想要控制自己的嘴唇，反而使嘴唇詭異地動了動。

「奧黛麗．瓊斯，」她說。他在張目結舌的時候，她抬了抬眉毛。

「當然好，拿一雙吧，記得也給你同事幾雙。」

他點點頭，戴上手套，手套很小，非常適合奧黛麗纖細的手，但他笨拙的手爪戴上時，感覺像是乳膠正在緩慢將血液擠出他的身體，他告訴自己不要握緊拳頭，這個動作肯定會讓手套裂成兩半。

「你什麼時候到的？」他問。

「大約半小時前到的，」她說。「屍體是在九點半發現的。」

塔圖姆環顧四周。「當時海灘是空的嗎？為什麼花了這麼長時間才發現屍體？」

「我猜人們只是沒有注意到她，」奧黛麗說，一邊慢慢摺疊她拿的紙袋，她從口袋裡拿出一支筆，在紙袋上快速寫一些字。「他們以為她在睡覺之類的。」

塔圖姆不可置信地搖搖頭，一名女子在大庭廣眾之下陳屍於沙灘上，人們竟要花兩個甚至三個小時才注意到她。「有任何發現嗎？」

「有一些腳印，」奧黛麗說。「但是整個現場都被踩踏過，所以我懷疑不會有跟凶手有關的腳印，我們還是拍了一些照片，我發現幾個菸蒂和一個用過的保險套，保險套幾乎完全埋在沙裡。」

塔圖姆懷疑如果奧黛麗在海灘的他處搜尋，也會發現類似的物品。

「謝謝你，奧黛麗。」他說著站起來。

「不客氣，」她微笑著看了他一眼，頭迅速轉向側面，她連肢體語言都跟蒂娜如出一轍，他想知道奧黛麗是否經過生物工程改造來混淆他的視聽。

柔伊走向他們，塔圖姆一言不發遞給她一副手套。她戴上後看著屍體，眼神專注，塔圖姆跟著看，想知道她在看什麼。

受害者的手遮住臉，完美模仿一個人哭泣的姿勢，如果不是因為她不自然的毫無動靜和略帶灰色調的皮膚，你不會猜到她已經死了。她穿著一件長袖的黃色襯衫和一條咖啡色的裙子，裙子皺皺的，高度在大腿附近。她光著腳，喉嚨上有一圈瘀傷，手腕和腳踝處也有傷痕。塔圖姆不需要法醫告訴他她可能被綑綁過，她遭殺害時被綁住了嗎？是否死得很痛苦？她有尖叫著懇求綁架者放她走嗎？他移開視線凝視著海浪，覺得忿忿不平。

這天風很大，密西根湖的小小波浪隨意地相互衝撞，形成一股股白色泡沫的漩渦，雖然他沒有衝浪已經超過十五年，但他還是沒來由地想到這真是不宜衝浪的一天，一旦開始衝浪，他就無法單純觀浪，而不去評估浪型夠不夠好。

那是一片美麗的沙灘，沙灘一側是湖水，另一側是芝加哥水岸線的高樓大廈，大廈窗戶大多是藍色，彷彿倒映著湖水，南邊還有一座面積不大的綠地公園。居民想必熱愛來到此處沿著沙灘漫步或奔跑，或許來游泳，要過多久他們才會回復原本的生活？明天沙灘還是會人滿為患嗎？即便不久前才有個死去的女子被丟棄在沙灘上。

「你可以估計死亡時間嗎？」他聽到柔伊問。他再次轉向她和那具屍體，她在和法醫說話。

「晚點也許可以，等我驗屍完，但我不確定，如果她像之前那幾具一樣經過防腐處理，就會很棘手。」

「你是檢驗前兩具屍體的法醫嗎？」柔伊問。

「是的，」他說。

「稍後我很樂意與你談談，比對一下你在三名受害者身上的發現。」

樂意。柔伊當然會選擇這個字眼，很樂意討論一個被勒死又被防腐的女性，真是樂過頭了，啦啦啦。

法醫點點頭，小心翼翼抓住受害者的一隻手，然後用他另一隻手牢牢扶住受害者的上臂，然後他拉了一下，屍體的手便從臉上移開。

「她比其他兩具屍體更靈活，」他告訴柔伊。

「她的眼睛是閉起來的，」柔伊仔細看著。

「還有她的嘴。」法醫說，「第一位受害者的嘴沒有闔上。」他輕輕將紙袋套在屍體手掌上，並拿橡皮筋將紙袋綁在該處。

「她戴著戒指，」柔伊指著另一隻手說。

「是的，他們會在太平間把戒指拔下。」法醫說著將第二隻手往下拉，讓整張臉部都露出來，受害者的雙眼緊閉，臉上蒙著一抹平靜。

「可以讓我來嗎？」柔伊問，示意她的手掌。

「我希望妳還是別——」

「我會小心的，」柔伊說。她小心抓住手掌將戒指滑開，她仔細看著手指，然後看著塔圖姆。「沒有曬痕，」她說。

「也許她沒有曬黑，」塔圖姆拐著彎說。

柔伊不耐煩地搖搖頭，輕輕移開襯衫的衣領，明顯可見皮膚略有色差。「她這裡有曬痕，」柔伊說。「這是另一種款式的襯衫，可以暴露更多肌膚的款式所造成的曬痕。」她把衣領向下拉，露出屍體胸部附近的同一種曬痕。「是更低胸的款式，」她補充道。

「所以呢？」法醫問，一邊將紙袋套上第二隻手。

「她習慣穿著暴露的襯衫在陽光下暴曬，」柔伊咬著嘴唇。「她很有可能是妓女。」

「或者騎單車的外送員，」塔圖姆說。「或是芝加哥小熊隊的啦啦隊，或者是一個失業的女孩，喜歡在早上穿著細肩帶去散步，妳無法推斷——」

「我沒有要推斷什麼，」柔伊機警地說。「但是之前其中一名受害者是妓女，高風險受害者是連環殺手的主要目標，我認為很有可能性。」

塔圖姆很惱火，轉身走開了，他走向與馬丁內斯副隊長站在一起的民眾，這個男人有一頭金髮和幾不可見的鬍子，與馬丁內斯臉上的毛髮形成強烈對比。

「這位就是發現屍體的人嗎？」塔圖姆問。

「對，」馬丁內斯點頭。「丹．芬利。」

「我真的得走了，」丹說著提高音量。「我有生意要處理，而且——」

「什麼樣的生意？」塔圖姆問。

「我是藜麥的供應商，有靠我的貨經營的商店和餐館，這年頭，如果你送貨遲到一次，人們就會轉向其他供應商，沒有忠誠度，也沒有義氣可言。這是每個人——」

「你什麼時候到沙灘上來的？」塔圖姆問。

「我已經經歷兩次了，一樣的問題你要我回答多少次？」

「這是謀殺案調查，芬利先生，」馬丁內斯說，「我們不想犯任何錯誤，我想你一定能了解。」

「就像我跟其他人說的一樣，我八點左右就到了海灘。」

「你到了九點三十分才報案有屍體嗎？」塔圖姆問。

「我不知道她死了，我以為她在哭。」

「有一個女人在沙灘上哭了一個半小時，你才去查看？」

「也沒有人接近她啊，我不想打擾她，」丹說，他的嘴因痛苦而扭曲。「這年頭，沙灘上就是少不了這種怪事。」

「沙灘上就是少不了這種怪事？」塔圖姆看著那個人，表情不可置信。

丹噘起嘴唇什麼也沒說，塔圖姆搖搖頭走開了。一分鐘後，馬丁內斯也走過來。

「第三名受害者，」塔圖姆告訴馬丁內斯。

馬丁內斯點點頭。「而且距離上一個只有十一天。」

塔圖姆交叉雙臂看著湖面，滿懷沮喪和擔憂，他希望他們能夠在第四名女性死者出現之前逮到凶手。

第十三章

柔伊興致缺缺地盯著她的雞肉沙拉，除了附近找得到停車位之外，他們休息吃午餐的地方不值一提。女服務生——是一個粗魯草率又討人厭的女人，脖子上長了疹子——推薦了雞肉沙拉，她說那是她最喜歡的一道，柔伊對此表示懷疑，雞肉很乾澀，並用一種無法識別的綠色香草調味，蔬菜重複解凍了很多遍，質地吃起來像餐巾。

用餐的同伴也讓她提不起胃口，塔圖姆臉色陰沉又不說話，正在生悶氣。他點了一個漢堡，咬下一大口然後沒嚼幾次就吞下，他顯然想盡快解決這頓午餐。

終於，他放下啃了一半的漢堡然後說道，「妳本來可以幫我背書的，鎖定犯罪現場是一種可靠的辦法，現在馬丁內斯不會這麼做了。」

「這麼做不會有什麼好處，」柔伊盡力保持耐性說道。她回想在最新這個犯罪現場，塔圖姆曾讓她懷疑自己的推論，因此她沒有向馬丁內斯說她認為受害者是妓女，她現在對此感到後悔。「凶手不會回去那裡。」

「妳不知道吧，妳只是猜測。」

「我不是在猜測，」柔伊機警地說。「我是從過去的案件，根據已知的證據推論出來的，我就是專門在做這種事，那是我的工作。」

「說到妳的工作，妳難道不能對伯恩斯坦圓滑一點嗎？我帶妳來這裡是為了撼動他們對他的信任，而不是來摧毀他。」

「不是你把我帶來這裡，是曼庫索派我來的，她派我來是要為芝加哥警察提供諮詢，這正是我過去和現在都在做的事。」

「諮詢？妳跟伯恩斯坦博士沒兩樣，你們兩個跟神棍比起來半斤八兩，對著警探無中生有，搞混調查過程，只是為了辯護你們薪水的正當性。」

她面紅耳赤，心跳加速，她好想抓起雞肉沙拉，然後砸在他臉上。「去你的，你知道嗎，塔圖姆？我不知道你該死的對我有什麼意見，我沒有替你背書是因為你的建議很蠢，任何有一丁點連環殺手經驗的人都看得出來，不過當然啦，你沒有任何經驗，你之所以會加入行為分析小組，是因為你無處可去，所以，克服你的陰莖大小、尿床問題或任何你需要的心裡補償，表現得像個男人吧。如果你想要我支持你，你就得跟上我的步調，而且我步調很快。」

她站起來旋風般地離開餐廳，該死，他可以幫她買單那道食之無味的雞肉沙拉。

她帶著怒火踏步走在街上，感覺自己又像十四歲時一樣，那個警察用傲慢的表情看著她。

聽著，親愛的，把治安的事交給大人，好嗎？

去死吧塔圖姆，去死吧十九年前那個警察，她故意忘掉那個警察的名字，還有所有因為她奪走「真探員」的差事而討厭她的聯邦調查局探員全都去死。儘管她成績斐然，那些對她的蔑視和不屑態度還是該死的陰魂不散，有那麼一天，她能得到她所應得的賞識嗎？

她的眼中滿是憤怒的淚水，她迅速用手背擦去，把眼淚吞下，強迫自己冷靜下來。她站著不動，專注於呼吸，她的深呼吸伴隨著一陣小抽噎；下一次呼吸就完全平穩下來，她的心跳慢下，憤怒還在，但她控制住自己情緒了。

塔圖姆在她身後叫她的名字。該死。她再度走開。

「柔伊！看在上帝的份上，等一下。」

「不要管我。」

「當然，隨便妳，」他在她身後冷冷說道。「但是我想妳可能想知道他們已經確認這個女孩的身分了，她符合失蹤人口報告上的名字，她的名字叫克麗絲塔．巴克，是個接客的女孩。」

是個接客的女孩。這就是塔圖姆不使用「妓女」這個詞彙，來指稱她是妓女的方式，這樣就可以不必承認她是對的，她想到她可能是妓女的時候，就該告訴馬丁內斯了，看到她推斷正確，會讓馬丁內斯更容得下她。

「他們正要去約談她室友，一個叫水晶的女孩，馬丁內斯問我們要不要一起去，我該跟他說妳沒興趣嗎？」

她怒氣沖沖地轉身，塔圖姆看著她，表情空洞又冷漠。

「不行，」她冷靜地說，情緒完全在控制中。「我想聽聽那個妓女要怎麼說。」

第十四章

水晶在床上坐立難安，偶爾看一眼來見她的這些陌生人。葛雷探員表示他來自聯邦調查局，馬丁內斯則來自芝加哥警署，那個女人沒有說她是什麼來頭，她是那個聯邦調查局探員的女朋友嗎？看起來是沒錯，他們刻意迴避對方目光的方式說明了一切。警探說話時，他們倆都點點頭，但彼此卻主動忽略對方。沒錯，他們兩個搞上了，毫無疑問。

她希望他們能快點離開。她才剛服務完一個早上的恩客，這種情況可能每三天才有一次，男人通常喜歡利用暗夜來掩蓋他們花錢買春的事實。二十美元的鈔票穩穩躺在她口袋裡，警察一走，她就可以下樓去找阿踼買塊古柯鹼，然後吸一下——象徵這一天開張大吉。

她飢腸轆轆，她也可以去找點東西吃，她上一次吃飯是什麼時候？

不，要先嗑點古柯鹼，然後試著再拉一個早客，誰知道呢？她可能會很走運，這樣她就會去買點早餐來吃。

她又沒在聽他說話了，那個警探馬丁內斯看起來很受挫。

「對不起，你說什麼？」她問。

「妳最後一次見到克麗絲塔是什麼時候？」

克麗絲塔。她好想念克麗絲塔，她的朋友讓生活比較過得下去，有時候，克麗絲塔真的能把她逗笑，她們總是出雙入對，克麗絲塔和水晶[2]，她們這樣自我介紹時總會引人發笑，好像某種滑稽的笑話。看看這兩隻快克[3]毒蟲，克麗絲塔和水晶。阿踼曾經說過，她們應該開始吸食冰毒而不是快克，這樣他們就可以說克麗絲塔和水晶正在吸一種很像自己名字的毒品了[4]。哈哈哈，人生不過只是一場笑話。

「我不知道。」她說，「我猜是一週前吧？還是更久？」

「妳在四天前通報她失蹤，」馬丁內斯說。

「對，所以我想可能更久，因為她大概失蹤了四、五天，我才通報的。」

「妳為什麼等這麼久才通報？」葛雷探員問。

她可以感覺到脖子底下彷彿有螞蟻在爬行，通常要一天沒嗑快克才會有這種症狀。前一天生意很爛，只有一個嫖客上門，只想要被吹，他不肯付錢，完事後只給了她十美元。阿踢說他會去追殺這個傢伙，拿回少給的錢，但他說到卻沒做到，如果他不能為你挺身而出，有個拉皮條的人又有什麼意義呢？

「我不知道。」她聳聳肩。「她之前就會搞消失，克麗絲塔總是不見人影，她有些客人會把她接走一兩天，克麗絲塔總是有上流客戶上門。」

因為克麗絲塔長得漂亮，不像她，她的牙齒還長得很好，而且沒那麼瘦。

「妳知道那些嫖客是誰嗎？」那個女人問。她叫什麼名字？柔伊。她的眼神很怪異，可以直搗水晶的內心，挖掘出她所有祕密，她別開視線。天哪，她需要嗑點古柯鹼。

「不知道，」她說。

---

2 水晶原文為Crystal，與克麗絲塔有諧音和押韻的趣味。

3 crack，古柯鹼俗名。

4 冰毒型態呈透明結晶體，形似冰和水晶。

「有誰知道？」

「沒有人知道。」阿鵖可能知道，但如果她把他的名字供出，他會殺了她。「有進展嗎？在找了嗎？你們覺得會找到她嗎？」

水晶知道這種事，像他們這樣的女孩，一旦消失就不會回來了，只有茱莉亞．羅勃茲（Julia Roberts）可以消失一個星期，然後帶著一堆新衣服和億萬富翁男友回來[5]。像水晶這樣的女孩如果失蹤，你可以確定她已躺在某處的水溝裡。

但不會是克麗絲塔，水晶一直以為她的朋友不會有那樣的下場，在某種程度上，克麗絲塔幾乎就像茱莉亞．羅勃茲，她有這種光芒，有這種……光環，彷彿天生注定不凡。

「恐怕我有個壞消息，」馬丁內斯說。「克麗絲塔死了。」

水晶想到的第一件事是克麗絲塔沒讓阿鵖知道的八十美元，水晶發誓她永遠不會碰那八十美元，那是克麗絲塔為了想永遠離開芝加哥存下來的錢，是她的緊急預備金，那筆錢現在是水晶的了，她可以用這筆錢買四塊古柯鹼……不，買三塊和一頓不錯的早餐，還有……

就在此時她哭了起來，這三個陌生人可能以為她在為死去的朋友哭泣，但並非如此，她在為自己而哭。

探員和警探的態度顯得煩躁起來。你們兩個都去死吧，但那個叫柔伊的女人彎腰凝視著水晶的眼睛，她熱切的目光震懾住水晶，使她的啜泣逐漸減弱成抽噎。

「我很為妳的朋友遺憾，」柔伊說。「是一個男人幹的。」

水晶點點頭，當然是了。

「我們正在找他，」柔伊說。「我們希望在他再傷害任何人之前逮到他，妳的配合會對我們很有幫助，但是我需要妳集中注意力，妳能集中精神嗎，水晶？」

也許那個女人是社會服務機構派來的，她肯定讓水晶想起她曾見過的一名社工，她們有相同的眼神，彷彿訴說著想要幫助她，卻心知肚明像水晶這樣的人已經無藥可救，那個眼神裡沒有憐憫，沒有悲傷或厭惡，只有諒解。

「當然。」水晶吸著鼻子說。

「克麗絲塔也有在吸快克嗎？」柔伊問。

登愣，那個女人完全沒有拐彎抹角。水晶沒有問她怎麼知道，吸食快克會有某種特徵——儘管未必很明顯，有些人比較擅於掩飾，但水晶肯定無法。

「偶爾吧，」她說。「沒有我嗑得那麼多。」

「克麗絲塔是什麼樣的人？」

「她是個……好人。街上有些妓女會變得很壞，妳知道嗎？但是克麗絲塔從來不會那樣，她幾乎跟所有人都可以處得很好，即使那些人大多很壞。」

而且阿踢不會像揍我那樣揍她。

「克麗絲塔有戴戒指嗎？」

「什麼？」水晶問。

「一只銀戒指，上面有一小顆紅寶石，可能是假的。」

水晶輕蔑地哼了一聲。「如果她有戒指，早就拿去典當了，否則也會有人把戒指拿走。」

「她可能是最近才得到戒指的。」

---

5 情節出自電影《麻雀變鳳凰》（Pretty Woman），商業鉅子因緣際會包養了由茱莉亞・羅勃茲飾演的應召女郎，並在一週內愛上她。

「她沒有戒指，」水晶說。

「克麗絲塔通常都穿什麼衣服？」柔伊問。

「妳這問題也太怪了，女士，她穿得就像個會吸快克的妓女。」

「她有一件長袖的黃色襯衫，或一條咖啡色的裙子嗎？」

「她從來不穿黃色襯衫，」水晶說。「她老是說黃色不是她的顏色，而且她沒有咖啡色的裙子。」

「好的，」柔伊點頭。「馬丁內斯副隊長？你還有其他問題想問嗎？或者你呢，探員？」她說探員這個詞的方式，好像平常人在罵混蛋一樣。這兩個人是怎麼了？

「有，」馬丁內斯說。「誰賣快克給妳的？」

「我想幫忙，但這部分我是不會說的。」

「就算那個人跟殺害她的是同一人？」

「不是同一人。」

「妳能告訴我們，妳最後一次見到她是什麼時候嗎？」葛雷探員說。

「我們在街上拉客，我跟一個嫖客一起走進小巷，」水晶說。「等我回去時，她已經不見了。」

「有人看見她跟誰走了嗎？」

「沒有。」

「那天晚上有沒有看到可疑的人？」

她哼了一聲。「我工作的地方，每個人都很可疑。」

「有人特別可疑嗎？」

「有了，」她突然間想到。「有個很怪的傢伙開著一輛撞得破破爛爛的車，想要釣我們一幫姊妹跟他走，但沒人肯。」

「他長什麼樣？」塔圖姆問。

「全身都是刺青，臉，手臂，脖子都是，」水晶說，回想起那晚。「他說話的聲音很怪，音調有點高。」

「你知道是哪一款汽車嗎？」馬丁內斯問。

「我不知道，但是是藍色的，漆都脫落了。」

「他有試圖要克麗絲塔跟他走嗎？」葛雷探員問。

「有，但是她從來不會上那種車。」

「那天晚上妳在哪裡拉客？」探員追問。

「布萊頓公園附近，我們在那裡有個街角的地盤。」

「妳能告訴我確切的位置嗎？」馬丁內斯問。

水晶猶豫了，那個街角是她的根據地——她在那裡可以招攬到最好的客人，如果她讓他知道地點，他就知道該把掃黃緝毒行動隊派到哪裡了。

好像這是什麼大祕密一樣，每個人都知道布萊頓公園的妓女在哪裡拉客。

「當然，」她說。「我會跟你說。」

第十五章

他的房子感覺起來……空蕩蕩的。

這次分手是目前為止最艱難的一次，他知道這個決定是對的，但是他並沒有心理準備好應接隨之到來的寂寞。與自己所愛的女人一起在床上醒來有益身心，看著她躺在那裡——那緊閉的雙眼，無邪的臉龐，溫暖的身軀……

好吧，也許不溫暖。

離開家，知道回來時她會在那等他，這點讓人安心。他將她留在哪裡，她就會在原地永遠守候，就在他離開她的地方，完全可預測。她曾經是他可以信任的人。

但老實說，如果愛情的火花消失了，就沒有必要拖延不可避免的結局了吧？

找下一個女人才是正經事，他會小心慎選，雖然上一個曾經是如此迷人，充滿活力，但她的內在還是存在某種……敗壞。他們的戀情曾拯救她脫離吸毒的困境；他對這點毫無疑問，他心知肚明，她也是，或許那正是導致他們分手的真正問題，當然了，除了那個問題之外，還有他的防腐工作做得不夠好。

不，下次會更好。他會選一個更好的對象，他會處理得更好，她會很完美的。

他今晚該去找一個嗎？這段戀情直到前一天晚上才結束，一夜未眠之後，他精疲力盡，開車送她到沙灘，把她搬到她想去的地方。

那天晚上有一度，他以為一切都結束了。

那裡還有一對情侶，在沙灘上相互依偎，在黑暗中他沒有注意到他們，否則他會繼續往前走把她帶到另一個地點。他拖著她，她的腳跟時不時碰到砂土地。他氣喘噓噓，暗自咒罵沒有將車停近一點，幾度他就要下定決心已經走夠遠了，但是他內心深處知道她想離水濱近一些，想看著湖裡的小浪拍打著岸邊。他就快走到目的地，那對情侶卻站起來，顯然是決定該回家了。

他透過月光照亮的水面，發現那兩人的雙重剪影，只有不到二十呎的距離，且正朝著他的方向走去，他只有幾秒鐘可以應變，他把手滑到口袋裡的刀子上，心跳劇烈。

他很快想出一個計畫，先割開男人的喉嚨，女人比較容易對付。也許他可以把她帶回家……但這太冒險了，而且他不想把他的女人丟在這。他反其道而行，把她的身體扳挺，把自己的手臂圍在她腰上，低頭靠向她身上，而她站著，臉埋在自己手中。這對情侶會看到他們倆真實的情況：一個男人正在安慰一個傷心欲絕的女人。

這對情侶走過，沒有看他一眼，他們正為彼此意亂情迷。他知道那種感覺，陷入愛河是一件美妙的事。

他拖著她繼續走，幫她走下沙灘，他很抱歉沒有帶一條海灘巾來讓她坐。他仔細整理了一下在途中穿歪的裙子。

終於滿意了，他向她告別，不想把場面拖延太久，便離開了。

如今他開始想念她了，或者至少想念她在家中的存在。

他需要填補內心的空白。下一次會有所不同，他會找到真命天女。

明天開始他就要開始尋找。

第十六章

麻薩諸塞州梅納德鎮，一九九七年十月二十三日，星期四

柔伊的父母又開始竊竊私語，現在幾乎每天都這樣，他們本來是一個大聲公家庭，現在變得輕聲細語，在緊繃的沉默中無聲哀嘆。

她的母親認識五天前第二個被殺的女孩。潔姬．泰勒是她在讀書俱樂部認識的一個女人的女兒，兩年前，柔伊的母親曾參加過潔姬的十六歲生日會，如今她也參加了葬禮。

柔伊的父親試圖表現得若無其事，但幾乎不可能。她的母親陷入一種漫長又失魂的凝視中，任何人跟她說話她都充耳不聞。她堅持要開車接送女兒，柔伊必須在天黑之前回家，意思是下午五點之前。前一天，安德芮亞拿著她的球打開門跑到外面去，她們的母親追著她，歇斯底里地對她尖叫，要她回到屋子裡。安德芮亞哭了起來，嚇壞了，她的母親將她拖回屋裡，柔伊抱抱她，在她的耳邊輕聲安慰。

下週就是萬聖節，幾乎每個人都知道今年不會有不給糖就搗蛋的活動了。

現在在客廳裡，她的父母正在小聲說話，柔伊一走進房間，她的父母的談話戛然而止。

「嘿，爸，你沒有把報紙丟掉對吧？」她說。

「沒有，」他對著她微笑。「在廚房桌子上。」

「太好了，謝謝。」她說，迅速轉身離開。

「她要報紙做什麼？」她聽到母親問。

「要做某個學校作業吧，」她的父親說。「她需要留著天氣預報版面之類的吧；我不知道。」

她拿走報紙走去她的房間，關上門，然後，她心跳加速讀了第二版的標題：「警方報告哈特利謀殺案的進展」。

她看了一眼貝絲．哈特利眾所周知的肖像照，他們總是使用同樣的照片：貝絲微笑著側身注視相機，顯得有些傻氣。貝絲會否准許這張照片一遍遍地刊登在報紙上？柔伊對此表示懷疑，但是貝絲已經死了，而且在遭受此等苦難之後，柔伊認為貝絲不會太在意一張糟糕的照片。

她的眼睛迅速瀏覽這篇報導，這篇報導就像大部分關於這兩起謀殺案的報導一樣缺乏詳細資訊，一樣令人洩氣。有取得什麼進展嗎？有嫌犯或者有嫌犯被拘留了嗎？他們知道為什麼貝絲被殺嗎？

警察只說他們已經取得進展，當被問及他們是否認為潔姬．泰勒是被同一人所殺，警察說他們仍在調查各種可能性。

潔姬．泰勒被發現死於杜蘭特池塘，晚上她帶狗散步，一個小時後還沒有回家，她母親出去找她隨後便報警。幾小時後那隻狗回家了，身上還繫著狗鍊。當天晚上，一組搜救隊找到潔姬，她全身赤裸，屍體躺在池塘的淺水域，雙手綁在身後。柔伊對整件事知之甚詳，是因為海瑟十九歲的哥哥羅伊參與了搜查工作，他回到家時魂飛魄散，在他們的父母來得及避免海瑟聽見之前，就全盤托出了整件事。

兩名年輕女子被發現時已裸體身亡，這讓所有人都嚇壞了，那是一個小鎮最可怕的惡夢。柔伊的父親前一天晚上開車去超市，他說街上空無一人，梅納德在夜晚變成一座鬼城，居民全躲在自己家中。

一想到凶手仍在街上自由晃蕩，就讓柔伊膽戰心驚，但也令她著迷。她一直喜歡閱讀驚悚小說和推理小說，而這就是現實生活中的驚悚故事，就發生在街坊之中，她不停思考，試圖從她所知的貧乏事實和聽到的謠言中，將整起事件拼湊起來。

她從床底下拿出剪貼簿，翻到下一個空白頁面，然後小心翼翼從紙上剪下這篇報導。她向後靠在門上，準備在父母突然闖進來時將報紙和剪貼簿塞到床底下，她把報導黏貼在剪貼簿上，然後再次閱讀。

進展。那是什麼意思？他們快要抓到凶手了嗎？那個在夜晚擄走女人，剝光衣物然後殺害她們的男人？那個怪物？

那是報紙提到凶手時最喜歡使用的字眼。在逃的怪物。捕獵無助的女人的怪物。躲藏在梅納德鎮的怪物。

但是柔伊意識到一個可怕的事實。這不是怪物，不是從下水道浮現的某種外星人或有鱗生物，比那糟糕的多，這是一個男人，一個走在梅納德鎮大街上的人，可能就住在那，也許他小時候甚至唸過柔伊的學校，也許她昨天在上學的路上見過他，也許她父親在超市遇過他。他可能在潔姬．泰勒的葬禮上站在她母親身邊，殺害那個女孩的過程在他腦中仍然歷歷在目。

她在街上遇到的每個陌生人都讓她冒出同樣的疑問，*會是他嗎*？她發現自己直直盯視著人們，想要看出他們眼裡是否閃爍著罪惡感。兩天前，她注意到學校工友的喉嚨被抓傷——他可能是被一個掙扎求生的年輕女子抓傷的。顫抖的她得去洗手間待了將近十分鐘，才冷靜下來。

她翻閱她的剪貼簿，一下在這頁、一下在那頁停留，然後翻到最後一頁，她在那頁貼了一張梅納德鎮的小幅地圖，在地圖上標記出兩個位置：杜蘭特池塘和白塘路大橋。

會出現第三個地點嗎？

路燈出於不明原因沒有點亮，柔伊迅速走上街，後悔沒叫她父親來海瑟家接她。夜晚的黑暗籠罩著她，寒冷又教人喘不過氣。風吹過樹林，除了她快速踏地的腳步聲之外，只有樹葉在沙沙作響。她環抱自己的身體發起抖來，天氣很冷，冰冷的空氣爬進她的衣領，地面凍僵她的腳底。她等不及要快點回家。

其中一條鞋帶很鬆，但她不想在黑暗的街道上停步綁好。她加快步伐，離家不遠了，為什麼燈不亮？她瑟瑟發抖，一棵樹的暗影遮蔽了僅有的微弱月光。

她聽到後面有聲音。是腳步聲，有另一雙腳快步走在街上，離她愈來愈近，是一個男人辛苦吃力的呼吸聲混合了匆匆的腳步聲。快到家了，如果她尖叫，會有人來幫她。可能沒什麼，只是一個出來輕鬆散步的男人。

他愈來愈接近，她發現自己加緊腳步，跑了起來，她慌了，吸進一大口冰冷的空氣，凍僵了肺部。有人驚恐地哭了出來，是她。她身後的那個男人也在跑，他沒有大喊要她停下，沒有叫她的名字——他只是跑，呼吸比剛才更沉，幾乎像是在咆哮嚎叫。

離她家還有多遠？三十步？五十步？恐懼的淚水從她臉頰滑落，她向後瞄了一眼，看見他的影子——寬闊高大又黑暗——他眯著眼看起來充滿掠奪性，在黑夜中閃爍著光芒。

除了尖叫之外別無選擇。「救命！有人嗎！」她的聲音聽起來很緊張，斷斷續續，不像她希望的那麼大聲。沒有人開門，沒有窗戶打開，沒有人從房子裡出來幫助她。追她的那個人逼近，一把抓住她的襯衫，她掙扎著想向前掙脫，衣領卻使她窒息。他將她向後扯，拖到一叢灌木叢中，將她摔在地上，伸手不見五指，只有無助。他手裡拿著刀，撕開她的衣服，眼睛充滿野性、慾望和仇恨……

她的手顫抖著試圖阻止攻擊者。然後她醒來，喉嚨卡著一聲尖叫。她躺在黑暗中，呼吸困難，心臟猛跳，胸口緊繃。意識慢慢恢復，她在臥房裡，離父母房間只有一扇門。夜裡很冷，她不知何時把毯子扔掉了，她從地板上撿起毯子，身體還在顫抖，不知是因為寒冷還是因為惡夢。她摸索著電燈開關並打開燈，燈光眩目地讓她瞇起眼睛。

安德芮亞在臥房的地板上睡著了，光線使她的妹妹動了一下，柔伊迅速將燈關掉，這是她第二天發現安德芮亞在她房間睡著。她妹妹對發生的事應該是一無所知，但她可以感受到每個人的恐懼，而且她知道自己再也不能出門玩耍了，顯然感覺到有什麼不對勁。

柔伊蜷縮在毯子裡，不敢入睡。夢境依然在她思緒中徘徊，感覺歷歷在目。那就是潔姬．泰勒死前的感受嗎？還是貝絲？

不，對她們來說，過程可能更慘，而且她們不會再醒來。

「柔伊？」她妹妹昏昏欲睡的聲音打破了房裡的寂靜。

「怎麼了？」柔伊試圖保持聲音鎮定。

「潔姬很老了嗎？」

「什麼？」

「潔姬啊，那個媽媽認識的女人，她很老了嗎？」

柔伊想知道安德芮亞偷聽到什麼，她了解多少。她只有五歲。

「不，」她說。「她不老。」

「但是媽咪跟爸比說潔姬死了，只有老人會死對不對？真的很老的老人。」

柔伊平躺凝視著天花板，保持沉默。

「潔姬很老嗎？」她妹妹固執地問，不會輕易作罷。

「不老，但是……她本來不應該死的。」

「但是她死了，對嗎？」

「是，她死了。」

「妳覺得我會死嗎？我不想死，」一陣恐懼的抽泣聲。「媽咪說只有真的很老的人才會死，比奶奶還老的人。」

「對呀，別擔心，芮芮，」柔伊聽到自己這麼說。「只有老人才會死。」

「比奶奶還老的人才會？」

「對，比奶奶老的人。」

「所以我不會死嗎？」

「只有到妳真的很老的時候，芮芮。」

「那妳會死嗎？」

「會，但只有到我真的很老的時候，睡覺吧，芮芮。」

「我可以睡在妳的床上嗎？」

「當然，」柔伊鬆了一口氣。「來吧。」

她的妹妹跳到床上，膝蓋直接壓在她肚子上，讓柔伊差點窒息。她試著要呼吸過來，安德芮亞緊緊抱住柔伊。

似乎沒過幾秒鐘，她妹妹輕柔的呼吸就平穩下來。柔伊醒著，感覺再也睡不著了。

她的數學老師星期五早上生病了，在下堂課前柔伊突然有兩節空堂，海瑟提議翹課去買熱巧克力，柔伊一開始覺得這個點子不錯，但隨後她腦中又冒出另一個想法揮之不去。她可以去杜蘭特池塘。

不會有什麼危險，現在是早上；那裡可能會有慢跑或遛狗的人，她只是想去看一下，她的父母不會知道的。

她沒有騎車來，那天早上是父親開車送她去學校，但是她們家房子並不遠，她可以溜出去回家拿車，然後騎去池塘，快速看一眼就回家，然後把車丟回家，準時回學校上下一堂課。

她知道這麼做很奇怪，但是這個想法在她腦海中浮現得愈多次，她就愈覺得有必要去，不知道為什麼，但是她就是無法放手。她記得上次去完白塘路大橋有多心安，也許如果她終於看到杜蘭特池塘，就可以不再想著潔姬·泰勒赤身裸體、雙手反綁、掙扎求生的屍體了。

柔伊和海瑟離開校區，輕鬆朝著大街走去，儘管她們有兩個小時，但最近的咖啡廳卻距離這裡快一英里外，她們不得不抓緊時間。一對高年級生站在街道對面，他們一看到女生就開始起哄叫著海瑟，吹口哨奚落她。海瑟尷尬地抱住她的胸部，她快步走著，一邊注意自己胸部的外觀。

「白癡，」等那些人聽不見了，柔伊咕噥著說。

海瑟臉紅得像甜菜根。「對啊。」

她們走到大街，但一到咖啡館，柔伊停步。

「聽著，我……」她猶豫了。「我得去做一件事。」

「妳在說什麼啊？」海瑟問。

透過咖啡廳的窗戶，柔伊看到幾個數學課的女生，差點要改變主意。天氣寒冷，喝點熱巧克力聽起來很不錯。

「我把英文筆記本放在家裡忘了帶來，」她撒謊，「我要回家拿。」

「等等再去拿，我們有一個多小時。」

「我回家拿很快，妳繼續待在這——我再來找妳。」

海瑟聳聳肩。「好呀，隨便囉。」她說著走進咖啡廳，門在柔伊朋友的身後關上，烘焙的香味在柔伊鼻腔內滿溢，她覺得自己像個白癡。

快點去池塘看一眼，然後將其從系統中刪除，她還有時間來找海瑟。

她半走半跑著回家抓了單車，從此處出發到杜蘭特池塘小徑僅有十五分鐘車程，她猛踩踏板，冷風拂面而來，她很快騎到夏日街，氣喘吁吁地對抗向上的緩坡。

一個女人瞥了正在急駛的她一眼，柔伊頓時有些恐慌，那個女人認識她嗎？她會告訴她媽嗎？她說服自己沒被認出，那只是個陌生人。但是夏日街是梅納德鎮最繁忙的一條街道，如果她一直騎在這條街上，就會有人認出她來。

她在布魯克斯街右轉，為了掩人耳目，她沿著小街小巷抵達杜蘭特池塘小徑，她一邊因吃力和緊張而心跳加速，一邊騎上小徑。

池塘周圍的樹木近乎光禿，地面上鋪滿棕色樹葉，她的自行車輪壓過，讓樹葉沙沙作響。她用盡力氣又心情激動，因而心臟狂跳，她知道她的父母如果知道她人在哪裡是會嚇壞的。

幾日前潔姬．泰勒才揣著狗鍊走在這條小徑上，當時發生什麼事了？她當時有聽到聲響嗎？是否有人接近她——也許甚至是她認識的人？他是立刻攻擊她，還是先和她攀談？是問問關於她狗的事，還是有聊到天氣呢？

她抵達池塘，繞著池邊騎了一分鐘，然後停下來凝視水面，池面一片平靜，映照著對岸的風景：一排樹和晴朗的天空，許多葉子掉落在水面上，為綠色的池面點綴上褐色與黃色，一群鴨子在池央游泳，環境一片寧靜祥和。

兩具屍體均是在淺水域被發現，這有什麼深層意義嗎？凶手是從水源附近悄悄逼近嗎？她放下單車步行，走到鞋子陷入泥濘的池岸。她想像此處在夜晚時的情景，搜尋隊沿著小徑行走，手電筒照亮了地面，突然有人注意到水中漂浮著一具蒼白已死的形體，一具屍體，雙手反綁在身後。

海瑟說她每晚都聽到她哥在他緊閉的房裡哭泣，她的父母正在為他尋求治療。

周遭的沉默令人不安，她原本以為會看到一兩個慢跑的人，或許會有一名母親帶著嬰兒散步。但四下無人

有誰會想去不到一週前才有女孩被謀殺的公園裡散步？

她不想再待下去了，她後悔沒去咖啡廳，她迅速走回去牽單車，開始往回騎，但隨後她發現樹林間有人，一個男人，背對著小徑站著，她看不見他的臉或手，他只是在小解嗎？她不想深究這件事。究竟是出自她的想像，還是他真的在喘著大氣？

她正要騎車離開，卻輾過一根乾燥的樹枝，樹枝劈啪發出很大聲響，她大驚，回頭看了一眼。

「柔伊？」

她踩住車，呼出一口氣，是他們的鄰居羅德．格洛弗，突然她意識到身在此處她再也不孤單了，有個可靠的大人跟她在一起，她感到鬆一口氣。

「嘿，」她微笑著說。

「妳在這裡做什麼？」他向她走去，雙手插在口袋裡。

她聳聳肩。「學校有空堂，所以想說去兜風一下，」她皺皺眉。「不要跟我爸媽說，我媽會

暴怒。」

他走到她附近，笑了笑。「放心，我會保密的。」

她點點頭，覺得自己可以信任他，印象中他不是多嘴的人。「你在這裡做什麼？」她問。「你不是應該在上班嗎？」

「很扯，」他說。「今天辦公室發生火災，好像是某種電力故障。」

「真的嗎？大家都沒事吧？」

「是的，」他點點頭。「公司的秘書幾乎困在火海裡，但我及時將她救出，我不得不抱著她，因為她吸入很多濃煙，沒辦法站立。」

「哇靠，火撲滅了嗎？」她的腦海閃過一絲憂慮，她父親的辦公室距離羅德上班的電話購物辦公室只有兩棟樓。

「有，完全撲滅了，但是他們要我們全部人回家，老闆又保證又澄清明天會一切如常。」他皺著眉頭，拉長下唇，這是他模仿老闆時經常做出的表情。「八點半了，你們這些人——我們有電話要打，有客戶要煩。」

柔伊對著他笑。「你沒事我就放心了。」

他報以微笑。「妳真不該一個人在這裡走動，我陪妳走出去。」

這個提議讓她不安，早些年她年紀較小的時候，很喜歡羅德的陪伴，甚至和他出去玩了幾次，與一個願意和與她平起平坐的成年人聊天殺時間，對她而言很刺激，但現在突然覺得很怪，和他一起在這座公園散步的想法使她不太舒服，有種侷促不安的感覺。他們十歲的年齡差距似乎有些詭異，不再讓她覺得酷了。

「沒關係，」她說。「我正要走，我騎車三分鐘內就可以離開這裡。」

他皺眉。「好吧，」他說。「回頭見。」

她騎車離開，開始為這樣放他鴿子感到抱歉，他只是想照顧她，畢竟他們是鄰居，而且他是個好人。下回見面時她要記得感謝他，還要解釋她是因為上課要遲到了。

只是羅德到底在那裡做什麼？難道他跟她一樣，是想看看潔姬陳屍的池塘？這個想法使她寬心，或許她畢竟不是個怪人，人有好奇心是再自然不過的事了。

第十七章

伊利諾州芝加哥市，二〇一六年七月十九日，星期二

艾布拉姆森殯儀館距離警察局只有幾個街區，柔伊耐心坐在候客室裡，這裡每一處的家飾品都顯得昂貴又沒品味，一盞大吊燈昏暗的黃光照亮了房間，使鋪滿灰色地毯的地面呈現出令人生厭的色調。她坐著的沙發上裝飾著玫瑰圖案，其價值可能配不上它的價格，還有幾張皮椅和沙發沿著牆壁排列，但她是唯一在此等候的人。會有座無虛席的時候嗎？殯儀館也會有旺季嗎？

她疲倦地揉揉眼睛，她前一晚睡得非常差，只要離家睡覺通常都睡不好，已經有五個晚上沒怎麼睡了，失眠過後焦慮和煩躁總是隨之而來，她根本不知道自己還待在芝加哥做什麼，葛雷探員顯然不希望她再出現，她主要是想回去處理她手頭上那起公路謀殺案，但是她並沒有搭上飛往華盛頓的首班飛機，反而告訴汽車旅館接待櫃檯的女孩，她可能還要再多住幾天。

「很抱歉讓您久等，」一名男子走向她時說。他戴著粗框眼鏡，臉上掛著平靜的笑容，彷彿流露著悲傷，看起來像是被刻意培養要展現出寬慰和同情的微笑。這個人了解你的痛苦，而且準備好為此跟你收錢。

「沒關係，」柔伊說，站起身來與他握手。「我沒有事先預約。」

「可以理解。」他說，「在您悲傷的時刻，我怎能如此奢望——」

「我沒有悲傷，」她迅速打斷他，然後她意識到這麼說聽起來有點冷酷無情，她澄清道，「我家裡沒有人過世。」

她迅速翻一下她的識別證，上面有ＦＢＩ的首字母縮寫，她希望這足以證明她的身分。「我在聯邦調查局工作，希望能耽誤你一點時間。」

「噢。」他聽了似乎有點措手不及。「我不太了解有什麼地方能幫得了聯邦調查局。」

「實際上我比較有興趣跟你們的防腐技師聊聊。」柔伊說，「這與新聞上人稱勒喉禮儀師的凶手有關。」

「噢，對，」他說，厭惡地癟嘴。「我發現這個名字很冒犯人。」

「對你來說當然是，我也這麼覺得。凶手很明顯不是殯葬業者，也不在殯儀館工作。」

聽到她這麼說，那個男人的表情鬆懈下來，這是這些殺人案件中她沒顧及到的一個面向，就是會傷害到禮儀師的感受。

她繼續推進。「我需要你提供一點協助，讓我了解凶手的防腐技術，我在網路上搜尋到你的殯儀館，有很多好評，尤其是關於你的遺體保存服務。」她沒有提及艾布拉姆森殯儀館也有一長串關於棺材價格的抱怨文，這是無關緊要的事。

「原來如此。」他微笑著，這次是貨真價實的微笑，笑中充滿自豪。「好吧，我是維農．艾布拉姆森，我是殯儀館老闆，也是主責的防腐師，我還請了另外兩位防腐師，但我大多接手不好處理的客戶，我很樂意在各方面為妳提供協助。」

「好的。」柔伊滿意地點點頭。「那現在方便嗎？」

他把她帶到一道乾淨消毒過的樓梯，只有一盞燈泡點亮樓梯間。從花俏的候客室到寒酸的樓梯間，這樣的轉變很奇異但並不令人驚訝，她自忖大多數顧客是永遠不會看到樓下的。一扇門後是一個小房間，地板是白色油氈，牆壁是米色。他們前方有一落櫃檯，櫃檯上放有各式各樣的容器，上方有一排白色櫥櫃，全都關上了。入口對面有一扇拉上的捲簾門，可能是屍體送入進行防腐處理時使用的，房間中央放著一面平坦的金屬床。柔伊走進房間，目不轉睛看著那張床。

「對屍體進行防腐需要多久時間？」

「這真的要視屍體狀況而定，有些屍體會腐爛得比較嚴重，平均來說大約兩個小時。」

柔伊若有所思地點點頭。

「我想妳有特定的問題想問吧？關於那些謀殺案？」

「沒錯，我可以給你看一些照片嗎？受害者的照片？」

「當然。」

她從肩背包中取出文件夾，打開然後取出照片，她猶豫了一下，差點要把照片攤在金屬床上。房間裡的燈光雖然全聚焦在那架金屬床上，但把照片擺在上面感覺完全不合適，她改變主意，將照片散置在櫃檯上。維農走近，饒富興味地看了看照片，柔伊檢視他的表情，把這些照片拿給一個普通民眾看，他卻既不震驚也不覺得噁心，真是一件奇怪的事。維農的視線從一張照片移到另一張，冷漠的目光不帶任何情緒，這是一個慣於面對死亡的人。

「我同意妳的評估，」他終於說。「進行防腐處理的人不是專業人士，至少頭兩起案件不是。」

「你是基於什麼理由這麼評論？」柔伊問。她有一些基本概念，但她確定殯儀館館長還有更多話要說。

「好吧，有一點，沒有一個專業人士會無良到這樣去破壞腿部的防腐過程，腿腐爛到這種程度，屍體一定已經臭翻天了。」

「為什麼腿會腐爛？他沒注入防腐液嗎？」

「當你將防腐劑注入體內，你必須按摩四肢，讓防腐液流入身體，取代身體裡的血液，」防腐師說。「我認為他沒有那麼做，或者他有做，但是很急。無論是上述哪一種狀況，都有可能有個什麼東西，可能是血液的凝塊，阻止了防腐液通暢流入左腿，然後妳的凶手沒有注意到。」

「跟我想的一樣。」

「而且，」維農說，「嘴巴是死亡的贈禮。」

「嘴巴？」

「有看到那兩名受害者閉上嘴的方式嗎？已經縫好閉上了，但是，第一名受害者沒有，嘴巴是張開的。」

「對，」柔伊說。「我認為凶手是在發表一種聲明，比如要她們把嘴閉上，或者——」

「妳不懂，」維農說。「本來就該把嘴巴縫上，否則嘴巴會保持張開的狀態，看起來不太雅觀。妳可以看第一具屍體的臉，看起來並不安祥，她看起來很驚訝——或者很恐懼。」

柔伊看看照片，首度理解到原來如此，他說的沒錯，縫起的嘴使最近這個受害者顯得平靜安詳。

「我懂了，所以你認為他是後來才想出這個辦法的嗎？」

「喔，我確定是這樣。妳可以看到他是如何處理這兩具屍體的，他顯然學會正確的方法了，我的意思是，我看過更好的例子，但是對一名業餘人士來說，這是非常好的作品。」

「他是怎麼學會的？他需要找人教他嗎？」

「我認為如果你想要的話，是可以到網路上找到一些資訊，當然了，如果你是用這種方式學習，就會犯下錯誤，就像這名受害者的嘴。」他示意了第二名受害者莫妮可．席爾瓦的照片，那是她的臉部特寫。「有看到她的嘴邊嗎？有看到這裡變黑了嗎？」他指著一個變色的位置。「那裡腐爛了，他沒有消毒口腔，在進行任何步驟之前，鼻子、嘴巴和眼睛都必須先經過消毒。」

「第三具屍體沒有腐爛。」柔伊說著，檢視了克麗絲塔的照片。儘管皮膚有些灰白，但這名死去的女人曬盡陽光的臉龐似乎完美無瑕。

「有可能是他正在學習，」維農看著照片說。「她的防腐效果肯定更好，儘管他在她身上使用的染劑比第一名受害者更少，這才使得屍體外觀呈現灰色。」

「他為什麼要減少使用染劑？」柔伊問。

「不知道，也許他正在實驗？嘗試達到更好的成果？或許他只是用完了？」

達成更好的成果？柔伊思索著這些屍體，第一具被發現時躺在草地上，像塊木板一樣筆直；第二具站在橋上，雙手放在欄杆上。第三具被發現坐在沙灘上，臉埋在手心，膝蓋彎曲——就像一個活生生的人會做的動作。

「一具防腐過的屍體，」她說。「會有多少彈性？」

「不會有，至少經過標準防腐方式處理過後的屍體不會。」維農說，「屍體會完全僵硬。」

「如果說更改濃度，更改那個……你加的那是什麼東西？」

「甲醛？」維農問，他的語氣很感興趣。「那麼屍體可能會更有彈性，但是會更快腐爛。」

「快多久？」

「幾個禮拜或幾個月就會腐爛，沒辦法保持到幾年，甚至幾天就會腐爛了，這取決於濃度。」

「他可以任意調整濃度嗎？為了讓屍體更有彈性？」

「當然，但為什麼要這樣？」

「這點我還不是很確定，」柔伊說，半是自言自語。「我完全搞不懂。」

第十八章

伯恩斯坦博士當天沒有現身，也沒有接聽電話，馬丁內斯於是暫時將伯恩斯坦在專案小組辦公室的位置挪給柔伊，不管柔伊在桌腳怎麼塞紙，陳舊的辦公桌依然晃動，感覺快要解體。雖然桌子晃個不停，而且桌面滿是斑斑刮痕和污漬，但至少目前知道自己有地方坐，令人放心不少。她坐在辦公桌前，盯著她面前筆記本上的頁面，當她在進行側寫時，會用紙筆略記下最初的想法，目前她已寫下：凶手是一名男性；預謀謀殺，有跡象顯示他是一名慾望型連環殺手。她沮喪地皺眉，也許畫氣泡圖會讓思考條理分明，她畫了一個泡泡，在裡面寫上幻想。

幻想一直是慾望型連環殺手的根源，慾望型連環殺手通常會空想和幻想性暴力罪行，隨著時間推進，這種幻想會變得更加錯綜複雜又隱含暴力。隨著幻想產生更多細節，這個人更有可能會根據幻想來採取行動，試圖實現幻想。

她從氣泡中劃出一條線，畫出另一個氣泡，然後在裡頭寫上：權力還是憤怒？

老派側寫員指出慾望型連環殺手通常分為兩種類型，其中權力型殺手的幻想圍繞著性暴力，而謀殺是性攻擊的副產品，憤怒型的殺手的動機則是出於仇恨和凌虐。

她盯著這兩種類型，兩者都不完全適用。謀殺顯然是幻想中不可或缺的一部分，這一點似乎表明他屬於憤怒型，但其動機顯然與權力相關。她劃掉這兩個類型，然後憤怒地用更多筆畫塗掉這兩個詞彙。這個凶手複雜太多了。

她又從中央氣泡中畫出另一條線，試圖改變思維，然後，她又多畫了幾條線，氣泡看起來像太陽，她又畫了一朵雲和兩隻鳥。

她本來該對凶手進行側寫，但她卻在胡亂塗鴉。

她站起來環顧四周，她身後的葛雷探員坐在他自己的辦公桌前，正在閱讀克麗絲塔．巴克的驗屍報告。

「葛雷探員，」她說，語氣盡可能正式。「你介意忍耐一下，跟我坐著談談嗎？我需要討論一下這個凶手。」

他旋轉椅子，對她皺眉，最後他說，「好的，我會問馬丁內斯，他想不想一起。」

她已經後悔自己是跟塔圖姆商量，而沒找馬丁內斯，她不需要這位探員聽她的理論，然後再細數她犯了各種錯誤，這不會有任何好處，但是改變心意為時已晚。

馬丁內斯說他再半小時就要跟警監開會了，他們三個人於是走到專案小組的會議室坐下，有人在會議室其中一張白板上貼滿克麗絲塔．巴克的屍體在犯罪現場的照片，並在下方繪製了時間表，她希望他們不會有天發現白板不夠貼了。現在地圖上的紅色圓圈標記了俄亥俄街沙灘，布萊頓公園附近區域則標記了一個紅色的叉號，克麗絲塔．巴克被人看見的前一晚曾在那附近的街上拉過客，地圖上的標記清楚顯示凶手並沒有集中在芝加哥的某區域犯案。

「我認為我們可以開始縮小嫌犯的範圍了。」她看著馬丁內斯說。副隊長和葛雷探員在桌子一側並排坐著，她坐在另一側。

馬丁內斯點點頭說，「我覺得很好。」

「我們的已知對象是男性，今天早上我和一位防腐技師聊過，他證實了我的假設，凶手不是在殯儀館工作的人，就算他在殯儀館工作，也是最近才開始。」

她咬咬嘴唇，現在要談到棘手的部分了。她添加到側寫分析中的每項細節都會縮小嫌犯的範圍，但如果她加入了錯誤的細節，警方可能會完全錯過凶手，轉而尋找更符合側寫分析的人。

「凶手非常聰明，」她說，「他似乎很快就學會了防腐程序，但是幾乎可以肯定他是透過自學和犯錯來學習，第一名受害者的屍體顯示出很多外行錯誤，第二名受害者則少了許多，第三名受害者防腐得很好，好到獲得今早跟我聊過的防腐技師的認可，這表示他具有高竿的防腐技術，同時也具備罕見的自律。」

「為什麼是自律？」馬丁內斯問。

「獨自堅持學習這樣一項複雜的技術，需要具備大多數人缺乏的自律。」

馬丁內斯傾身向前，匆匆在筆記本上記下。塔圖姆向後一坐，臉上一副無聊的表情，雙臂交叉。

「以下說明一些顯而易見的部分。他擁有一棟公寓或房子，也有車，受害者被發現的地點分佈很廣泛，他需要有車才能接送妓女然後棄屍。莫妮可和克麗絲塔接受防腐的地點都在她們的住所之外，這意味著他在他感覺安全的地方進行防腐，這也顯示他是獨居之人。」

「或者他有一個防腐場所，」塔圖姆說。

柔伊點點頭。「這絕對也是其中一種可能性，凶手夠強壯，可能將克麗絲塔．巴克和莫妮可．席爾瓦防腐後的屍體拖到他幫她們擺姿勢的地點，」她繼續說道。「因此，我必須說我們正在尋找一個強壯的男人，但他的外表並不太具威脅性。」

「為什麼？」

「因為莫妮可和克麗絲塔都願意上車，」柔伊說，「水晶告訴我們克麗絲塔曾經拒絕跟另一個看起來很可疑的男人走，她比大多數賣淫的女孩都小心，如果是一個看起來有威脅性的人，她會先跟她的皮條客說，確定他會保護她，否則她會拒絕接客，這也使我相信他開的是外觀不錯的車，或者至少是保養得宜的車輛。」

「妳認為他不是水晶描述的那個人嗎？那個有紋身的人？」馬丁內斯問。

「我很懷疑，如果他外觀可疑，人們會注意到他。我在案例報告中看到，你對莫妮可．席爾瓦最後一位嫖客有幾項很尋常的描述，如果是這樣可疑的人，你會得到非常詳細的描述，再者我也懷疑她根本不會想上他的車。」

「好，聽起來很合理。」

「好了……第一名受害者是藝術系學生，他在她家中襲擊她，然後留在那裡為她進行防腐，但是第二和第三名受害者是妓女，他應該是付錢讓她們跟他走，然後在一個安全的地方殺害她們。」

「也許他是在街上或小巷裡殺害她們。」馬丁內斯說。

「那為什麼要把她們綁起來？」塔圖姆問，「他綁住她們時她們還活著，所以很難在街上殺害她們。他可以輕輕鬆鬆就讓她們跟他走。」

馬丁內斯不情願地點點頭。

「第二和第三名受害者是連環殺手的典型目標，」柔伊說，「高風險職業和弱勢群體，但藝術系學生蘇珊．華納又怎麼說呢？如果他早就鎖定她，為什麼要留在她的住處？他不會擔心有室友或男友會出現嗎？」

「他知道不會有人來，」塔圖姆說，「他認識她。」

柔伊點點頭，隱隱覺得感激但小心翼翼不表現出來。

「好，引發性暴力式連環殺手出擊的動機是幻想，在某個時間點，當幻想變得不堪負荷，會逼使他必須實現幻想，但是現實永遠比不上幻想，因此他會想再試一次，因為下一次會更好。我們的凶手不知何故認識蘇珊．華納，並且可能幻想過怎麼謀殺她。他知道她獨居又柔弱，然後在一個晚上，他出擊了，但是事情沒有如預期進行，防腐效果不佳，他想再做一次，想做得更好。」

「但除了她，他不認識任何單身女性。」塔圖姆說。

「沒錯，」柔伊點點頭。「這就是他開始鎖定妓女的原因。」

塔圖姆看起來不無聊了，他的眼裡閃耀著柔伊熟悉的火花——那是獵食者捕捉到獵物氣味時的火花。

「好吧，」馬丁內斯說，瀏覽一下他的筆記本頁面。「所以來談談大家最不想談的問題吧，他為什麼對她們進行防腐？」

「他不只是在防腐，」柔伊說，「他是在幫她們擺姿勢和打扮。第一具屍體穿著晚禮服，其中一邊袖子裂開了，我猜是他給她穿衣服的時候撕裂的，因為她的手臂僵硬而且難以操控，克麗絲塔．巴克穿著她朋友說不屬於她的衣服，她手指戴的也不是她的戒指。」

「好吧，」馬丁內斯說。「為什麼？」

「這可能是某種權力幻想，」柔伊緩慢地說道，內心的不確定感啃嚙著她。「像玩玩偶一樣將這些死去的女人玩弄於股掌之中。」感覺不太對，為什麼要對她們進行防腐？他殺死這些女人之後與屍體發生性關係，這個案子顯然有戀屍癖的動機，但是在進行防腐處理之後，她懷疑他能否再跟屍體發生性關係，這意味著權力喪失，不符合此類凶手的特徵。「但我不這麼認為，我不知道他為什麼要對她們進行防腐處理，還不知道。」

「好吧，」馬丁內斯說。「還有別的嗎？」

柔伊說，「我想找一些報告，關於流浪動物被防腐和丟棄在街頭的報告。即便蘇珊．華納的屍體防腐處理中有出現錯誤，但就第一次嘗試來說，算是表現優異，我斷定凶手一定做過一些練習。」

第十九章

他發現她在街角，於是放慢行車的速度。她跟其他一群人站在一起，但他對那些人幾乎不屑一顧，她們粗俗、無聊又醜陋，任誰都會無視她們的存在。

但她是另外一回事，她整個人散發出一種在她職業中罕見的純真，她環顧四周的方式，對她可能碰上的對象流露出一種半是搜尋、半是恐懼的神態。她的衣著較為樸素，較不裸露，令人留下無限遐想，他的想像開始狂野起來。

這就是真命天女。他從骨子裡都能感覺得到，這是一個能讓他再活一遍的女人，是那個讓每一天都充滿興奮和喜悅的人。

這次將會有所不同。

他把車停在她們附近，一名妓女一躍向前，咧嘴笑著彎下腰，讓他看見她的乳溝。她沒有穿胸罩，扭了一下對他笑了笑，但笑容背後的眼神很疲憊，這些動作很機械化也十分刻意，她過去做過數百次了。他打開副駕車窗。

「想找樂子嗎？」她問，他幾乎可從她的語氣聽出她的靈魂有多空虛。「你看起來很飢渴，想要二十美元快速吹一下喇叭嗎？還是你想要其他的？」

他無視她，將目光轉向純真的那位，這可能是她第一天上街拉客，他要在她真的下海之前拯救她。

「妳呢？」他說。「想和我一起兜風嗎？」

她轉身看著他，警覺地睜大眼睛。

「我？呃……我是說……你要我跟你走嗎？還是你比較想跟我上樓？」她指著身後的汽車旅館，旅館的鑲嵌玻璃門因為污垢和更糟糕的東西，看起來非常骯髒。「我有一個房間，最近剛有的——我幾天前才搬來，房間很不錯。」

他就知道，她不屬於這裡。他給了她一個溫暖的微笑，「我更喜歡自己的床，」他說，「跟我走一趟會讓妳值回票價。」

她的眼中閃爍著什麼，是提防。她也許是新來的，但她沒有他想的那麼單純，她知道要照顧好自己。

「你住得遠嗎？」她問。

「從這裡開車二十分鐘。」他說，其實大概要三十分鐘。她向後退了一小步，他快要失手了，但他不像她，他精於此局，而且還留了最後一手。

「但是，我有一個特殊要求，」他說。

「哦？」她說，又向後退了一步。「什麼樣的要求？」

「妳介意我買衣服給妳嗎？我希望妳穿得像我前女友，這要求有點怪，我知道，如果妳不願意的話就算了，但這對我來說意義重大，完事後妳可以留下衣服。」他抱歉地微笑。他看出她鬆懈下來，這些女孩就是這樣——在大街上討生活，她們學會了停看聽，她們可以看出他不太對勁，即使她們不知道是哪個地方不對勁。他所要做的就是告訴她們，她想得沒錯，他是有點怪，不過要她穿著另一個女人的衣服……那並不危險。

「好吧，」她說。「但是要多花點錢。」

「當然。」他笑了。

「要兩百五，」她說。「路程很遠，我需要一些錢才能叫計程車回汽車旅館。」

他點點頭。「妳說了算。」

她俯身，打開副駕車門，然後跨進車裡，車裡滿是她的香水味，一種純真甜美的香水，是學生妹會擦的味道。

他戀愛了。

第二十章

莉莉看著客人開車。他長得很帥，乾淨整齊又衣著光鮮，他的牙齒有點凌亂，可以洗一下牙，但是誰的牙齒沒有長歪呢？做這行可以遇到最糟糕的事，口臭遠遠算不上什麼。他時不時會瞄她一眼，然後怯懦地微笑。她小心翼翼讓自己看起來顯得有些憂心忡忡。

他們總是想找嫩妹。

她在街上拉客第三年了，混得還不錯，非常感恩，總是接到最好的客人，總是會給小費，有時候，她會撈到願意額外給她一兩百元小費、希望她「從良」的人，她所要做的，就是在這個敗德的地方培養出一副好女孩的外表，她是好女孩沒錯，一個誤入歧途的純真孩子，試圖要擺脫困境。

她的男友內特說她是個奇才，一位真正的天才，是妓女版的愛因斯坦，而且真的無懈可擊，她總是穿著比較保守的衣服，關鍵是要表現得很害羞，她從來不需要刻意拉客，當客人出現，她只要側身以對，看起來很害怕，好像暗自希望他能挑上其他人。如果遇上開好車的客人，她會微微發抖或流下恐懼的眼淚。

男人太容易操弄了。

至此她幾乎不需要釣新客人，她有三個客人會定期跟她見面，付錢好讓她「從良」，他們都以為自己是她唯一的客人。她給他們第二支電話號碼，一支則是專門應付工作的號碼，當電話響起，她知道這會是一個輕鬆賺錢的夜晚。

莉莉在那輛整潔的車子裡環顧四周，她深吸一口氣，車子內部聞起來有些古怪，有種消毒過的味道。

「那是什麼味道？」她問。

「甲醛，」客人說。「味道很難聞對嗎？聞久就習慣了。」

她不確定那是什麼。「你是醫生之類的嗎？」

「類似，」他點點頭。「妳還好嗎？妳看起來很冷。」

她不冷，但還是微微顫抖。「不會，我很好，」她說。她考慮要跟他說這是她第一次接客，隨後她決定還是別說，這麼說有時很有效果，男人會燃起慾火，但其他時候他們會感到內疚，會將她送到客運車站，提議要幫她買車票讓她回去她的家鄉。

「所以，嗯……你家很遠嗎？」

「不會，不遠，我們停車幫妳買好衣服，就直接去那，好嗎？」

「嗯，好，呃……但是如果我們要弄很久，我就得跟和我住在一起的人解釋一下，如果我去太久又沒加錢，他會火大，我不希望他生氣。」流露出擔心的微妙語調，留給客人想像空間。

「不用擔心，我們不會太久，我會多付五十塊，我不想害妳惹上麻煩。」

「謝謝，先生。」她將手放在他的手腕上表示感激。她釣到的這個笨騎士，穿著閃亮的盔甲，將她從想像中的可怕皮條客手中解救出來。

「妳好可愛，」他說，「妳怎麼會淪落街頭？」

她聳聳肩，露出悲傷的神情，生活重擔壓在她年輕的肩膀上，諸如此類的理由。「我只是運氣不好。」

「是的，」他點頭說。「我也這麼覺得。」

從他聲音裡她可以聽得出來，他愛上她了。

她容許自己發出一抹淺淺的微笑，他全然深陷她的情網。

第二十一章

柔伊的汽車旅館房間有兩張床，所有的案件筆記和照片覆蓋在其中一張床上，分為三疊，每位受害者各一疊。她躺在另一張床上盯著天花板，希望隔壁房那對情侶無法讓噪音持續更久。網頁評價上的人通常會提到汽車旅館的清潔度、服務或價格，卻從不會提到牆壁太薄和房客的獨特感受，此時十三號房裡的那對情侶正在向十二號房客的耳朵放送性高潮。

她發現身在這個不利處境之下，她一直很難集中注意力，這實在是太荒謬了，這是今晚第二次，這至少表示他們倆還活著，那個女人叫得太大聲，柔伊第一次聽到時還以為她被謀殺了。

終於，她聽到一聲尷尬但讓她很高興的聲音：一聲男性的呻吟。十三號房的床又嘎吱作響了一下——可能是沒力了——他終於功成身退。

柔伊起身，回頭埋首於案件筆記中。

一切都關乎於幻想，這個凶手的幻想是什麼？她看著這些照片：一具屍體躺在草地上，另一具屍體站在橋上，第三具屍體坐在沙灘上哭泣。她稍早走訪過前兩個犯罪現場，試圖找到感覺，了解他擺放屍體時腦中想了些什麼，這是她工作流程的一部分。她一定會走訪犯罪現場，即便現場沒有留下絲毫證據，但這有助於她更順利地描繪犯罪過程，從而更了解凶手。

她把蘇珊．華納的照片放到一旁，她很重要，甚至很關鍵，因為凶手可能認識她，但是棄屍的方式只能稱作失敗，凶手沒有處理好，他試圖幫她穿上晚禮服的時候，衣服撕裂了，因為四肢太僵硬無法扳動，姿勢也不夠逼真，嘴巴還張著。對凶手而言這是一項重大挫敗，她很確定。

她的屍體於四月十二日被發現，然後將近三個月過去，那段時間凶手在做什麼？

學習，實驗，試圖弄清楚即便經過防腐處理，屍體要如何保有一定的靈活度，還有學習如何縫嘴。

然後是莫妮可．席爾瓦。從大街上被帶走，大約一週後屍體被發現，那段時間裡他對屍體做了什麼？

儘管已經心知肚明，她還是再次閱讀了驗屍報告。她耗費時間調查犯罪現場後，走訪了太平間，會同法醫過了一遍驗屍報告。屍體喉嚨上留下的繩索痕跡，顯示凶手用某種結實光滑的細繩將該女性勒斃，她的脖子後方有一個圓形瘀傷，法醫說這可能是因為繩索本來服貼在她的喉嚨上，然後凶手從後方扭轉束緊繩索。她手腕和腳踝上的傷口顯示她曾被綁住，且她為了抵抗繩索掙扎過。

驗屍後顯示屍體曾遭到性侵，但根據法醫的說法，由於防腐處理後屍體會變得僵硬，所以死後性交幾乎是不可能的。當她向他詢問這件事時，他似乎明顯緊張了起來。

她成功嚇到一個靠驗屍為生的男人了。成就解鎖。

她從床上拿起莫妮可．席爾瓦的照片，那麼長一段時間，他跟她在做什麼？

她的手機閃了一下，她拿起手機瞄一眼螢幕上顯示什麼訊息，是安德芮亞傳來的訊息：

想妳了。妳在做什麼？

她打字。**看驗屍報告。**

她秒回。**妳好會自我娛樂。**

接著是表情符號連發：一張傷心的臉、一張死翹翹的臉、兩個骷髏頭、一隻幽靈和一根朝下的拇指。跟安德芮亞傳訊息讓柔伊覺得自己像是一名考古學家，被古埃及的象形文字搞到一頭霧水。

我會在這裡待個幾天。她寫道。

她得到的回應是福滋熊（Fozzie Bear）對著空氣尖叫的動圖，柔伊嘆了口氣，放下手機，她正要回頭看文件，十三號房傳來聲音。

是那個女人，她在問：誰是淫蕩的小男孩啊。

柔伊祈禱她只是在看電視，只是在好奇電視上的淫蕩男孩是誰。

但不是，答案來得很快。十三號房的男人顯然就是那個淫蕩的小男孩，柔伊考慮要狠敲牆壁，然後想到可以去淋浴，來挽救眼前這個狀況。

傳來了笑聲，接著是喘息聲。

床再次開始嘎吱作響。

柔伊從床上收好所有文件，然後離開了房間，在身後摔上房門。

第二十二章

塔圖姆合理懷疑馬文在家裡開派對。

「馬文，那是什麼聲音？」他對著手機大喊，手機聽筒傳出的音樂聲迫使塔圖姆將手機拿得離耳朵遠遠的。

「什麼？我聽不到你的聲音！」

「那個聲音，馬文，是什麼？」

「等等。」

傳來門砰地一聲，音樂的音量略微降低。「對不起，」馬文說。「音樂聲音太大了，我聽不見你的聲音。」

「那是什麼聲音？」

「我邀請了幾個朋友過來，」馬文解釋道。

「鄰居會報警，」塔圖姆說，「音樂震耳欲聾。」

「我有邀請鄰居，塔圖姆，」馬文說。「他們玩得很開心。」

塔圖姆嘆了口氣。「那邊一切都還好嗎？」

「我覺得你的貓很不爽，因為你把牠跟我丟在這裡。」

「為什麼你會這樣想？」

「你知道你留在臥房那雙棕色鞋子嗎？」

「知道，」塔圖姆說，他的心在下沉。

「貓拉屎在鞋子裡，塔圖姆。」

「該死，你有把鞋丟掉嗎？」

「我沒有碰鞋，我把門關上，臭味才不會傳出來，大便還蓋住了尿的臭味。」

塔圖姆坐了下來，他的生活已經分崩離析。「什麼尿的臭味？」

「你的貓在床上撒尿，還把毯子撕碎了。」

「也許你應該把牠帶去動物之家，放在那裡放到我回家，」塔圖姆心灰意冷地說。

「是啊，我有試過了，塔圖姆，牠差點抓爛我的眼睛，我的手看起來好像被一隻小獅子抓傷。」

「好吧。」

「老實說，塔圖姆，這隻貓很討人厭，我睡覺的時候開始在床邊擺上一把上膛的槍了。」

「你沒有槍。」

「我現在有了。」

塔圖姆試圖控制自己，在電話裡對他爺爺大吼大叫沒有任何好處。

「聽著，斑斑只是需要你付出一點愛，摸摸牠，讓他坐在你大腿上——」

「這隻小惡魔不得靠近我的大腿一步，你知道我人腿上有什麼嗎？有非常重要的東西。」

「是的，我知道你的意思，但是——」

「我的老二，塔圖姆，我的老二長在我的大腿上方，」馬文進一步說明。「我不會讓那東西靠近我的老二，你快點逮到你那個連環殺手，然後回來，因為這隻貓已經失控了。」

「有在辦了，你有跟納薩爾醫生講藥丸的事嗎？」

「還沒，塔圖姆，他很忙。」

「明天早上先打電話給他，否則我向上帝發誓，我——」有扇門砰一聲打開，音樂的音量增強了。

「馬文，你要過來嗎？」塔圖姆聽到一個女人大喊的聲音蓋過音樂。「乾杯啦！」

背景突然傳來撞擊聲，有個女人驚恐大叫。

「馬文，」塔圖姆說。「不要毀了我的房子。」

「是貓，塔圖姆，一切都是貓的錯，我要掛了。」電話斷線。

塔圖姆的手一鬆，手機差點掉到地板上，下次他會請一個人來照顧馬文和斑斑，家裡持續被破壞只佔了他一半的擔憂，儘管馬文的舉止如此，但他不是十七歲的人，如果老人家心臟病發作怎麼辦？天知道他喝了多少酒，又抽了多少大麻，這麼想並不牽強，他需要有人照顧他。

塔圖姆需要喝一杯，路對面有一間漂亮的酒吧，店名叫凱爾。

他把皮夾塞進口袋，把槍套在臀部的槍套上，然後離開汽車旅館，過馬路到凱爾酒吧，途中他環顧四周，沉浸在這氛圍之中，該死，他想念一座真正的城市，想念城市的感覺。過去十年來洛杉磯一直是他的家，他在亞利桑那州的威肯勃格鎮長大，這個小鎮上幾乎每個人都彼此認識，起初他發現洛杉磯這座城市喧鬧而壓抑，他的感官不斷受到攻擊——太多燈光、太多人，太多氣味、太多聲音，但是這個地方慢慢得到他的好感，他開始享受這種感覺，享受周遭持續振奮人心的生活方式。然後因為他和上級間的一次小誤會，接續著大約五十次類似的誤會，他就發現自己住在維吉尼亞州的戴爾市，一個幾乎零刺激的地方。

芝加哥不像洛杉磯，但身在此處，他可以再次感受到一個有搞頭的地方所帶來的興奮感。一群女人行經他身邊，其中一個送給他一個飛吻，她們開始歇斯底里地笑了起來。三個男人經過，全神貫注盯著他們的手機。計程車司機停下問他是否要坐車。生氣勃勃，這才是人生。

他走到凱爾酒吧，打開門，李歐納・柯恩（Leonard Cohen）的歌曲迎面而來，讓他立刻喜歡上這個地方。

「嘿。」女服務生對著他微笑，一個可愛的紅髮女生，看起來像高中新鮮人。「找朋友嗎？」

「呃……沒有，我自己來。」

「嗯，我們今天晚上位置很滿，」她道歉說。「吧臺有幾個位置，不過——」

「吧臺很好，」他說。

猶豫了一下，她把他帶到吧臺，他立即發現不尋常的事，這個地方人擠人，但是吧臺卻有四張空著的高腳凳，一個女人背對著他坐著，左右兩邊各有兩個空位。

「對不起，」女服務生說。「我們會要她把照片收起來，她把每個人都搞得很不舒服。」

「沒關係。」塔圖姆對女服務生笑了。「我應付得了。」

他坐在高腳凳，看了那女人一眼，是柔伊，當然了。她專心盯著散置在吧臺桌面上的一排照片，這些是三個犯罪現場的照片，以及驗屍過程中拍攝的特寫照片，難怪她周圍的人全跑了。酒保走向他。

「一品脫的紅客啤酒。」塔圖姆說。

酒保點點頭。「如果你能讓她把那些東西收好，啤酒算我的。」他說。

「我認為我無法逼她做任何事，」塔圖姆照實回答。

酒保倒了一品脫啤酒然後走開，試圖不要看到那些照片。

「妳把每個人都搞得不太舒服。」塔圖姆說。

「沒辦法，我在自己房間裡沒辦法專心，隔壁有一對情侶在打炮。」

「他們終究會停止的。」塔圖姆說。

「還用你說？」

塔圖姆從杯裡啜飲一口，品味著口感，有時候啤酒這東西真是無與倫比。「案子有什麼頭緒嗎？」

柔伊沮喪地搖搖頭。「我搞不懂他的用意，」她說，指著照片強調。「如果我不了解他的話，我就會說他在玩弄她們，就像小孩在玩洋娃娃，幫娃娃打扮、擺姿勢，將她們移來移去……」

「沒有可能性嗎？他不是正常人。」

「對，他不是，」柔伊說。「但是他也不完全是在妄想，他是在實現自己的幻想，但是我懷疑他的幻想是玩真人尺寸的洋娃娃。」

「妳怎麼知道他不是聽到有聲音要他這樣做？」

「無論是誰犯下這些案子，他都是個冷血、有計劃性，而且冷靜的人，你描述的那種處於妄想下的人，都有衝動的傾向，一時衝動就會表現出他的妄想。他並不衝動……好吧，至少多半不是一時衝動。」

「多半？」塔圖姆問。

「驗屍後發現屍體有被性侵的跡象，」柔伊說，「是發生在防腐手續之前，我認為這就是他在表現性衝動的渴望，我不認為這些性行為是事先計劃好的。」

「妳為什麼會這樣說？」

「雖然這些屍體是被勒死的，而且其中幾位事前有被綁住，但身上幾乎毫髮無傷，」她說，「這很合理，因為防腐處理後任何傷痕都無法癒合，但是性交過程是粗野暴力的，所以說性行為發生時他失去了控制。」

塔圖姆又啜飲一口，喝起來不像第一口那麼好喝了，柔伊把一口好啤酒毀了。

「聽著，」他說。「妳現在在一間酒吧裡頭，把那些東西收起來，可以嗎？妳想喝什麼我都點給妳喝。」

她不高興地噘起嘴。

「明天早上我會跟妳討論這個案子，我們一起來集思廣益。」

「你的意思是說，你會想出一種理論，然後貶低我的，然後告訴我捏造出一個理論只是為了要騙薪水？」

「我說了垃圾話，對不起。」

「你還說我像伯恩斯坦。」

「妳說我有尿床問題。」

她微微露出一絲笑意，慢慢小心收好所有照片，放回文件夾中，然後收進包包裡。酒保投來一個感激的表情。

「不管她剛喝什麼，都再給來她一杯……。」

柔伊搖搖頭，推開空杯。「那是蘇打水，請給我一品脫啤酒，有健力士嗎？」

酒保點點頭，轉向啤酒酒柱。

塔圖姆將酒杯舉到唇上，享受著他的小小勝利，過去他很會跟人打交道……嗯，至少在佩奇留給他痛苦和困惑之前。很高興看到他仍然可以把女人逗笑。

「所以，」他說。「妳住在哪？我的意思是維吉尼亞州的哪裡。」

酒。」

「只是想找話聊。」塔圖姆聳聳肩。「妳不用跟我裝熟沒關係，我們可以坐在這裡安靜喝

「你管那麼多做什麼？」

「有人跟妳一起住在戴爾市嗎？」塔圖姆問。

她點點頭，這個巧合似乎並沒有讓她驚訝。

「真的假的？我剛搬到那裡。」

「戴爾市。」

柔伊看起來似乎正在權衡著怎麼回答。「我妹妹，」她終於說。

「妳有跟我說過，我的意思是除了她之外。」

「喔，你是指男朋友嗎？沒有。」

「你呢？」她問。

酒保在柔伊面前放了一杯高的啤酒杯，裡頭的棕色啤酒滿是泡沫，她豪飲了一大口。

「只有我爺爺和我的貓，喔，還有我的魚，我完全忘記我現在有養一條魚。」

「但沒有老婆或女友嗎？」

「現在沒有了。」

她啜飲一口啤酒，看著他。

他大聲嘆了一口氣。「我住洛杉磯的時候跟一個女生同居，我們有論及婚嫁。」

「發生什麼事？」

「她離開我，婚禮策劃到一半，她收拾行李就走了。」

「很遺憾。」

「謝謝。」

「你調到匡提科，你爺爺有跟你一起搬過來嗎？」

「有，」塔圖姆在想要如何解釋馬文的事。「我奶奶去年去世，他很難釋懷，所以我住在洛杉磯的時候，他搬來跟我一起住，就在佩姬離開我後一週，後來我跟他說我要搬去戴爾市，他跟我說他也會搬過來。」

「有一個跟你很親的爺爺聽起來很好。」

「這是一種說法，」塔圖姆說，「他很難應付。」

「是的，老人通常都很難應付，」柔伊點頭說。「他們通常會困守在自己的常規之中，所以任何改變對他們來說都是一種挑戰。」

塔圖姆眨眨眼，試圖思考馬文有多符合她的描述，除了挑戰一詞之外，這部分可能不太符合。

「是的，嗯，我是他跟我奶奶帶大的，所以我起碼能做的就是幫助他活在自己的……」——塔圖姆清清嗓子——「常規之中。」

音樂換了，尼克．凱夫（Nick Cave）的歌聲充斥在酒吧之中，塔圖姆對這個地方真的很滿意。

第二十三章

女人的淚水滾落臉頰，他後退一步看著自己的傑作。他把她的手綁在背後，然後綁在他鑽在牆上的鉤子上，沒有椅子可以再讓她撞倒和折斷了，所以她坐在一條厚毯子上；他不要她坐在粗糙的水泥地上讓皮膚擦傷。她全身發抖，可能混合了恐懼和寒冷，在他把刀架在她脖子上之前，她已經脫下襯衫和裙子。他在想是否該給她穿點衣服，後來他決定她還挺得住，天氣沒有冷到會讓她真的凍傷，寒冷可能只會使她變得虛弱和昏昏欲睡，這點只有在他將一切準備就緒之後才會有所幫助。

他把她的包包和衣服丟在地板上，一旦他搞定她，他就會像之前那樣燒掉這些東西。他現在拿起她的包包翻找，直到他的手指撫過她的手機，他將手機取出並關機。在過去其中一次嘗試中，就在他正要著手進行防腐處理時，那個女人的手機響了，把他嚇個半死。他將關掉的手機滑入他的口袋，將包包丟到地板上衣服的旁邊。

他離開，關上身後的門，無視她被蒙住聲的抗議。他有工作要做，愈早完成，她就會愈快安靜下來。

他興奮得目眩神迷。她絕對完美，是一個夢寐以求的女孩，他從沒想過會在大街上遇見她，感覺像是命中注定。

這讓他在混合防腐液之前猶豫了，處理完上一個之後，他的甲醛所剩無幾。就原來預定的量來說是足夠的……但是用在她身上夠嗎？

這是一個微妙的平衡，甲醛過多會使她的身體變得僵硬，無法操弄，但是太少的話，過幾年她就會開始腐敗。

他想與她共度一生。他真的能夠節省甲醛的用量嗎？身體稍微僵硬一點，難道抵不上她十年的相伴嗎？

他對著自己笑了，想像有她在身邊，一起慢慢變老。在沙發上相依偎，蓋著毯子一起看電視，度過寒冷的冬天。躺在床上，她的頭靠在他的胸口，手裡拿著一本書，而他摟著她的腰。坐在餐桌旁，他跟她訴說這一天如何度過，而她帶著崇拜，愛慕地聆聽。他驚訝地發現自己眼中含淚，他好幸福。

他絕對要再去弄點甲醛。

他瞄一眼手錶，今天晚上來不及去買了，明天一定要弄到一些。

他一時按耐不住，差點要改變主意。他瞥一眼桌上的繩索，想像繩子在她的喉頭束緊，一陣抽搐之後生命從她身體消逝。他一想起她那死氣沉沉的身軀，就感到自己褲襠緊繃了起來。他轉回甲醛瓶，當然目前的存量是足夠了。他拿起瓶子，激動地顫抖著。

不，他要跟這個女人共度往後數十年的光陰，他可以再等一天。他放下瓶子，深吸一口氣。明天，他明天會處理。

他想過要開門，為自己的耽擱道歉，但他懷疑她能否諒解。在開始防腐程序之前，她們都沒辦法諒解。

相反地，他離開工作室，將門在身後鎖上。他很滿意，因為他發現牆外根本聽不到她微弱的尖叫聲。

第二十四章

麻薩諸塞州梅納德鎮，一九九七年十二月十四日，星期日

柔伊盯著敞開的棺材，試圖去感受她應該要有的感覺，悲傷、恐怖、恐懼。她唯一感受到的是空洞，後悔自己沒有早點去洗手間。

校長在兩天前走進教室，通知他們諾拉的姊姊克拉拉慘遭殺害，柔伊聽到她身邊的孩子們在震驚之下有的哭泣、有的尖叫出聲，或者竊竊私語，而她只能凝視著紅了眼眶的校長，心裡想著她從未見他哭過。

諾拉跟她同年，她大部分課都跟她同班，柔伊很小的時候曾去過她家三次，她們六歲時就成為朋友。她對克拉拉有著朦朧的記憶，克拉拉當年十歲，是諾拉崇拜的美麗女孩。

柔伊擔心的是自己的反應。她最近一直在借閱連環殺手主題的書籍，並且大量閱讀，內容都是關於精神變態者，對他人缺乏同情心的人。精神變態者的數量驚人，佔總人口數的百分之一。她會是精神變態者嗎？這是為什麼她對克拉拉的事不痛不癢嗎？這是為什麼她沒有為諾拉遭受的痛苦而流淚嗎？她的母親在她身旁哭泣，但她沒有柔伊跟諾拉或克拉拉那麼熟。小教堂裡擠滿哭泣的人們，他們的哭聲在寬敞的大廳裡迴盪，柔伊努力想哭，試圖思考諾拉當下的感受，她唯一的姊姊克拉拉被梅納德鎮的連環殺手奪走性命，被姦殺，像阿薩貝特河中的垃圾一樣被丟棄。

哭不出來。

學校輔導員告訴他們所有反應都是正常的，人們會以不同的方式經歷悲傷，但可以確定她指的不是毫無反應，那是不正常的，而且沉迷於一個殺人犯，收集所有提到他的文章，這也不正常；這點無庸置疑。

輪到她的時候，她走向棺材，看著克拉拉的臉，她只比她大四歲，卻慘遭殺害。

克拉拉的遺容看起來不像被殘忍殺害，彷彿睡著一般。

柔伊轉身走開，面對淚眼汪汪的一群人們，尋找著像她一樣無感的同類，有些小孩似乎很鎮定，他們不明白發生了什麼事。但是柔伊掃視過的每一個大人臉上都涕淚縱橫，或者泫然欲泣。

她開始走向室外，她的母親跟在她身後，撫摸著她的頭髮。

一隻小手抓住她的手，她低頭看著安德芮亞，她走在她身旁，神色嚴肅。安德芮亞知道發生什麼事嗎？她現在每天晚上都跑到柔伊的床上睡，她知道出事了。

這是個純白的世界，白雪鋪滿小教堂的庭院，覆蓋著樹木和草坪，庭院和街道間的矮牆上覆蓋著一層薄雪。她跟隨父母回到車上，全部人默然無語地上車，聽見引擎發動，引擎發出奇怪的悶哼聲，她覺得頭昏眼花，彷彿脫離現實。

她沒掉一滴淚。缺乏同情心，就像那個凶手一樣。

他們開車回家，安德芮亞將頭靠在柔伊的手臂上，就像有時她也會在晚上這麼做，她在玩柔伊的手指，一遍又一遍輕撫著柔伊的拇指，柔伊沒出聲，雖然覺得很癢。

開車很快就到家，在小鎮裡開車總是這樣。他們回家然後下車，柔伊不知為何感覺整個世界天旋地轉。

接著她跪在地上，把早餐全吐了出來，心臟猛跳，她的母親幫她把頭髮向後抓，一邊說著話，但她弄不清她說了些什麼，每句話似乎都混在一起，她又咳又吐，看著塊狀的黃色嘔吐物散落在雪地上，全身劇烈顫抖。

柔伊再次查看時間，現在是凌晨兩點十七分，她懷疑自己永遠睡不著了。安德芮亞窩在她身旁，毯子蓋到脖子，一束散落的髮絲垂掛在臉頰上。柔伊已經習慣只有半張床可睡，已經不太會介意了。

她哭了，事實上是淚流不止，她瑟瑟發抖哭了一個多小時，媽媽抱著她，輕撫著她試圖找話說，好讓她停止哭泣。最後柔伊跌跌撞撞走進她的房間，倒在床上凝視著天花板，想要清除腦中不斷侵襲她的恐怖影像。下半天的天色一直陰霾不開，她不要與任何人交談，只想一個人獨處，除了安德芮亞之外。安德芮亞走進她的房間，噗通一下躺在地板上，她什麼也沒說。她帶來了小小的慰藉。

現在她只希望自己可以入睡，她精疲力盡了。

最後，她嘆了口氣，打開夜燈。安德芮亞身體縮了一下，翻身背對燈光。柔伊拿起她藏在床下的書，是她從圖書館借來的，《與怪物搏鬥的人》（Whoever Fights Monsters）作者是羅伯特．K．雷斯勒（Robert K. Ressler），這是她借的第五本關於連環殺手的讀物，但這是第一本由聯邦調查局側寫員撰寫的書，她甚至不知道有這種職業存在。

她愈讀下去事情就愈明朗，梅納德鎮絕非是唯一出現連環殺手攻擊的地點，且這些殺手儘管如此可怖，卻是可解釋的。雷斯勒不斷強調，驅策大多數連環殺手出擊的因素是幻想，幻想不斷增長，變得愈來愈強烈，蘊含愈來愈多細節，並接管殺手的思維，直到他設法實現幻想，這種實現將使殺手短暫得到滿足，直到他感覺有必要再次殺人。

雷斯勒提出的詳細側寫令她驚豔，雷斯勒會如何描述梅納德鎮的連環殺手呢？她希望梅納德警長能請求聯邦調查局側寫師的協助。

她開始閱讀關於雷斯勒對大衛．伯科維茲（David Berkowitz）的訪談。大衛．伯科維茲，人稱「山姆之子」，他槍殺了多名男女，雖然他的目標是女人。柔伊閱讀著訪談摘要，覺得病態可怕卻又沉迷其中，讀到一個段落時，她內心升起一股涼意。伯科維茲告訴雷斯勒，在夜晚找不到受害者的時候，他會去看一下前幾次的犯罪現場並且手淫。雷斯勒在書中指出，這是他們首次有真實證據證實凶手會重返犯罪現場，同時對此提出解釋。

她重讀這個段落數次，覺得有些不安，她心裡發癢，有種噁心感油然而生，她不想認清這件事，反而闔上書，將書塞到床下，然後試圖再次入睡。

她可能也在試圖逃避，那天晚上她是梅納德鎮唯一徹夜難眠的人。

她腦裡一直喚起一個半月前的那一天。

羅德．格洛弗在杜蘭特池塘做什麼？她問過他這個問題，但他始終沒有正面回答她，反而告訴她火災的事，還有他如何救了他們的秘書一命，這是個奇怪的說法。

她突然想到她從未從其他人那裡聽說過這起火災，梅納德是一個小鎮，如果有人輪胎漏氣，那麼半個鎮的人不到一天就會知道這件事。

辦公室起火？一個女人被她的同事英勇救出？即使謀殺案還沒落幕，這種事也會沒完沒了地被提起和討論。

然後她想起他還跟她說過其他奇怪的事，他是否有次告訴她，他在《魔法奇兵》第一集中擔任其中一名臨時演員，但由於他與製片人發生爭執，因此戲分被砍掉了？他還聲稱自己曾經是中央情報局的線人，儘管他無法跟她詳述此事。

柔伊沒有那麼天真，她一直以為他是在故意唬弄她或者是加油添醋，但是現在一想到他說的那些事，感覺似乎不再像是幽默的趣聞，更像是毫無意義的謊言。

她拿起她的筆記本翻閱，直到找到她想看的文章，她影印了一篇關於精神變態的文章，其中闡述了海爾氏精神變態量表，此列表詳細列出相關的特徵。柔伊很愛項目符號清單，所以將清單貼在她的筆記本上，列表的第三項指出：病態性說謊。

她看了看清單的其他項目。表面的魅力——符合，他和她說話時總是笑容滿面，經常用親切的態度碰碰她的手臂，不斷模仿又要一些老套幽默來逗她笑，這是有效的，她羞於承認，但她喜歡他，他使盡渾身解數，只為了討她歡心。

缺乏同理心。她試圖思考那是什麼意思，意思是了解別人的感受吧？但是羅德明白他人的感受，當她抱怨她的父母或學校時，他會聆聽然後同情地點頭，她可以看出他眼中的關心。她試圖想像一個漠不關心的人的眼神，那會是空洞麻木的。

她把清單放到一邊。羅德是個好人，他當然了解他人的感受；他——

當她談到第一起謀殺案時，他表現得毫無興趣，馬上想要逗她笑，她與其他人也談論過謀殺案，相比之下她的朋友們臉上都露出悲傷和恐懼的神情，埃南德斯老師在向全班同學講到這件事時哭了，走廊上都是哭紅眼的淚濕臉龐。

反觀羅德，還模仿《魔法奇兵》的角色來討好她。

精神變態者不是殭屍，他們的眼睛還是有神的。她爬下床，看著鏡中映射出的影像。假裝關心會有多困難？她看著鏡子微微皺眉，映射出的影像悲傷地回視著她，看起來充滿「同理心」。

假裝關心會有多困難？顯然一點也不難，眼神並不代表什麼。

她滑回床上，小心不吵醒安德芮亞。她再次拿起清單開始瀏覽。

寄生的生活方式。她突然想起羅德常來拜訪，借過園藝工具無數次，或者來討牛奶、糖或啤酒之類的小東西。他經常在晚餐時刻現身，一邊評論菜餚看起來有多美味，然後接受他父母遲來的晚餐邀約。她聽過母親不止一次嘀咕著抱怨這件事，她一直認為她只是小氣又看不起他。

一步一步，她開始發現其他關聯性，過去的一些時刻與清單描述相符，但遠非完全相符。她不知道他是否有早期行為問題或是青少年犯罪問題，事實上，他三年前移居到梅納德鎮之前的事，她完全一無所知，他從哪裡搬來？為何搬來？他在某處有家人嗎？他跟她說過的小事，以及他父母的事都圍繞著難以置信的說法，突然間，他的過去彷彿霧裡看花。

儘管如此，她已知的線索開始拼湊起來。

羅德．格洛弗是精神變態者嗎？

或許是，但這很難使他成為連環殺手，每一百個人中就有一名是精神變態，他們之中許多人基本上是無害的。

她試圖想像他蹲伏著，等待克拉拉靠近，配上他的露齒燦笑和可笑的動作，還有他亂糟糟的頭髮。連環殺手的頭髮會那麼亂嗎？感覺不太對。

那天他在杜蘭特池塘做什麼？他去那邊是因為那裡是個散步的好去處，還是重返犯罪現場？她看見他時，他在做什麼？

她以為他在撒尿。

她打了個寒顫，手指緊握拳頭，她想起當時的他呼吸急促。她感覺到膽汁湧上喉嚨，這不是真的，不可能是真的。

但她知道這是真的，她得告訴別人。

第二十五章

伊利諾州芝加哥市，二〇一六年七月二十日，星期三

柔伊坐在她的臨時辦公桌，在筆電上閱讀晨間新聞，厭惡地扭著嘴。媒體大肆宣傳這個連環殺手，也提到聯邦調查局參與辦案，有一張照片被放大來引起讀者興趣，是她和塔圖姆與馬丁內斯在犯罪現場模糊不清的照片，根據「警察部門內部的消息來源」，凶手可能是在殯儀館工作的白人男性。

她真想殺了伯恩斯坦，那個被開除的傲慢自大狂，可能已經召喚這座城市的每個記者和部落客，他可能每天都會出現在幾則新聞節目中，向他們收取一筆可觀的「專家顧問費」。她賭他不會再出現在警局了，媒體的差事薪水更好，也不必被打擊自尊。

一疊紙落在她的辦公桌上，她抬起眼，對上馬丁內斯的臉。

「那是什麼？」她問。

「動物保護處的報告名冊，」他說，「從二〇一四年七月到二〇一六年三月，總共有二十七例，猜猜看都是什麼。」

「動物防腐？」

「嗯，前六例是動物標本，但是全部二十七例都發生在西普爾曼，那是芝加哥南部的區域。」

「這可能是他最初的計劃，」柔伊說，快速翻閱報告。「把他的受害者做成標本。」

「他為什麼改變主意？」

「我不知道，我不是專家，不懂標本製作和防腐處理有何不同，」柔伊說，「不過，報告中並沒有任何一種動物經過防腐處理。」

「死掉的貓狗通常不會進行驗屍，但是你可以看到針對屍體僵硬和反常姿勢的各種描述，我猜想這是對動物進行防腐處理後會出現的狀況。」

「是的，」柔伊喃喃自語，一邊閱讀一份狗被發現側躺著死亡的報告，屍體堅硬如石。「這些動物全都是從相同的鄰近地區被抓走的嗎？」

「所有寵物的主人都住在同一個地區範圍。」

「其中有任何人看到誰把他們的寵物抓走嗎？」

「報告中沒有紀錄，但史考特和梅爾有開始跟所有飼主面談並查核了，妳認為他住在西普爾曼嗎？」

「或者曾經住在那，」柔伊說，「跟棄屍他的人類受害者比起來，他丟棄動物屍體隨便很多。」

「他一定是理所當然認為，芝加哥警方不會去大規模追捕寵物連環殺手。」馬丁內斯說。

柔伊沒有回答，她翻閱著報告。馬丁內斯走開了。

她打開瀏覽器，快速搜尋了動物標本製作，她點了WikiHow，這是她最喜歡的指南網站，適合笨蛋自學，她喜歡這個網站的主要原因是插圖，這些插圖有時可笑又荒唐，但「如何自製標本」的頁面不像其他頁面那麼有趣，她即刻了解到標本製作與防腐處理完全不同。

根據報告內容，在放棄這個想法之前，他曾把六隻貓狗製成標本，可能得出這不適用於人類的結論。她在辦公桌的半張紙上草草寫下有條理這個詞，兩天前她在頁面頂部寫下自學和快速學習者這兩個詞彙，她也在詞彙下方劃線強調。

她咬著筆，他真的放棄這個計畫了嗎？還是他嘗試過？

她起身走去找馬丁內斯。「是說，副隊長，二〇一四至二〇一五年間，你們有發現年輕女子的屍體被做成標本嗎？」

「呃……沒有。」

也許他嘗試過並失敗了。「或許只是一具年輕女人的屍體，缺了一大塊皮膚？好像有人曾替她剝皮？」

馬丁內斯的臉色很難看。「沒有，如果去年在在芝加哥的任何地方發生過這種案子，我會記得的。」

「好吧，這可能是個好消息。」

「是，我一定會把它歸檔在好消息那區。」

柔伊回到她的座位上，並開始根據日期將報告重新排序，前幾份報告是偶發的，二〇一四年一月兩件，八月一件，九月兩件，十月一件，然後下一次是是三月的報告，但柔伊猜想在此期間他還捕捉過其他動物，居民可能沒有抗議，因為發現動物的時候他們以為是凍死的。

但到了二〇一五年，四月有兩隻寵物，五月一隻，七月兩隻……每月有一兩隻寵物，偶爾會跳過一個月，但二〇一六年三月在西普爾曼發現五隻防腐過的貓狗，他急了所以孤注一擲，他逐漸高漲的需求在驅策他這麼做。

他很焦慮，急著想要來真的。

根據估計的死亡時間，他於四月五日前後殺害蘇珊·華納，離發現最後一隻經過防腐處理的寵物才過了一週。莫妮可・席爾瓦在七月一日左右被謀殺，克麗絲塔・巴克在七月十日或十一日被謀殺。

他在加速嗎？她不確定；沒有足夠的數據。但是如果要猜的話……她會說他說他可能是在加速，最近這兩起謀殺之間只間隔了九天時間。

他們這次會有幾天時間？一週？五天？

他們已經太遲了嗎？

她站起身，再次走到馬丁內斯的位置。「聽著，」她說，「他可能很快會再次犯案，非常快。」

馬丁內斯旋轉椅子，抬頭看著她。「多久？」他問。

「最多幾天。」

「妳認為他會以妓女為目標嗎？」

「我認為妓女是風險最高的族群，是的。」

「我們是可以監視一些可能的領域，」馬丁內斯考慮了片刻之後說，「但是老實說，我們不知道要監視什麼人。」

「強壯的人，外表看起來不太有威脅性，理論上開著一臺外觀不錯的車……」柔伊的聲音愈來愈小，這是一份非常薄弱的側寫。

馬丁內斯幽幽地微笑。「妳剛剛的描述符合我們部門大多數的人。」他說。

柔伊揚起眉毛。「我不會忽視他是某種執法人員的可能性，」她說，「但我們仍不足以進一步限縮嫌犯名單。」

「不過，妳認為他可能很快會再出擊……我會打電話給掃黃緝毒行動隊，我認識他們的副隊長，她會幫忙的——她會把事情搞定，也許我們可以進行一些調查，看看是否有人失蹤，叫他們睜大眼睛留神注意，我們應該鎖定任何特定領域嗎？」

柔伊猶豫了，她尚未對該案進行詳盡的地域側寫，但從她的發現看來，這名凶手與標準犯罪模式不符，他襲擊了整個芝加哥，沒有鎖定某個地區。「我不知道。」她最後承認。

第二十六章

塔圖姆揉揉臉，嘆了口氣。他頭痛欲裂，閉上眼睛，視野內仍然可以看見螢幕刺眼的強光，過去三小時他一直在看報告，他需要一點新鮮空氣。

他正在瀏覽西普爾曼的竊盜案報告，連環殺手通常是從「戀物癖竊盜」開始他的犯罪之路，他們會闖入女性家中，偷走引起他們幻想的內褲、衣物或其他物品，這名連環殺手很可能以同樣的方式開始犯罪。運氣不錯的話，他們可以在犯罪報告中發現一些戀物癖竊盜案，也許能讓釐清凶手身分露出一線曙光。

好吧……他們需要的不只是好運，西普爾曼是一個龐大的區域，涵蓋第五區的兩條巡邏區域，當地經常發生竊盜案，塔圖姆已經厭倦了筆電和珠寶被盜的案件報告。他設法標記出三起可疑的報告，其中兩件是因為遭竊物品清單中包括內褲，另一件是因為報案者是一名鰥夫，他死去妻子的珠寶被盜走。塔圖姆的推論是，如果死亡會讓凶手產生性衝動，那麼偷走死去女人的珠寶可能是他早期犯罪的其中一項。

他們會將這些報告加入逐漸累積出的可能線索，也許可以在這些線索裡面找到關聯性，或者流於背景雜音，他開始懷疑他們在鬼打牆，他想休息一下。

他把椅子往後退一些，椅子的輪子在瓷磚地板上嘎吱作響。他環顧室內，只有柔伊和馬丁內斯坐在他們的辦公桌前；室內的其餘空間空蕩蕩的。其他人有舉辦什麼派對沒邀請他們嗎？他看著隊伍裡其他跟他一樣不受歡迎的孩子們的臉：柔伊盯著螢幕看，偶爾用一根手指敲一下鍵盤，臉上面無表情。馬丁內斯在一疊紙上寫下一些字，一邊喃喃自語。塔圖姆評估一下自己辦公桌和馬丁內斯的距離，大約十五英尺，中間沒有障礙。他抓著桌子，用力拉住，把他的椅子彈射向馬丁內斯，直線衝過房間。

咻咻咻。

他稍微誤判了自己的目標，差點撞到附近的桌子，還撞倒了廢紙簍。尷尬的是當他彎腰想撿起那些廢紙，馬丁內斯正看著他，嚴肅地揚起一邊的眉毛。

「嘿，」塔圖姆說，挺起身來。

「沒事吧，葛雷探員？」校長走向學校不守規矩的學生時，就會用馬丁內斯這種冷淡的語氣說話。

「沒事，目前為止沒有任何發現，只有一些薄弱的線索，沒有什麼具體證據，」塔圖姆說，「你呢？你派出去的警探有什麼消息嗎？」

馬丁內斯雙擊電腦桌面上的圖示，打開一個包含姓名和指派任務的檔案。

「來看看，」他說，「史考特正在找被防腐或製成標本的寵物主人談，戴娜和布魯克斯在調查蘇珊．華納的朋友和家人，這部分是根據我們假設凶手認識她。梅爾去了組織罪案調查科，跟掃黃緝毒行動隊的人談。湯米正在確認俄亥俄街海灘犯罪現場附近街道的一些監視器，看看是否可以找到疑似凶手的車輛，到目前為止還沒有回報。」

「你掌握蘇珊．華納的哪些關係人？」

「當然有她的父母，還有一個住在附近的叔叔，一名前男友，幾個藝術系的朋友。」

「我可以去跟他們其中的幾個人聊一聊，」塔圖姆滿懷希望地說。

馬丁內斯揚起眉毛。「我認為我的警探可以處理訪查的事，探員，不需要——」

「我不打算介入調查，馬丁內斯，」塔圖姆舉起手，「我需要稍微讓腦子清醒一下，看那些竊盜案報告快把我搞瘋了。」

「好吧，」馬丁內斯說，他的嘴唇扭曲，表情尚可被解釋為微笑。「你可以去跟……」他看了一眼螢幕，「丹妮拉．奧提斯談談，她也是藝術系學生，蘇珊．華納的朋友。」

「你是個好人。」

「我只是想讓你離開我的專案小組辦公室。」副隊長笑了。

塔圖姆將椅子推回辦公桌，走向門口，然後他停下轉身，走向柔伊。他看了她的螢幕一眼，她也正在閱讀竊盜案報告，沒有任何無聊或疲倦的跡象，她可能是機器人；這樣就說得通了。

「我要去找蘇珊．華納的一個朋友聊聊，」塔圖姆說，「想一起去嗎？」

「警探沒去找她嗎？」

「我想助他們一臂之力。」

「我們得仔細檢查這些報告。」

「好吧，」他聳聳肩，「我自己去。」他轉身要離開。

「等等。」柔伊抓住她的包包，迅速站起身。

「妳超想跟我去的——妳只是在裝模作樣。」塔圖姆譴責她。

「才不是，」柔伊說著走出房間。「我來開車。」

第二十七章

哈利・巴里看著他香菸洩出的一縷青煙慢慢逸散開來，與徘徊在芝加哥上空的一般污染物混合在一起。

他靠在一道佈滿煙灰的磚牆上，一邊想著他是該抽兩支菸，還是抽個一支就回去工作。他傾向抽第二根。

直到幾年前，哈利的老闆，也就是《芝加哥每日公報》的所有者，一直樂於讓受雇於他的癮君子對著窗外抽菸，彷彿他們以一種草率的方式在企圖自殺，但是在人們引用《芝加哥室內空氣清潔條例》（Chicago Clean Indoor Air Act）提出一系列投訴之後，哈利的老闆屈服了，他禮貌地告訴哈利和他的三位菸槍同志，請讓惡臭遠離辦公室。

他們全部遷移到街上一條骯髒的小巷裡，此處迅速被授與「肺癌巷」的稱號，諷刺的是，自從他們流離失所以來，哈利的菸草消耗量幾乎增加了一倍，理由是「嗯，反正都這樣了……」《芝加哥室內空氣清潔條例》正在摧毀哈利的肺。

他丟下菸蒂踩熄，然後往嘴裡放了一根新的菸，他點燃香菸，沉思著今天早上在他們報紙上讀到那篇關於勒喉禮儀師的文章。

儘管他名字的押韻一直是個障礙，但哈利還是一位能幹的記者，他一定會將他的文章署名為H・巴里，這個署名帶來一種氛圍，好像他是一名值得尊重的美國公民，而不是一個名字像蘇斯博士繪本[6]一樣押韻的人。儘管歷經許多掙扎，他還是沒有改名，因為他喜歡當哈利，並且想要屬於巴里家族。就像他經常對他朋友說的那樣，如果生命給了你一顆檸檬，那你就把檸檬做成檸檬水，不會去把檸檬換成木瓜。

他認為這篇文章很爛。他向他的編輯發送了一封電子郵件，主旨是「這是狗屎」，該郵件的內容是這篇文章的連結網址，這或許是很不會做人的行為，但他的心情很差，而且如果人們不想看到狗屎新聞，也許他們就不該發行。

有人走進肺癌巷，是他的編輯丹尼爾．麥格拉思，他不是菸槍團體的一員，哈利迅速推斷他是來這裡找他的。

「你有事嗎？」丹尼爾問道，他的口氣不是在幽默寒暄。

哈利把煙吸入，仔細思索了他的疑問。「自殺手小丑[7]以來，這座城市最熱門的犯罪事件，你居然找一個外行來寫。」

「那又怎麼樣？我認為那篇文章很好，有一些噁心的細節，有警方的說法，有專家說法，有——」

「我們的讀者不在乎專家怎麼說，他的說法跟鉛筆屑一樣乾巴巴，我們的讀者也不想聽到我們所謂警方消息來源說的話，尤其是當所有警察都說『我們正在調查』。」

「是嗎？那我們的讀者想聽誰的意見？」

「歐普拉。」

丹尼爾眨眨眼，「歐普拉．溫芙蕾（Oprah Wirrfrey）？」

「這是她的城市，有個恐怖的男人把女人做成雕像，你覺得她會怎麼看？」

「他不是把女人雕成……歐普拉住在加州，而且她並不是犯罪專家，或是連環殺人案的專家。」

哈利把抽到一半的香煙扔在地上，怒氣沖沖地踩熄。「沒有人希望她變成專家，她是歐普拉，她在芝加哥有一間公寓，所以她是我們的一份子。該死的，我們可以寫一整篇關於芝加哥名人的文章，報導這個怪物在他們心愛的城市中四處出沒，他們有何看法，可以找肯伊・威斯特（Kanye West）、蒂娜・費（Tina Fey）、哈利遜・福特（Harrison Ford）——」

「他們沒有一個人住在這裡。」

哈利拒絕他的說法。「他們曾經住在這裡，這是他們的城市，這個瘋狂禮儀師正威脅他們市民的安全。」

「太扯了。」

「好吧，不要歐普拉，那知道你該去問誰的想法嗎？沙灘上的人。」

「沙灘？」

「對，多找一些女人，一個帥哥，最好將他們的照片放在文章中，要穿泳衣的照片，問他們，如果看到勒喉禮儀師的藝術作品，他們會如何反應。」

「所以他現在成了藝術家？」

「當然，為什麼不？這是好的角度，我們的讀者會喜歡的，重點是這很性感。」

---

6 美國作家希奧多・蘇斯・蓋索（Theodor Seuss Geisel），筆名蘇斯博士（Dr. Seuss）撰寫的兒童讀物中以押韻的語言為特色。

7 指芝加哥連環殺手約翰・韋恩・蓋西，由於常在活動中扮演小丑，而他亦在這些活動中裝扮成他自己設計的形象「小丑波格」，大眾因此為他取了著名外號——「殺手小丑」（The Killer Clown）。

丹尼爾投過來一記質疑性的銳利目光，但是哈利很驕傲自己對那種目光已經免疫了。

「哈利，你擅長寫人們感興趣的文章，你是性醜聞大師。」

哈利對他這個可疑的頭銜點點頭以示感激。

「但這是一個關於怪物的故事，讀者想要的是搜捕的故事，警察企圖在他殺害另一名無辜女性前，逮到這名難以捉摸的凶手，他們想要閱讀關於暴力、恐懼和死亡的報導，這就是連環殺手讓讀者興奮的原因。」

「這是錯誤的報導方向，丹尼爾，這是每個人都在做的方向。」

「這就是為什麼我們也該這麼做。」

他們站著盯著彼此，有一秒時間，空氣中只存在芝加哥熙來攘往的擾嚷聲。

「讓我來寫，」哈利終於說，「我可以搞定。」

「我不要一篇關於歐普拉怎麼看這個凶手的文章，」他的語氣嚴厲又斬釘截鐵。「這不是你的報導，這個案子你不能寫，做你該做的事吧。」

「那你該做的事為什麼一次都做不好？」哈利問。

丹尼爾臉色大變，讓哈利思索著這或許不是最明智的說法。

「你知道嗎，」丹尼爾交叉雙臂。「我有一篇非常重要的文章，需要你來寫。」

第二十八章

丹妮拉·奧提斯住在芝加哥西區比爾森一間兩房小公寓，這是一個以濃厚藝術氣息而聞名的社區，芝加哥的藝術系學生，像是丹妮拉和已故的蘇珊·華納，往往趨之若鶩。

小小的客廳和柔伊在戴爾市的客廳並無二致，除了安德芮亞為她購置的兩幅小畫作之外，柔伊的牆上空無一物，但丹妮拉的牆壁上卻掛滿畫框，凌亂的裝飾使房間顯得小了許多，幾乎讓人產生幽閉恐懼症。

「請進，」丹妮拉說，「要喝點什麼嗎？」她的時尚觀符合她的室內設計品味，看來她很努力把所有顏色穿在身上，她戴著紅色印度班丹納頭巾，綠色襯衫上套著一件黃色短上衣，牛仔褲配上橘粉相間的運動鞋，右手腕戴著幾條串珠手鍊，主要顏色是紫色、咖啡色和黑色，她應該順便戴上「我有羊癲瘋」的警告牌。柔伊自以為好笑，回去要記得跟安德芮亞說。

「不用了，謝謝。」柔伊說，塔圖姆正在問她有沒有咖啡。

「好喔，」丹妮拉說，對著柔伊微笑，「確定不要來一杯嗎？」

「呃……好吧，如果葛雷探員有喝，我也來一杯好了，謝謝。」

丹妮拉走去廚房，柔伊走到牆邊看著照片，這似乎是一系列放大的特寫鏡頭，一大張葉上露珠的照片、樹枝冰柱的一系列照片，從上方拍攝的有翅昆蟲，翅膀呈現半透明，紋路錯綜複雜。遠牆上還有一些城市街道的照片，感覺像是歐洲。所有照片都很美，但是整體來說他們用顏色和形狀轟炸了整個房間，讓柔伊覺得不太舒服。

丹妮拉拿著兩杯咖啡回來，「妳喜歡嗎？」

「呃……是的，照片很美。」

「特寫是我拍的，威尼斯的街道是我男友拍的，他一年前去那裡當交換學生。」

「你們都是藝術系學生？」

「嗯……我還是，萊恩現在在一家汽車維修站工作，但是我們是在大學認識的，那時他還是學生。」

「那很好，」柔伊說。她在大學只認識兩個男生，結果兩個都是渣男。

「請坐。」丹妮拉說，點頭示意房間裡的一張沙發。柔伊和塔圖姆坐下，她把咖啡放在沙發旁邊的矮圓桌上，一刻半刻，柔伊還以為丹妮拉會坐在他們兩個中間，這樣問案很尷尬，尤其沙發是兩人座，但讓她鬆了一口氣的是，丹妮拉回到廚房帶著一把小椅子回來，她坐在椅子上，面對他們兩人。

「我在新聞中看到他們發現了另一名受害者，」她說，「太可怕了，我現在天黑後不敢出門了，而且一天至少要檢查四次門有沒有鎖好，你們快要抓到這個傢伙了嗎？」

「我們有進展了，」塔圖姆說，「我們能問一些關於蘇珊的問題嗎？」

「當然，我會知無不答，等等；也許我男友也可以回答一些問題，他見過蘇珊幾次。」

「當然。」塔圖姆說。

「萊恩！」丹妮拉尖聲大喊，柔伊咬緊牙關，「你可以來一下嗎？」

一個身材高大、肩膀寬闊的男人，留著一頭濃密的黑髮，從臥房走出來。「怎麼了？喔，哈囉，」他說，注意到柔伊和塔圖姆。「抱歉，我戴著耳機，沒聽到你們來。」

「萊恩，這兩位是葛雷和班特利探員，他們來問關於蘇珊的一些問題，想加入我們嗎？」

「當然，」萊恩說，「如果有我幫得上忙的地方。」他環顧四周想找地方坐下，他最終從廚房抓了另一把椅子，與他們一起坐下。

柔伊從咖啡杯啜飲一口，味道有點驚人，似乎丹妮拉喜愛的一切都是重口味，她看著塔圖姆開始向蘇珊的朋友提問。

「妳認識蘇珊多久了？」

「她被殺之前大約一年我才認識她，可能一年多一點吧，」丹妮拉說，「但是萊恩是在我們開始約會後才認識她，所以只認識她幾個月。」

「對，」萊恩說，「她人不錯。」

「妳們兩個是好朋友嗎？」

「是的，」丹妮拉說，聲音放軟了。「她是我最好的朋友，我想我也是她最好的朋友，她朋友不多。」

「為什麼不多？」

「喔，她是文靜型的，妳知道的？總是喜歡待在家裡唸書或畫畫，她不太出門。」

「所以她通常不會邀請很多人來她家。」

「不會，完全不會，她的公寓比我還小，她實在無法在那裡舉行大型聚會，你懂吧？」

「她有在約會嗎？」

「偶爾會，她在她……過世的兩年前才經歷過慘烈的分手，一直走不出來。」

「她死前有沒有和任何人約會？」

「沒有，我認為她去世前六個月內沒有任何約會，至少她完全沒提起。」

「她有好像在擔心任何事或掛記任何人嗎？你有想到任何一個認識她的男性可能在……騷

擾她嗎？」

「沒有，我認為她連男性朋友都沒有。」

「有男性親戚嗎？表哥？兄弟？」

「也許有吧，我不知道。」

「她有個叔叔住在附近？」萊恩說，「我很確定她提過他一兩次。」

「喔，對。」

柔伊點點頭，蘇珊在芝加哥確實有一個叔叔，他七十歲，坐輪椅不良於行，但是他在名單上，很快就會有人去找他談。

「她有提過任何鄰居嗎？」塔圖姆繼續。

「沒有。」

太多否定的答案了，柔伊嘆了口氣之後插話。「妳上次見到她是什麼時候？」

「呃，一週前……她失蹤的一週前，我去找過她。」

「妳們聊了些什麼？」

「只是閒聊，聊功課、藝術、男生，她說她想搬走。」

「她有說為什麼嗎？」

「喔，有，原因太多了，公寓很爛，隔冷絕緣做得太差了；那個地方冬天爆冷，我記得她有說過，還有什麼？」

「牆壁確實有潮濕和黴菌的問題。」萊恩說，「真的很嚴重。」

丹妮拉點點頭。「對，甚至毀了她一些畫，喔，而且污水一直倒流，有一次還真的把公寓淹了，我們不得不開萊恩的廂型車去把她的家具載去倉庫，等她那個地方乾燥。」

「對，我們只有把地毯丟了，」萊恩補充道，「而且，那個房東是個混蛋——」

「怎麼個混蛋法？」塔圖姆問。

「她需要什麼他都一直推拖，」丹妮拉說，「有次她還得自己付錢處理污水的問題，要收租金時更是混帳，一直威脅要提高租金。」

「妳知道他的名字嗎？」

「不知道。」

柔伊和塔圖姆交換了一個眼神，警探很可能已經查過房東，但為求保險，柔伊腦子裡記住這件事。

「妳還有想到什麼別的事嗎？」塔圖姆問。

丹妮拉搖搖頭，「我希望我能幫上更多忙，」她說，突然潸然淚下，「我真的很想她。」

第二十九章

柔伊和塔圖姆返回派出所時，下起陣陣大雨，雨水拍打著車窗，柔伊凝視著一滴雨水滴落在窗玻璃上，與另一滴水融為一體，加速低落，她的眼睛跟隨雨水流淌，直到雨水流到玻璃底部。她想到丹妮拉對蘇珊的描述，便試著為受害者建立側寫，一個年輕的藝術系學生，獨居，大部分時間都獨自宅在自己公寓裡。

完美的受害者，凶手選得很好，他很小心。

但是現在他的謹慎逐漸降低，他隨機捕獵妓女，儘管他可能有某種標準，但他不再鎖定孤獨的單身女性，克麗絲塔和一個朋友住在一起，而且據說是個和大家都能相處融洽的人，她還有個皮條客。

凶手是變得自大，還是殺人的慾望愈來愈高漲，使他變得粗心了？無論是上述哪種狀況，他的動作都加快了，他會犯下更多錯誤，這表示他們更有機會逮到他……但代價高昂。

她因無法提供馬丁內斯更強有力的側寫而感到沮喪，尤其令她苦惱的是凶手太小心了，所以得以肆虐整座城市，他顯然開車好幾個小時，只是為了要離他的巢穴夠遠。地理側寫是縮小嫌犯範圍的好方法，而她卻無法使用這個方法，這點把她拖垮了。

塔圖姆熄火，柔伊從思緒中驚醒，他們回到了警局。

他們倆都沒帶傘，柔伊半彎著腰跑進警局門口，她一跑到大廳天花板的遮蔽下，便轉過身用手梳理頭髮。她看見塔圖姆在雨中輕鬆漫步，彷彿對雨勢不為所動，他微微牽動著嘴角笑了，彷彿訕笑她駝著背在小跑步。他走到她身邊，她很高興看見他頭髮濕淋淋的，他的襯衫看得出來也全部濕透。現在輪到誰笑了？

柔伊，該她笑了。

他們上樓前往專案小組室，房間裡幾乎沒人，馬丁內斯拱著背埋首於他辦公桌上的一些文件，手放在額頭上，看起來精疲力盡。他對面的梅爾正在講電話，她在鍵盤上打字，電話架在臉頰和肩膀之間。

馬丁內斯看了他們一眼。「藝術系學生那邊有問出什麼有趣的事嗎？」

柔伊聳聳肩。「對受害者習性的一般描述，沒別的了。」

「好，你們兩個誰要打報告？」

「什麼報告？」塔圖姆弱弱地問。

「你跟證人談過了，對吧？在這裡我們警方有種叫做『案件卷宗』的東西，證人報告要歸檔進去，做成報告。」

「這樣啊，」塔圖姆清清喉嚨，「我認為柔伊——」

「幫忙是你的主意，」柔伊用甜美的語氣說，「這下不想幫忙了嗎？」

「我會把報告的格式寄給你，」馬丁內斯咕噥著說，轉向他的電腦。

梅爾把話筒摔在電話座上大聲咒罵，然後清楚意識到探員們和副隊長都在盯著她看。

「對不起，」她喃喃道，「這是漫長的一天，這份清單沒完沒了。」

「清單？」柔伊問。

「今天我跟掃黃緝毒行動隊的副隊長坐著，」梅爾說，「我們致電所有地區，並整理出過去七十二小時內所有失蹤女性的報告清單，我正在嘗試追蹤這些女性，但是超花時間。」

柔伊走過去，要求看這份清單，她翻閱裝訂好的頁面，有四頁，每頁包含一個簡短列表。總共有二十九個姓名，每個名字都列有電話號碼和地址，包含失蹤女性本人和她們熟人的電話號碼和地址，當中還對失蹤者進行描述，並用一小行字說明失蹤的詳細情節，其中七個名字被劃掉，一個被圈出。

「妳圈出的這個人是怎麼了？」柔伊問。

「這是我追蹤後唯一仍然失蹤的人，我劃掉的那些已經找到，嗯，事實上其中的五個人剛回家。」

柔伊再次翻閱頁面，皺了皺眉。「妳是按照日期排序嗎？」

「是，我認為要從失蹤最久的那些人開始追，因為她們最有可能已經回家了，如果她們沒有回家，那就更有——」

「這是錯誤的優先順序。」

梅爾咬著牙，盯視著柔伊。

「妳應該鎖定過去的三十六小時，至少鎖定我們發現克麗絲塔．巴克屍體的後一天，先打電話給十九至二十五歲的女性，這裡有五個名字提到最近臉或手臂上出現瘀傷，妳可以把她們留到最後，因為瘀傷死後不會復原，我們的凶手喜歡狀態良好的屍體，」

「這些女性善於用化妝掩飾自己的瘀傷。」梅爾說。

「他會對此非常警覺，這個人很小心，我猜測正是因為這個原因，他才避免找濃妝豔抹的妓女，刺青和穿孔也是，任何有可見刺青或穿孔的女性，我們要壓低她們的優先次序，另外，我們應該從傍晚到午夜失蹤的女性開始著手。」柔伊從梅爾的桌上拿了一支筆，開始標記這些姓名。「這個，還有這個，還有這裡這個。」

她又標記了四位，然後瀏覽她標記的名字，將名字編號為一到七。「從這個開始，按照順序，我會把剩下的名字排序。」

梅爾定定看著她好一會兒，然後拿起電話，開始用迅速又憤怒的動作用力按著電話號碼。

很好。柔伊回頭去看清單。

第三十章

莉莉的弟弟小時候很怕黑，她會嘲笑他，說他是小貝比和膽小鬼。當他們的母親對他們大吼：把該死的燈關掉快去睡覺，莉莉會關掉燈，然後開始發出嘶聲學怪物嚎叫，直到弟弟尖叫著跳下床，只是會被她怒氣沖沖的媽媽處罰。

她希望自己能回到過去告訴他，她現在懂了，她終於意識到黑暗真的很可怕，因為當黑暗降臨，一片漆黑，剩下的僅有想像。

她動動腳，試圖看到腳的動作，但根本無法移動，她動彈不得。她想在眼前揮動雙手——她當然看得見，但是她的手被扭到身後，手銬上的金屬鋸齒啃嚙著她的手腕。她在寒冷中顫抖，對於即將發生在她身上的事充滿可怕的預感，這股預感將她淹沒。那個人……她坐在他車上時，他似乎很正常，比她大部分客人好太多，他一開始把刀架在她喉嚨上時，她還以為這是在開玩笑。不好笑，當然。但像他那樣的好人……

她當然聽過一些事，在大街上工作無法避免，女孩會人間蒸發或者被發現死在巷子裡，但不知何以她覺得這些女孩很粗心，跟著錯的客人走了，她們沒有注意到警訊。

她發現有些人身上不會發出警訊，但現在知道有點為時已晚了，有些男人發出的第一個警訊，就是架在妳喉嚨上的刀子。

他把收音機留在另一個房間，她懷疑這主要是為了掩蓋她的尖叫聲，她沒辦法再大聲尖叫了，寒冷、飢餓和恐懼削弱了她全部的力量，她所能做的僅剩嗚咽和哭泣。收音機播放著一些音樂，但主要是脫口秀節目，歡呼的觀眾和主持人矇矇的聲音從門口傳來。有幾度她覺得疑惑，一瞬間確實有真人在門外聊天，她嘴裡塞著破布尖叫求救，一秒鐘後想起那不過是無線電波傳送的不真實人聲，她快要被逼瘋了。

有個什麼在發出嗡嗡聲，這突然的聲音使她一驚。她睜開雙眼，意識到自己在點頭打瞌睡，房間某處傳來微弱的嗡嗡聲，有奇怪的黯淡光線在閃爍著，離她的雙眼不遠。

當她意會到是怎麼回事時，嗡嗡聲停止了，光線逐漸消失，房間再度沉入黑暗之中。是她的手機，她的另一隻手機。她有看到他從包包中拿走她的工作用手機，但他一定是把她的個人手機留在包包裡面了。手機設定為震動，因為手機響了會打斷他們，讓客人不高興，因此她工作時總是將它設定成震動，嗡嗡聲是有人打電話給她。

包包被在丟她的衣服旁邊，離她坐的地方很遠，太遠了。一時間她想要掙脫將她的手固定在身後的手銬，手銬拴在牆上，讓她搆不著包包。她拉扯著手想要擺脫手腕上的金屬手銬，感覺到皮膚磨破，痛到流下淚來。她的肩膀垂落，不可能掙脫，手銬太緊了。

嗡嗡聲又開始了，手機螢幕上微弱的燈光使房間充滿數位裝置的柔和光線，她可以清楚看見自己和包包都被丟在地上。她發了狂地伸長肢體，想用腳搆到包包，也許她可以用某種方式把包包拉過來……

嗡嗡聲停止，又陷入了黑暗。自由的一絲希望離她赤裸的雙足近在咫尺，在那玩弄著、調戲著她，然後轉瞬即逝。

她忽然間驚覺到一件事，電量還剩多少？她離開前有幫手機充電，但是她在這個地方感覺已經待了超過一天，萬一電池沒電了要怎麼辦？她最後的一絲希望要消失了嗎？

她再次開始在黑暗中伸長肢體，感覺肩膀快要脫臼，她呻吟著想要把身體伸得更長，吋吋進逼，想用自己的腳趾搆著包包，沮喪的她傷口疼痛到尖叫出聲。

嗡嗡聲又開始了，在手機的光線下，她可以看見自己快搆著了，快了，她含著破布尖叫，拉扯手銬讓她的皮膚撕裂，肩膀痛得像在燃燒，汗水浸透了全身……

她想用腳趾攫住包包的其中一條揹帶，然後一拉。

包包倒向一邊，內容物撒在地上，感謝老天，手機的正面朝上。她的視線立刻聚焦到螢幕上的電池圖示。

6％。

來電停止，手機暗下，莉莉開始啜泣。她想要用腳探到手機，但夾不穩。她從鼻子深呼吸，再試一次，她的腳幾乎沒有碰到手機，還不小心把手機踢得更遠，她恐懼地呻吟了一聲，她踢得太遠了嗎？

螢幕再次亮起；繼續發出嗡嗡聲，電量顯示為5％，她的腳還搆得到手機。

她用腳在螢幕上滑動，一邊咒罵手機設計成需要滑動螢幕才能接聽電話，怎麼不能碰一下螢幕就好。她一遍又一遍地試圖用腳趾在螢幕上滑動，卻徒勞無功，她嘶聲哭喊起來。

第三十一章

柔伊快要完成清單的優先排序，梅爾突然發出噓聲，「該死。」

柔伊抬眼看著警探，她緊緊握住電話，眼睛掃視整個房間和其他三個人。

「副隊長，」梅爾機警地說，「過來一下。」

緊張的語氣促使馬丁內斯開始動作，他迅速站起來穿越房間，梅爾按了電話的揚聲器按鈕。

柔伊皺眉，她只聽到兩個人在背景說話，聲音悶住模糊不清，她不知道是什麼導致梅爾有這種反應。

梅爾按了好幾次音量鍵，把音量調到最大，然後說，「哈囉？」

沒有回應，只有遙遠對話中傳來微弱的背景噪音。

「哈囉？莉莉？我是芝加哥警署的警探梅爾，我是想確認——」

傳來另一種聲音，音調很高，緊繃但聽不清楚。是輪胎發出的摩擦聲嗎？不，聲音是持續的，高高低低，她的心像石頭般一沉，柔伊明白自己聽見的是什麼聲音了。

蒙住的尖叫聲。

馬丁內斯走到辦公桌聆聽，一秒鐘後梅爾說，「莉莉？我需要妳冷靜下來，試著回答我，妳的嘴被塞住了嗎？」

片刻的沉默，然後傳來悶聲的回應，聽起來像是一個女人想說，「嗯哼。」

「妳有辦法可以拿掉口中的堵塞物嗎？」

「呃呃。」語調中的變化幾乎察覺不到，但顯然答案是否定的。

「妳知道自己在哪裡嗎？」梅爾問。

「嗯呃。」

柔伊看了名單一眼。莉莉．拉莫斯，二十歲，從事性工作，由朋友通報失蹤，朋友本來應該在午夜結束時跟她見面，她已經失蹤一天，最後一次見到她是晚上試著在釣一個客人。根據描述，她是白種人，幾乎沒有化妝，穿著一條裙子和一件長袖襯衫——以她的職業來說，這穿著相對客氣了，身上只有一個刺青，穿衣服時看不見——是一隻黑貓刺在下背部，柔伊將她標記為名單上的第三順位。

「妳能形容一下把妳帶走的男人嗎？」

傳來一陣悶悶的、沮喪的咕噥聲。

馬丁內斯搶下主控權，他拿起電話大聲說，「莉莉，我是馬丁內斯副隊長，妳知道妳所在位置的地址嗎？」

自從他接起電話以來，女人的聲音就再也聽不見，但過了一秒鐘他點點頭，「好，我們一個字母一個字母來，當我說到正確的字母時，我希望妳喊停，可以嗎？我們會把妳救出去。開始了，A……B……C……」

在後方的塔圖姆正在電話中快速交談，他試圖聯絡聯邦調查局的人追蹤這通電話，他轉向柔伊無聲地說：電話號碼。

馬丁內斯單調的聲音繼續說下去。「D……E……F……」

柔伊抓著名單衝向塔圖姆，遞給他，特別指出莉莉的電話號碼。塔圖姆簡單點個頭，面色沉重，開始向電話另一端的人讀出電話號碼。

她的拳頭緊握，心臟狂跳，節奏與馬丁內斯說出的字母一致。

「G……H……I……是I嗎？還是H？好，重頭來，A……B……」

柔伊轉向馬丁內斯，瘋狂地向他揮手，他皺眉看了她一眼。

「母音，」她說。如果第一個字母是H，下一個字母就會是母音。

他停頓一下，然後點點頭，清清嗓子。「E……I……」

梅爾瘋狂地敲打鍵盤，鍵盤聲與馬丁內斯和塔圖姆的聲音融為一體。

「O……U……」

柔伊越過梅爾肩膀看了一眼螢幕，螢幕上有一排名稱，是街道名稱，全部是H開頭。

「是U嗎？好，很好，來吧，第三個字母A……B……C……」

梅爾敲下字母U，列表發生變化，僅顯示以HU開頭的街道名稱，她瘋狂將頁面傳到印表機，然後急奔穿越整個房間，到達印表機的位置。柔伊緊握雙拳，集中精神留心聽著單邊對話，這是死神版的字母遊戲。

頁面滑出，梅爾抓著兩頁紙擠過柔伊，啪一聲放在馬丁內斯面前，他盯著頁面點點頭。

「好了，莉莉？妳還在嗎？很好，聽著，我這裡有份以HU開頭的芝加哥街道清單，我要唸街道名稱給妳聽，我一唸到正確的街道，妳就要喊停，好嗎？」

柔伊可以想像這個女人理解馬丁內斯的話時發出了咕噥聲。

「哈伯德……哈布斯……胡伯……」

塔圖姆停止通話，把話筒摔到電話座上，柔伊轉向他。他大步走到自己的電腦開始打字，螢幕上出現芝加哥地圖。他拿到位置了嗎？她走向他，擦擦額頭上的汗珠，他在查看芝加哥的一個街區，但是規模很小，位置尚不準確。她想吐，無法想像莉莉現在正在經歷什麼。

第三十二章

莉莉聽著那名男子單調地唸出街道名稱，太慢了，真的太慢了，她的視線沒有從電池圖示上移開過，剩2%電量。

「哈克……哈德森……胡格萊特……」

她很想對他大叫唸快一點，這通電話隨時都可能斷線，但是她無法阻止他，只能咕噥一聲。

「霍爾……洪堡……杭特……」

他快唸到了，他們還得拿到門牌號碼，是三二〇二嗎？還是三二〇四？她不確定，無論是哪一個，都是大量數字，她要如何向他傳達這個數字？她的喉嚨一緊，陷入了絕望。

她意識到他們得一個數字一個數字唸，有四位數，可以做到的，這個警察聽起來很聰明；他會弄清楚的。接著她得給他公寓門號，雖然一旦有了門牌號碼，他們就可以派出一些小隊警車了……她開始充滿希望。

電池圖示變了。1%。

「杭德……杭丁……」

她心裡一緊，快唸到了，她要全神貫注，如果錯過街道名稱，他們就永遠找不到她了。

一時她意識到自己不再聽見門外的收音機聲，反而聽到腳步聲接近門口。

「亨廷頓……休伯……休倫……胡蘇姆……」

門突然打開，房裡大放光明，一個男人的輪廓出現在門口。她幾乎沒有注意到馬丁內斯唸出了正確的街道名稱，他繼續往下唸，以冷靜鎮定的聲音誦讀著街道名稱，她開始歇斯底里地透過嘴裡的破布尖叫。

「是胡蘇姆街嗎？哈囉？莉莉？是胡蘇姆街嗎？」

男人向前走，從地板上拿起手機，然後掛斷電話。他顫抖地看著她。他蹲下身，雙手猛然向前一伸，掐住她的喉嚨。

他的手指緊掐。她雙手被栓在身後，無能為力，只能蠕動著試圖呼吸。

第三十三章

「該死！」馬丁內斯大叫。「通話中斷了。」他按下重撥鍵，一秒鐘後，一個女人預錄的聲音通知他該號碼現在無法接聽。

「我掌握了基地臺塔附近的一個大概位置，」塔圖姆說，「我這裡有地圖。」

馬丁內斯衝向塔圖姆的電腦，和柔伊站在一起。

「在北特倫布爾大道八〇五號一英里的範圍內。」塔圖姆指著地圖說。

「那裡有ＨＵ開頭的街道嗎？」馬丁內斯問，掃視地圖。「那裡，休倫街。」

他轉過身厲聲對梅爾說，「派遣車隊前往休倫街，立刻去，我們會盡量提供更精確的地址。」

梅爾已在通話中，他指派完之前她已經在聯絡了。

「有什麼辦法可以得到更確切的地址？」他問塔圖姆。

「地址的方圓一英里內，大致上涵蓋了休倫街這段的所有範圍。」塔圖姆指著螢幕說，「我會聯絡系統業者，試著取得更精確的預估位置。」

「他會逃走，」柔伊看著地圖說，「而且他會帶著她一起逃。」

「為什麼？」

「他跟她還沒完，他選的女人對他來說很重要，他殺害她們之後，會留著每個人一個星期或是更久時間，他不會輕易放棄她的。」

「告訴所有小隊留意，」馬丁內斯對梅爾喊道，「嫌犯可能正在移動，任何男女同行，或者攜帶大件行李的都要攔下，禁止街上所有車輛通行，我們不能讓這個人逃脫。」

「他可能會設法在他們到達之前離開那個區域。」塔圖姆說。

「該死的，他最好是有這麼快，」馬丁內斯咆哮著說。

「他會的，」柔伊說，「他有黑暗的掩護，下雨也幫了大忙。」

馬丁內斯點點頭，一邊將電話放到耳邊。「長官，」他對另一頭的人說，「我們知道他的大略位置，他正在逃逸，受害者可能還跟他在一起，是的，長官，我需要一架直升機，還有——」

馬丁內斯停頓了一下然後說，「是的，長官。」他掛斷電話，大聲喊道，「把直升機升到那個街區上空，還有我要路障，攔截休倫街往芝加哥大道北上的任何車輛，以及從休倫街往西費迪南德街南下的所有車輛。」

「他可能會走科斯特納大道往西行，」塔圖姆一邊說著，一邊滾動地圖。

「科斯特納大道和普拉斯基街的十字路口也要設路障，」馬丁內斯對著梅爾大喊，她正在迅速下達派遣任務。

「我們會逮到他的。」

第三十四章

他把她的屍體拖到防腐工作桌上，哭了起來，事情總是這樣，這正是如此多愛侶感情破裂的原因，背著彼此不忠，在背後互捅刀子，打電話給警察。在他改變她們之前，不會有信任，也沒有信賴，沒有真愛。

他知道自己沒有太多時間，但是在他們離開之前，有件事必須做，否則他們的感情不會長久，鄰居會再次抱怨這種氣味。

不，如果他真的愛她，他必須鋌而走險做到這件事，他做出切口，手指在發抖，他的手動作快速，瘋狂地混合防腐液，沒有時間確認正確比例了；他只希望自己有抓對。他們會多快找到他？他怎麼會搞砸？他該死的為什麼沒檢查她是否還有別隻手機？是愛，愛讓他變得粗心大意。

他把管子置入，開始將液體抽吸注入，幾秒鐘後，他沮喪地意識到自己忘記做放血的切口了，他的手伸向頸靜脈，急急切下，有液體噴出讓他濕透了。是血。

該死，該死，該死。那該死的女人亂打電話——看看她是怎麼對待他的。

他看著她的身體，心碎了。她的頸部一塌糊塗，他割傷的地方裂了一大口，她的手腕體無完膚；她掙扎著要去碰那該死的手機時嚴重受傷，她的腳上有瘀傷和擦傷⋯⋯

她是如此美麗，如此純真，或者說他曾經這麼認為。

別管防腐了，他會像過去一樣帶著她，在她不得不離開他之前，他們可能還可以共度幾天美好的時光。他從她的脖子上取下管子，血又噴出來，浸濕了他的手指和她嬌嫩的皮膚，她整個胸部亂七八糟。他狂亂地開始幫她穿衣，奮力把襯衫套在她頭上。那是警笛聲嗎？

該死！

他扶起她，沒時間穿褲子了，他把她扛在肩膀上，走進車庫。如果他沒有車庫能用，他就只能放棄她了，警察在街上，他不可能把女人的屍體扛在肩膀上走出大門。

他猶豫了，他該把她放在後座還是副駕？一個男人載著坐在副駕的老婆可能比較不會讓警察起疑，但如果他們仔細看……

他打開後座，把她扔在裡面，然後在後視鏡中審視自己。

他渾身是血，他回到工作室，把臉和手洗乾淨，他的藍色襯衫上有一塊巨大的血漬，但在黑暗中也許很難看清楚，他聽到更多警笛聲。該走了，現在就走。

他上了廂型車，打開車庫門，咬著牙看門慢慢升起。快點……快點……

終於門開了，他開出去時沒開大燈，一邊關上身後的車庫門。

最最要緊的是先駛離這條街，他迅速在北里奇韋大道右轉，同時打開大燈，他只是路上一個開車的人，開著廂型車要去一個無關緊要的地方，警察沒必要詳細攔檢他。

在頭頂上方，他聽到有一架直升機，街道在他身後被明亮的白光淹沒，他強迫自己把腳穩穩踩在油門踏板上，如果他馬上開始超速行駛，很快就會被路邊攔檢，他必須保持冷靜，只要開上芝加哥大道，左轉，然後開回家，警察沒理由去……

前方有一個路障，一名警察向車輛發出信號要求停車詳細檢查，他停下廂型車，瘋狂地環顧四周，看到一條小巷。

看來真的只有一個辦法了。

第三十五章

雨水濺到麥奇．卡爾霍恩警員的黃色雨衣上，從他的脖子流到背後，在那一刻，雨衣是場騙局，這種尼龍製的包材能把雨水隔絕在外，也可以有效把雨水困在裡面。早上他去上班時看起來不太可能會下雨，無論如何，他應該待在車裡，接下來幾天天氣似乎會相當乾燥。但是他在這裡，他身上不足與外人道的地方積水了，他跟雨水愈來愈如膠似漆，與麥奇和現任女友最近的關係相較起來，雨水跟他還比較親密。

車輛不停按喇叭，他知道，人們不喜歡接受攔查，他們不喜歡塞車，他們肯定不喜歡路障。他也不喜歡，好嗎？他帶女兒上學時，如果突然遇到修路或車禍回堵，他也不會高興。但他知道，這是城市生活的一部分——大城市不會只有工作機會、酒吧和維護良好的道路，有時候你就是會遇到路障，而且如果你遇到了，那麼你最好是當一個好人，然後停止按那該死的喇叭，想想車子裡面畢竟是乾的，對吧？比麥奇．卡爾霍恩警員身上乾燥得多。謝謝你們喔，他們連車窗都有雨刷，不是嗎？麥奇有的只是一隻手，那隻手和身上其他地方一樣濕透，偶爾還可以用來擦臉。

他示意下一輛車向前行駛，車陣移動了，步調好像一隻營養不良的蝸牛，車輛緩緩向前移動，停在他身旁的是一輛深色的日產廂型車，一名司機，沒有乘客，這表示根據麥奇得到的指示，他必須仔細盤查這個人。

「你好，先生，」他說，「你要去哪裡？」

「開車回家，警官，」那個男人說，給了他一個有教養的微笑，麥奇將這個微笑解釋為理解，這個人知道麥奇只是盡忠職守，也許他甚至同情麥奇的困境，在這種天候狀況下站在室外。

「是嗎？」麥奇打開手電筒照在廂型車地板上，乾淨得一塵不染，麥奇避免把手電筒照到那個人，如果有人出言不遜或態度不佳，麥奇就會將光束對準他們的眼睛，這麼做當然有點心胸狹窄，但有時麥奇僅有的，也只剩心胸狹窄了。

「你介意幫我打開廂型車的後座嗎？」

「為什麼？」那人問。

「因為我想看裡面。」

「你想看，不是要有搜索令嗎？」

他是需要，除非他有充分理由相信此人犯了罪，但他沒有，麥奇打算打開手電筒照那個男人，他是在碎嘴嗎？但是他聽起來只是在就事論事，就是一個在意自己隱私的男人。

「先生，我需要檢查你的車。」

「問題是，我的車有點亂。」

「請打開後座的門，先生。」

如果他不願意，麥奇會叫他下車，他真的不想這麼做，這麼做只會讓車陣回堵得更嚴重，喇叭聲會愈按愈大聲，但這是他的工作，他為此感到自豪。

這個人又猶豫了一下，麥奇開始懷疑他是否有猶豫的理由，這就是他們要找的人嗎？他的手電筒轉向那個男人，光束照亮他的衣服，他的襯衫沾到燒烤醬之類的東西，麥奇將手電筒移上那個男人的臉……

「好的，警官，門開了，很抱歉後面一團亂。」

麥奇走向後座，眼睛持續盯著駕駛人，他坐著，雙手擺在方向盤上，他本來就該把手擺好。麥奇拉開車門，將手電筒的光束投射到載貨的區域，沒那麼亂嘛，只是幾個塑膠容器，其中一個轉向側面，似乎灑了什麼在載貨區底部，留下一個面積很大的深色污漬。麥奇關上門，走向那個男人。

「謝謝你，先生。」

「是說，這是怎麼回事？」

「只是例行臨檢，先生。」

「例行臨檢？你們已經封鎖了整個區域，我的女朋友就住在那邊，我應該要擔心嗎？」

麥奇嘆了口氣。這輛車後面的車輛在按喇叭了，他覺得身上很濕。「先生，我會建議她今晚待在家裡，有一個危險人物還在逃。現在請向前開——你阻礙交通了。」

車輛駛離，麥奇朝後面按喇叭的車輛搖搖頭，那個人看起來既生氣又激動，他肯定會得到強光照臉的特別待遇。

第三十六章

午夜前馬丁內斯接到一通電話，通話中的回話大部分是單音節，柔伊察覺到他的肩膀垂落，握著電話的手鬆開，臉色逐漸發白，最後他轉過身來，話筒仍然握在手中，沒心思放回電話座上。

「剛剛在芝加哥大道以南的一條小巷中發現莉莉．拉莫斯的屍體，」他無精打采地說，「法醫在現場，但還沒有確切說法，不過她的喉嚨被割傷，屍體倒在血泊中，我想這聽起來像是死亡原因。」

專案小組消化這些訊息後，陷入了漫長的沉默，其餘警探都被召回，現在都在小組室中。

「我們確定是莉莉嗎？」史考特問。

柔伊注意到他稱呼的是莉莉，而不是莉莉．拉莫斯，也不是拉莫斯。過去幾個小時，由於他們都竭盡全力想找到她，想救她的命，所以偵查員們對莉莉變得很有親切感。

「她符合我們掌握的描述，特別是她的下背部有一個黑貓刺青，這點跟莉莉一樣。」

刺青，但穿衣服時看不見，這仍然符合她的假設。柔伊沒有勝利的感覺，只有空虛。

「她有被做過防腐處理嗎？」她問。

「我不知道，」馬丁內斯簡短地說，「我現在要去犯罪現場，梅爾，我希望妳跟我一起去；葛雷探員，班特利博士，如果你們想去的話，可以跟我們坐一臺車；史考特，我想讓你待在這裡指揮調度，隊長會批准我保留路障，讓直升機多飛半個小時，所以我要你坐鎮戰情室，其他人分頭開車跟我們過去。謀殺案才剛發生，這表示線索還是熱騰騰的，勘查過犯罪現場之後，我們可能要分頭研究這些新線索。」

新線索，熱騰騰的犯罪現場。名義上，這個案子剛獲得大量的意外線索，他們多了很多資料有待分析，他們得知凶手拘留受害者……和可能殺死受害者的確切街道。凶手嚇到了，此時很容易犯錯。

但是就在幾個小時前，他們的受害者還活得好好的跟他們通話，他們離她所在的位置是那麼接近，如果他們更快、更聰明，處理得更好，她本來可以活下來，也許甚至可以把凶手繩之以法。

離逮到凶手僅有一步之遙，但付出的代價太可怕了。

車裡的氣氛嚴肅又悲傷，馬丁內斯和梅爾坐在前座，塔圖姆和柔伊坐在後座。柔伊想到莉莉，她聽到的可能是莉莉生前最後的聲音，她是那麼努力在求生。柔伊太清楚害怕失去生命是什麼樣的感覺，太清楚隔牆有一個獵食者是什麼感覺。

太清楚知道自己快要得救是什麼感覺……但也可能不會得救。

柔伊，開門。柔伊，妳不能永遠躲在那裡。

她發起抖來。

「妳還好嗎？」塔圖姆問，他的眼神裡有一絲溫柔，是她過去從未見過的，也或許她只是在尋找自己需要的關懷。

「還好，」她說，「只是想起一些不愉快的回憶。」

第三十七章

麻薩諸塞州梅納德鎮，一九九七年十二月十五日，星期一

鬧鐘嗡嗡作響，柔伊從床上一躍而起，她的心臟狂跳，困惑地環顧四周，想知道自己身在何處，前一晚她完全放棄入睡，但顯然黎明前睡意終於追上了她。

安德芮亞不見了，真奇怪，安德芮亞通常在要上學的早晨都會賴床到她們的母親將她抓起床，但是媽媽還沒有把柔伊叫醒，為什麼？

她起身感到一陣頭昏眼花，她等待一下讓暈眩過去，她前晚睡不到一個小時，等到能站得穩了，她踏著沉重的步伐走到廚房，安德芮雅正在咿咿呀呀地說話，面前擺著一碗穀片，一口都沒吃。他們的母親站在檯面旁，盯著從烤麵包機冒出來的兩片烤土司。

「媽？妳怎麼沒叫我？」柔伊問。

「她說妳需要睡覺，」安德芮亞嘰嘰喳喳地說，「我也想睡覺，可是她說我得起床，真不公平，因為我也很累——」

她的母親轉過身來，臉上寫著疲憊，想來她也睡得很差。「安德芮亞，把穀片吃掉，我們要遲到了。柔伊，我想妳今天想待在家裡吧。」她說，話中有一絲裝出來的歡樂感。

柔伊想到自己前一天才崩潰過。「是吧，好啊，」她猶豫地說，「媽，我有一些話得跟妳說。」

「什麼事？」她的母親很不高興地說，一邊用力塗著奶油乳酪在吐司上。

「呃……我們可以到別的地方說嗎？」她意有所指地看了安德芮亞一眼。

她媽媽看一眼手錶。「我得走了，柔伊，而且我真的覺得妳應該回去睡，聽說妳整晚在房間裡走來走去，有話晚上再說吧。」

「媽，這很重要。」她壓低聲音，「是關於那些死——」

她的母親瞪大眼睛，緊緊攫住柔伊的手臂，把她拖出廚房。

「妳要去哪裡？」安德芮亞尖聲說。

「親愛的，我等一下就回來，」她們的母親說，「吃妳的穀片。」

「我不想一個人待在這裡。」

「安德芮亞，我馬上回來，而且妳不是一個人，我們就在隔壁房間。」

等走到安德莉雅理應聽不見的距離，她的母親嘶聲說，「我叫妳不要在安德芮亞面前講這件事。」

「這就是為什麼我說我們應該私下談，」柔伊氣惱地回答，「聽著，我昨晚想到一些事，關於那些兇殺案。」

「親愛的，這是很正常的——」

「媽，妳聽我講。」

她的母親沉默下來。柔伊思考要怎麼開口，她的腦子裡一團混亂，在夜晚一切似乎都顯得如此鮮明清晰，但是現在感覺就像是模糊混亂的半成形想法。

「我想我知道誰是凶手了，」她顫抖地說。

母親的眼睛睜大了，但沒說話。

「幾個禮拜前，在潔姬……死了之後，我去了杜蘭特池塘。」

「什麼？」她母親的聲音變得尖銳而憤怒。「妳為什麼去那裡？妳和朋友一起去嗎？我跟妳說過——」

「我自己去的，媽，騎車去的，去那邊只要幾分鐘。」

「為什麼？妳想像……像……那樣死掉嗎？」她母親的嘴唇顫抖。

「媽，聽著，我在那裡看到羅德．格洛弗。」

然後她意識到，要向母親充分解釋她在說什麼，她必須告訴她連環殺手會到犯罪現場自慰。不行，這不能說。

「他是，我的意思是說……妳知道連環殺手有時會回到犯罪現場嗎？」她無助地問。

「妳認為羅德．格洛弗是凶手？」母親盯著她看，「只因為妳在池塘邊看到他？柔伊，有無數人——」

「還有別的，」柔伊急忙說，「有一份精神變態症狀檢核清單，我是在……學校知道的，羅德也符合其中一些特徵。」

她母親挺了一下身體，柔伊知道她快要對她失去信心了。「像是？」

「像是……表面的魅力和……」她試圖記住那份清單，但是腦袋一片模糊，她慌張起來。

「他怪怪的，有次我有聽到妳跟爸說過，妳知道他很奇怪吧？他在池塘那裡，他在……他在……他告訴我發生火災，我認為他在撒謊，而且——」

「妳們在說誰？」安德芮亞在廚房門口問。

「沒有人，」她的母親迅速回答，聲音很緊張。「吃完妳的穀片了嗎？」

「沒有全部吃完，有點黏糊糊的。」

「好吧，去刷牙，我們要走了。」

安德芮亞蹦蹦跳跳走去浴室，她們的母親轉回柔伊。

「聽著，」她小聲說，「我懂，妳朋友的姊姊過世了，妳覺得受傷，我們會找人跟妳談談——」

「媽，不是這樣的，她跟我不算真的朋友。」

「但在那之前」——她媽媽提高聲調，無視柔伊的插話——「我要妳休息，妳敢再一個人亂跑試試看，外面有一個殺人凶手，柔伊，妳懂嗎？他會殺害像妳這樣的年輕女生，而且他……他……會先強暴她們，我知道妳以為這永遠不會發生在妳身上，但其實會，在他們逮到他之前，妳絕不能一個人去任何地方，妳懂了嗎？」

「但是……妳可以把羅德·格洛弗的事跟別人說嗎？」

「親愛的，羅德·格洛弗是個好人，他是有點怪，這是真的，但這一點並沒有讓他變成一個怪物。」

「這個凶手不是怪物，媽，他是個——」

「是，他是，」她的母親咕噥道，「他就是怪物。」

用格洛弗先生前門的備用鑰匙，可以順利開啟門鎖。她的父母和格洛弗一年前交換過鑰匙，以備不時之需，當時這似乎是明智之舉，格洛弗可以過去她家，檢查她的母親是不是忘記關火，她不只一次因為擔心沒關火提早開車回家，但是現在一想到羅德·格洛弗有自己家的鑰匙，就使她恐懼萬分。

她把門在身後上鎖，把鑰匙塞進口袋。格洛弗去上班了——那是一個星期一早晨——但是上鎖會讓她比較放心。

她去過他家一次，她母親差她去拿回一臺他借了很久的調理機，所以她知道廚房和客廳在哪，她事前先決定要忽略那些房間，鎖定他的臥房，臥房的門是關上的，她猶豫了一下，萬一他生病在家怎麼辦？

但是不可能，她沒有看見他的車停在他家前面。她扭動門把，將門推開。

他的臥房很暗，有種汗味，一種不舒服的氣味。窗戶上覆蓋著紫色的布，不像真正的窗簾，比較像直接把布掛上去。她打開燈，猶豫地看著房門，她應該關上門嗎？這樣她就無法聽見他是否返家了。她決定讓門維持敞開。

臥房很小，雙人床佔據了大部分空間，房間很亂，床單皺巴巴的，枕頭掉在旁邊的地板上，床旁邊有一落床頭櫃，一座木製衣櫥靠在牆上，床頭櫃上堆著幾本書和雜誌。

她站在門口，想著是什麼驅使她來這裡，她期待找到什麼？找到能說服她母親的東西嗎？還是想找到證據，讓她了解到自己的懷疑是沒有根據的？她咬咬嘴唇，走向床頭櫃，手撫摸著那堆書最上面的那一本，是蝙蝠俠漫畫，她將漫畫移開，底下是一期《好色客》（Hustler）雜誌，她覺得很不舒服，把它放到一邊，底下還有一本，然後是兩本超級英雄漫畫，和一本約翰・格里遜（John Grisham）的書。

她照原本的樣子把雜誌和書堆好，這些不算是最有益身心健康的書刊，但可能與其他男人家中的讀物沒有太大不同。

她打開衣櫃最上方的抽屜，發現襯衫和褲子亂七八糟地扔在一起，她仔細檢查，但沒看到什麼特別的東西，第二個抽屜裡裝了內褲和襪子。

第三個抽屜，就是另外一回事了。

她的第一印象是裡面滿滿的都是色情片，有數不清的《好色客》，還有她不熟悉的其他雜誌，其中一些展示了用不同姿勢被捆綁的女人，有半裸也有全裸。柔伊以前在雜誌和電視上都看過色情片，她和海瑟曾經找到她爸藏在車庫裡的一捲錄影帶，看了十分鐘，笑到歇斯底里。但這超越她所看過的，上頭描繪的影像使她感到噁心，這裡也有幾卷錄影帶，手寫標籤上面的字體很大，參差不齊，寫著「綑綁」或「鞭打和鞭笞」之類的註解。這是格洛弗買的嗎？還是錄的？如果是，是何時何地錄的？

除了色情片外，抽屜裡至少還有十條領帶，格洛弗上班可能會打的一般灰色領帶，他為什麼不把領帶放在裝襪子和內褲的抽屜裡？那裡有足夠的空間。他每天早上繫領帶的時候，喜歡一邊看著自己的色情寶庫嗎？

抽屜裡有個部分是空的，在抽屜底部積聚的一層薄灰中有一個方形的空位，有什麼不見了，也許是床頭櫃上的雜誌？但是形狀不太符合。她關上抽屜。

她還能查看哪裡？她看了一眼床底下，有些衣服被丟在床底下，顯然那裡是格洛弗丟髒衣服的地方。她本來要站起來了，但有什麼引起她的注意：有一條褲子上面沾到棕灰色的不明髒污。她猶豫一下，從床底下把褲子拉出來。

是一條藍色牛仔褲，褲管最下面有點沾到泥巴，她回想起他們發現克拉拉的位置，另外一個地點位在阿薩貝特河。克拉拉像之前的受害者一樣，屍體半淹在水中。

牛仔褲是怎麼沾到泥巴的？

她從床底下拉出更多衣物，有幾件襯衫，另一條褲子，都沒有沾到泥巴，然後她的手指碰到某個像是硬掉泥巴的東西，她把它拉出來，是一雙襪子，因為淤泥乾掉而變得硬邦邦的。

還有什麼？她伸手抓了一把其他衣服，然後拉了出來。另一件襯衫，一條內褲，和一件女性內褲。

她拿起內褲，這當然可以解釋得通，羅德．格洛弗偶爾會找女人來過夜。

但是黃色的布料上沾到泥巴的污垢。

她盯著內褲看了很久，心臟猛跳，內褲從她的手指上滑落。

她確信自己此時正站在梅納德連環殺手的臥房裡，她必須離開那裡。她彎腰將所有衣物推回床下，有什麼抓住她的注意力。有一個長方形物體放在床下，是一個鞋盒。她用顫抖的手指將鞋盒拉出，拔起上蓋。

喀嗒一聲，她花了一秒鐘確認這個聲音，是大門的鎖。

她把蓋子放到鞋盒上，腦袋一片混亂，然後撲向臥房的門。正當她聽見大門打開的聲音時，她迅速闔上門，小心不要讓門砰地關上。他有看見嗎？她靠在門上，仔細聆聽，只聽得見自己的心跳聲。

接著，有個櫥櫃打開了，他在廚房。她顫抖地呼吸，環顧四周，很快，她迅速將所有衣服和鞋盒都推到床底下，腦中仍然在消化她看到的東西：幾件皺巴巴的女性內褲，一條手鍊。

她揮開這些想法。她現在不能分心；她必須出去，出去報警，他們會處理這一切。

她慢慢移動，設法走到臥房的窗戶，她撥開覆蓋窗戶的布簾，格洛弗會不會察覺到有人去過房間？還是會以為布自己掉了？沒關係，趕快出去報警就對了。

她小心翼翼扭開窗戶的把手，有點卡住了，她不得不用力推。她可以聽見格洛弗在房子裡走來走去的聲音，祈禱他現在不會進入臥房，再幾秒鐘就好……

她推開窗戶時發出一陣嘎吱聲，格洛弗的腳步聲停了下來。

她抓住窗臺，抬起身體想往外跑，她被絆了一下，腳踢在窗格上發出砰地一聲，她迅速站起身，關上窗戶，窗框被她弄得劈啪作響，他不可能沒聽見。

她轉身急忙離開，穿過他的院子，直直朝她家，朝著安全處走去……

「柔伊？」

她僵住了，知道自己應該快點逃跑，但她不能動彈，腿僵在原地，她轉過身。

「嘿，」她說，聲音在顫抖。

他困惑地看著她，眼睛瞇起。「妳在這裡做什麼？」他問，「妳為什麼沒在學校？」

「我……我媽說我今天可以待在家裡，她叫我過來，她想知道你有沒有糖，但我後來才想到你一定去上班了。」

「對，」格洛弗說。他面無表情，平日傻氣的笑容消失了。

她身後有什麼讓他的目光閃爍，柔伊從自己肩膀瞥了一眼，安布羅斯太太在外面，在門口鏟雪。

「嗨，安布羅斯太太。」柔伊喊道，試圖讓聲音聽起來像是若無其事，她的聲音尖利又歇斯底里。

鄰居抬起眼，勉強地點點頭。柔伊轉身，發現格洛弗現在離他更近了，他不到一秒鐘就跨越了他們之間的距離，他緊鎖下巴。

「我有一些糖，」他說，「妳需要多少？一杯？」

柔伊猶豫地點點頭。

「進來，」他說，「我拿給妳。」

「你知道嗎？我剛剛才想到自己不能……我不能吃糖，我可能有糖尿病，我……謝了。」

她轉身大步走開，步伐很快，她在想格洛弗是否會抓住她，將她拖進他家，強姦她，然後殺了她。

「柔伊，嘿，柔伊。」他在她身後叫著。

她繼續走，步伐因恐懼而僵硬。

第三十八章

伊利諾州芝加哥市，二〇一六年七月二十一日，星期四

閃爍的紅藍色燈光照亮了小巷，在圍繞小巷的磚牆上閃著微光，莉莉．拉莫斯的屍體被棄置在地。這是一個狹窄的空間，塔圖姆和警探們領著柔伊向前走，柔伊並不急著先到達那裡。透過擠在屍體旁的人群，柔伊隱約可以看見受害者的樣子：她的手掌，面朝上，手指伸長，女人的臉，空洞的眼圓睜著，嘴巴敞開，她的頭髮蓬亂，散落在地上。

「你有估計的死亡時間嗎？」馬丁內斯問。

有人回答了，但是柔伊隔著人牆無法看見是誰。

「死亡時間在九點三十分到十點三十之間。」

柔伊揣想那應該是法醫，她嘆了口氣，走近了一些，向前推擠了一下，才看到那個男人蹲在屍體旁邊。

屍體沒有擺姿勢，也不會讓人誤以為她還活著。她的手臂在地上伸開，左腿屈膝，另一隻腿伸直，她穿著襯衫和內褲，沒有穿褲子。她的喉嚨上有一條深紅色的傷口，整個脖子上沾滿乾掉的血，屍體的下巴也沾到一些，血流到她的衣領下方。

「九點三十分她還活著，」馬丁內斯說，「到九點三十七分為止，我們還知道她活著。」

「除非電話裡的人不是她，」塔圖姆說。

馬丁內斯點點頭，承認了這項可能性。

「好吧，」法醫說，「她的死亡時間不會晚於十點三十分。」

「而且她也不是死在這裡，」馬丁內斯說，「地上沒有血。」

一種解離感湧了上來，就像往常那樣。就她的大腦而言，地上的屍體並不是一個死去的女人，而是大量的線索和跡象，是凶手留下的足跡，這就是她的大腦處理這種事的方式，她早就知道了，她還知道現在暫時是風雨前的平靜，之後那具巷裡的屍體還會回頭反噬她。

但那是之後的事。

她蹲在女子身旁，專注地看著她。

「這看起來不像同一個凶手的作案方式。」塔圖姆說。

「是嗎？」柔伊看了女人脖子的側面一眼。「為什麼不像？」

「嗯，她沒有被防腐，她被割喉，她沒有被擺姿勢，我們幾乎是在她失蹤後立刻找到她……沒有什麼是相似的。」

「她曾經被綁住，」柔伊說，指著女人的手腕，手腕的皮膚被擦破一層皮，血跡斑斑。「而且我認為她可能也是被勒死的，」她指著脖子側面的瘀傷。

「這看起來對我們的凶手來說似乎全盤皆錯。」

「我絕對同意，這不是他想要的。」

「但妳認為是同一個人嗎？」塔圖姆聽起來非常懷疑。

「我認為現在下結論還為時過早。」柔伊說。

「他為什麼要割喉？」

柔伊咬著嘴唇，這是一個很好的問題。受害者已經聯絡上警察，此一事實可以解釋除了這件事之外的一切證據，凶手在驚慌中殺害這個女人，並將她放在逃離犯罪現場的後行李廂中，他發現到到處都設了路障，所以開車到小巷裡，把屍體丟下。

但為什麼要割喉呢？這不是他的犯罪手法，他總是勒死受害者。

「我不知道。」她終於承認。

「我認為這次是另外一個人，柔伊。」

「好吧，」她不悅地說，「葛雷探員，你有權發表自己的看法。」

塔圖姆嘆口氣，站了起來。

柔伊在腦中封鎖與塔圖姆的互動，這個人沒事就跟她唱反調，沒有幫助。她專注在屍體上，她周圍的其他人正試圖弄清楚發生了什麼事，追蹤鑑識證據。也許發現留下的麵包屑，會帶領他們找到凶手，他們的工作是著眼過去，而她的工作當然是研究過去——然後著眼當下和將來。

現在凶手正在經歷什麼？他的下一步是什麼？

這次沒有按照他的計劃進行，屍體沒有擺姿勢，甚至可能沒有被防腐，對這個凶手來說，殺人不是重點，殺人之後的那段時間才是關鍵，那就是他的幻想所在。

而且他沒有得逞，這次他的幻想沒有實現，他的需求仍然存在，也許比過去更加可怕。

連環殺手通常有學習曲線，凶手有一個幻想，他的殺戮是為了實現幻想，但犯案後他會覺得不如預期，與幻想不符，因此，他會想辦法改善自己的行動，以使下一次謀殺的成果更好。他會再次殺人，更進一步改善方法，再殺人。

連環殺手的這一點罕為人知，大多數人都認為殺手具有固定的特徵，但是通常殺手會改變犯案方式和特徵，以適應他腦中複雜精密的幻想。

這個殺手顯然適應了，隨著每次謀殺，他的技法都更加精鍊，這次他將如何適應？他們差點抓到他，他嚇壞了，他會需要時間進行重新編制，以了解發生了什麼事，出了什麼差錯。他知道搞砸這件事最主要的原因是把手機留給受害者，所以他們可以確定不會再發生這樣的情況，但不僅於此，下次他抓到一個人，會更快殺死她，不會給她時間聯繫任何人。他也可能會改變目標，他知道他們認為他鎖定妓女，因此他將尋找別種受害者——仍然是脆弱的群體，但不是接客的女孩。

「嘿，」馬丁內斯蹲在她身邊說，「妳還好嗎？」

「他會再次出擊，」柔伊說，「而且他會適應，所以我們無法透過未來的受害者找到他了，我們必須追蹤他過去犯罪留下的麵包屑來找到他，追蹤他過去犯下的錯誤。」

第三十九章

他凝視著淋浴間的陶瓷地板，看著水流的泡沫因為血跡呈現粉紅色，流到排水管中，讓人看得出神——那半透明的白色、粉色和紅色泡沫擠滿了黑色的孔洞，然後一個接著一個滑進去。他的喉嚨裡發出抽泣，無法自抑。

全盤皆錯了。

他本以為今晚結束時，他們會廝守在一起。在處置她之前信任女人是他活該，他昨晚就該了結她，但他沒有，他決定等待，事情就是這樣發生的。

他形單影隻。

最終，從他身上流淌下的水變得無色透明，他關掉水走出淋浴間，抓起毛巾。

他穿的襯衫和褲子浸在那個女人的鮮血中，放在地上綁起來的垃圾袋裡，他考慮過要燒掉，但聽起來很麻煩。有人真的會去檢查綁起來的垃圾袋嗎？外出後，他決定要等出門時把垃圾袋倒到公共垃圾桶，清除他房子裡的證據就夠了。

他發現自己仍然不敢置信，設路障的那個警察，竟然讓他穿著這樣的衣服開車通過。

他踏著緩慢沉重的步伐走進房間，他幾乎可以感覺到公寓闃寂無人所帶來的壓迫感，除了他之外，臥房空無一人。如果他坐下來喝啤酒，他會一人獨飲，沒有人可以聊聊這一天是怎麼度過的，沒有人聽他說他是如何躲掉警察，如何從他們指間溜走。

他穿上一條牛仔褲和一件彩格呢襯衫，然後照照鏡子，鏡中的倒影凝視著他，他仔細看著自己的臉和脖子，確定他沒有遺漏任何一滴血跡。沒有血。

那個婊子，警察一直在找她；他很確定。他們知道他把她帶走了，怎麼會呢？因為他們知道他在尋找什麼樣的女人，在接客的女孩，妓女。下次他在街角停車，可能會有警察在跟監等著抓他，這令他害怕到背脊寒涼。他想和誰說說話，想要有人同情地聆聽，聽他傾訴他的恐懼。卻沒有人。

他走去看看冰箱，得到一罐冰啤酒，然後走到公寓的陽臺上俯瞰景色，這房子算不上豪華，但以這個等級的房租來說，風景還算不錯。芝加哥的建物遮蔽了密西根湖的景色，但他並不在意，晚上看不見湖泊，只剩一片暗影，不如看著窗戶，即使夜已經這樣深，還是有人點亮燈火，這座城市從未真正沉睡，在不知何方的某處，有人陪伴著他。

第四十章

柔伊睜大眼睛凝視著汽車旅館的天花板，幾處的油漆剝落了，一道對角線的裂痕沿著整片天花板曲折裂開。燈上罩著一個滿是灰塵的玻璃罩，可以發現裡面有兩隻很明顯的死蠅。但是她的大腦無法記下這一切，光是處理一個死亡女性的影像就已經忙得不可開交，那血跡斑斑的頸項，空洞的雙眼。解離感消失了，她早知道會如此。

一旦她擁有片刻的寧靜，只要一秒鐘時間，千頭萬緒就會迎面而來，她的大腦會連線試圖想像一切，開始高速運轉，受害者的父母聽到這個消息會有什麼感受？如果她有伴侶或孩子，他們會有什麼感受？當然還有事情發生時她本人有什麼感受？害怕嗎？很痛嗎？覺得被糟蹋嗎？

在柔伊成名的十五分鐘期間[8]、在她協助逮捕本世紀其中一位最惡名昭彰的連環殺手之後，她常聽到別人討論她有多聰明，她的學經歷經常受到吹捧——哈佛大學博士暨法學博士，該屆最頂尖的學生等等，但他們有所不知的是，她該死的能這麼厲害，是出自她逼真的想像力，只要她想要，就能夠進入凶手的大腦，想像他的所感所見。這是一把雙面刃，因為她也可以從受害者的角度看事物，且歷歷在目。

她的手腕被綁在某處，拚了命要告訴警察她身在何處，嘴被塞住。她在接近二十四小時前被抓走，這段時間她一直被綁著嗎？有可能，那意味著她的喉嚨非常乾渴；她因口渴、飢餓和恐懼已經奄奄一息。無論用什麼塞住她的嘴，都會讓她的下巴疼痛，她的肩膀也陣陣抽痛。綜觀所有訊息都直指她與死亡相距不遠，然後凶手登門而來——

敲門聲嚇到了她，她呼吸困難，手心出汗。她花了一會兒穩住呼吸才下床，輕輕走到門邊。

「什麼事？」她說，她沒有問是誰，還有誰會在凌晨兩點敲她汽車旅館的房門？

「我把妳吵醒了嗎？」塔圖姆模糊的聲音從另一端傳來。

「沒有，我還醒著。」

「妳可以開門嗎？我有帶禮物來。」

柔伊考慮了一下，她穿著一件寬鬆的長版襯衫，長度覆蓋到她的大腿上方，只穿著內褲。她可以去套上一條牛仔褲，或許穿上胸罩，但這主意聽起來糟糕透頂，看見一名死去的年輕女子之後，誰還會管衣著端莊與否。

她打開門，塔圖姆站在外面，穿著牛仔褲和T恤，手裡拿著7-11的提袋，他的眼睛慢慢睜大。

「呃，抱歉，」他說，「我只是想說，我們兩個晚餐都沒吃，所以我想——」

「進來，」柔伊說，將門再拉開一點點，他悄悄溜進門，她從他身上聞到一陣薰衣草的肥皂香，他來之前已經洗過澡，她鬆了一口氣，她不想在房間裡聞到犯罪現場的味道。

他坐在房間角落的小沙發上，將提袋放在玻璃桌上。「我帶了兩份餐，妳可以選妳喜歡的，有一份……」他從提袋裡拿出第一個餐盒，讀著上頭的標籤，「水牛城雞肉捲……然後，呃……還有一個什麼……我想這個有加起司，還有兩份熱狗，我隨便選了一些配料。」

---

8 Andy Warhol在一九六八年預言：「在未來，每個人都能成名十五分鐘。」

「你還真會寵女生，」柔伊坐在沙發另一側不動聲色地說道，她重新調整一下讓襯衫盡量蓋住身體，「我要吃那個有加起司的東西。」

「我還有帶——」塔圖姆從提袋裡拿出兩瓶紅客啤酒——「喝的東西來，否則我認為那些食物會很難下嚥，」他從口袋裡掏出一串鑰匙，並用其中一支鑰匙把瓶蓋打開，然後將啤酒遞給柔伊。

柔伊咬下一口有加起司的不知名食物，不新鮮又濕答答的，吃起來像剛起床的口臭，她放下食物，拿起啤酒，「啤酒熱量很高，」她說，「我認為這可以算是一頓飯。」

塔圖姆嚼著水牛城雞肉捲，表情很不贊許。「真難吃。」

「這裡，讓我來，」柔伊伸出手說，他把雞肉捲給了她，她用力將雞肉捲塞進提袋，然後整袋提走扔進了垃圾桶。她俯身在地板上的行李箱翻找，找到一些士力架巧克力，突然想到自己這身打扮擺這種姿勢，正好讓塔圖姆一覽無遺。她迅速挺直身體，轉向他，他有點陶醉地盯著牆壁，雙頰微微發紅。

「拿去，」她說著，拿了一根給他。「我旅行時總會帶一大堆士力架。」

「聰明的女人，」他撕開包裝紙說。

她拆開自己的巧克力棒，咬了一口，花生的鬆脆和巧克力的甜味開始在她嘴裡起舞，她閉上雙眼，從鼻子深呼吸一口。她試過瑜伽、冥想、慢跑和游泳，到目前為止，沒有什麼比士力架更能淨化心靈，這是終極療法，便宜，還可以裝在包包裡隨身攜帶。她豪飲一口啤酒，味道完美搭配，她正在享用啤酒風味的士力架晚餐。

「好吃。」塔圖姆含糊地說，一邊開心地大嚼。

柔伊笑了，身體放鬆下來，她幾乎沒在看塔圖姆，那晚她第一次享受到平靜的片刻。

「所以，關於今天……」塔圖姆說。

「今天怎麼樣？」柔伊問，又從啤酒瓶喝了一大口，她已經吃掉半條士力架，她大腦大部分的精力都耗費在咬一口士力架配多少啤酒的複雜過程中，她不想喝到剩三分之一瓶的時候沒有巧克力可配，沒有計畫好巧克力的分配，才會愈吃愈不對味。

「當我說我不同意妳的看法，妳幾乎像要一口把我的頭咬掉。」

「我只是說你有權發表自己的看法，不是嗎？」

「是，我的意思是，妳的口氣是——」

「聽著，對不起，我傷害了你的玻璃心，那條巷子裡還躺了一個死掉的女人，我們每浪費一刻，就會增加另一起凶殺案的風險，這就是我現在關心的重點。」

「我也是，妳知道的，我跟妳一樣是行為分析小組的成員，我不只是穿西裝打領帶的外貌協會，我有很好的辦案直覺和經驗。」

「你沒有穿西裝。」柔伊說。

「我是在比喻，」他說，他的眼閃爍不定地向下看，彷彿在強調跟她比起來，他已經算穿得很正式了。

她不確定他想要什麼——道歉嗎？她並不想因為自己的盡忠職守而道歉，所以她決定下一步的最好打算是：換話題。「你對你在行為分析小組的新職位不滿意嗎？」她問，聲音溫柔又和緩。

他看著她，皺皺眉頭。他揉皺吃光的士力架包裝紙，但啤酒瓶還是半滿的。果然是個不懂吃的外行人。「不知道，」他說，從酒瓶裡啜飲一口，「這不是我要的，而且我愛洛杉磯，但是到目前為止，這工作並不無聊。」

「你為什麼會……升遷？」柔伊問。她試圖小心詢問，但是她說到升遷這兩個字語調上揚的方式，讓她馬上知道自己冒犯到他了。

他對她笑了笑。「因為我很厲害啊，不然呢？」

她揚起眉毛。

他嘆了口氣。「當時我正在偵辦一個戀童癖色情組織的案件，我們包圍了其中一名主要的內容供應者，當我們要逮捕他時，他逃跑了。」

柔伊點點頭，什麼也沒說。

「我追上他，要他把雙手舉高，他卻伸手去拿他的肩背包，我就對他開槍了。」

「他伸手是要拿什麼？」

「我們無法確定，但是我們認為他伸手是要拿相機，有一些照片在相機裡，我們認為他是想把照片刪除，他的包包裡沒有槍。」

柔伊思考了一下。「開槍不正當嗎？你以為他要伸手去拿槍啊。」

「我的想法正是最大的爭議點，我們獨自在小巷裡，沒有人看到我開槍，在開槍前，我不只一次陳述了我對這個傢伙的看法。」

「什麼看法？」

「我認為他應該被判死刑，」塔圖姆一本正經地說。

「所以他們認為你……怎麼樣？槍決了他嗎？」

「有些人這麼認為，」他聳聳肩，「總的來說，他們對我處理這個案子的方式很不滿意，太情緒化了，有些事與調查報告書不符，而且我想這不是第一次，但是我長官還想向媒體宣告此案的勝利，那傢伙的家用電腦裡有很多資料，我們減少了很多供應者，因此他們沒辦法真的開除我。」

「所以他們反而升遷你到行為分析小組工作。」

他笑了。「妳一直在說那個詞，我認為妳不知道那個詞真正的含義。」

「什麼詞？升遷？」

「我只是開個玩笑……算了，那妳呢？妳喜歡在行為分析小組工作嗎？」

「這是我一直以來夢寐以求的事。」她說。

「真好，但妳沒有正面回答這個問題。」

她眨眨眼挪開視線，「很多事……我沒有到真的很喜歡，」她說。「我發現這個工作很有趣，我喜歡忙碌，但是，我每天去辦公室的路上都高興不起來。」

「嗯，從戴爾市一路開到匡提科鎮聽起來是件苦差事。」

他們沉默了一秒鐘，然後塔圖姆說，「妳是個心理學家，妳可以去幫助人或者應對小孩，妳為什麼決定要成為法醫心理學家？」

她的士力架碎了一塊，她把它塞進嘴裡，然後猶豫一下。「我只是不……我不太會跟人相處。」

她某種程度上期待他會假裝震驚，然後嘲笑她，但是他什麼也沒說，只是眼神溫柔地看著她。

她不確定是因為夜晚的情緒耗損，還是因為塔圖姆在場使她放心說出口，她發現自己說出她過去只告訴過安德芮亞的事。「我好像總是說錯話，或冒犯到別人，當我實習諮商時——我們在全班同學面前進行——我的同學總是說我很冷漠，太客觀了，我知道自己永遠無法真正把諮商做好，我的感覺太遲鈍了。」

她語畢，看著酒瓶，咬下最後一口士力架，她吃了最後一塊巧克力，然後喝完剩下的啤酒，沒有想像中那麼好吃了。

「我不認為妳遲鈍，」塔圖姆說，他的聲音打破了沉默。「我認為妳只是很專注。」

她虛弱地笑了笑。「差不多意思啦。」

「沒有，不一樣。」

她看著他，幾乎像是第一次真正看著他，他的笑似乎不再顯得自以為是，他的笑很溫暖，她的臉一陣熱。

他清清嗓子。「好吧，無論如何，妳擅長自己的工作，妳還可以幫助受害者的親戚和朋友走出傷痛，並防止其他人受到傷害，妳做得很好。」

柔伊點點頭。他的嘴唇上沾到一點巧克力，她被傾身吻去巧克力的想像所征服，她可以想像他的手放在她背上，想像他舌頭的味道，想像粗粗的鬍渣在接吻時輕刮她的唇。

「你的臉上有巧克力。」她說。

他把巧克力舔掉。「沒了嗎？」

「對，聽著，我真的好累，謝謝你的晚餐，明天早上見好嗎？我坐你的車去局裡。」

「當然，」他說，「幾點？」

「九點？」

「妳說了算。」

他起身，站著喝完啤酒便走出去，向她道晚安。

生動鮮明的想像力是上天給她的恩賜，也是詛咒。她的胸口和胃部暖暖的，感覺頭暈目眩，她怪自己喝太多，但明知並非如此。她躺在床上，大腦終於擺脫死亡現場的糾纏。

第四十一章

「你好，葛雷先生？」電話另一端的聲音鎮定且平靜，這個人的聲音聽起來彷彿一生都井井有條，沒有什麼事是不可預期，一切都按計劃進行，凡事都有合理解釋。

「我是，」塔圖姆說，手機響起時，柔伊和他剛走進專案小組室。他走到辦公桌坐下，插上了筆電電源，將手機夾在耳朵和肩膀之間。

「我是納薩爾醫師。」

塔圖姆花了點時間想起這名字。「你是馬文的……我爺爺的醫生。」

「沒錯，你祖父來看診。」

「噢，很好。」塔圖姆很高興，覺得驚訝。

「不好，葛雷先生，一點都不好。」

恐懼緊抓塔圖姆的胸膛。「他生病了嗎？」

「我沒有權利討論你祖父的病情，但是我認為為了你祖父的健康著想，你的干預是必要的，很顯然，他沒有服用我開給他的其中一顆處方藥。」

「藥會讓他的喉嚨發癢。」

「反而服用別人開給他的藥——」

塔圖姆開啟筆電。「那不是開給他的藥，是一個古柯鹼成癮的八十二歲婦人拿給他的。」

「他的血壓非常高。」納薩爾醫師的聲音變了，變得不那麼冷靜。「藥不能再吃下去了。」

「你有跟他說嗎？」

「我告訴他這會導致中風或心臟病發作。」

「所以他現在還在吃藥？」塔圖姆向後一靠，試圖壓抑自己的心跳。

「沒有，他沒在吃。」

「他該死的又為什麼沒吃？」

「因為，」納薩爾醫師說，他的聲音失常，「他說藥會讓他的喉嚨發癢。」

塔圖姆咬牙吞下心中源源不絕，正要破口而出的連串咒罵。「我來跟他說。」

「如果他不吃藥，他會死的。」

「我爺爺沒有在怕死的，不過我會讓他理智一點。」

「老實說，先生，有幸遇到你祖父這樣的病人，他算是最讓我挫折的病人之一——」

「謝謝你告知我，我會跟他說。」

他掛斷電話，數到十，然後又數到三十九，因為只數到十不夠解氣。他必須把話說清楚，但馬文是個固執的混蛋，塔圖姆懷疑他祖父自以為比別人硬朗，像高血壓之類的事是軟腳蝦才會有的毛病。

他搜尋了高血壓的症狀，並且仔細閱讀，他終於找到對抗馬文騾子般固執的關鍵，他撥通他的電話。

「塔圖姆。」馬文聽起來很睏。「你知道現在幾點嗎？」

「已經早上九點了，你在睡覺嗎？」

「我昨晚很晚睡。」馬文打哈欠。

「我剛接到你醫生的電話。」

「他是一個很好的人，塔圖姆，但非常緊張，沒事就在窮緊張。」

「他擔心你的高血壓。」

「我跟他說我沒有不舒服，塔圖姆，真的，從來沒有覺得身體這麼好過，而且我聽他的話，沒再吃珍娜的綠色藥丸了，不過說真的，他的藍色藥丸會讓我的喉嚨發癢。」

「所以你覺得身體還好嗎？」

「非常好，塔圖姆，有點宿醉，你的貓又攻擊我一次，但除此之外——」

「沒有胸痛嗎？」

「不，不用擔心，我像隻騾子一樣健康。」

「沒有視力問題嗎？」

「我告訴過你，塔圖姆，我很好，真的沒有——」

「沒有勃起功能障礙嗎？」

有片刻的沉默。「什麼？」馬文的聲音聽起來更加尖銳，這句話把他叫醒了。

「納薩爾醫生說，高血壓的症狀之一是勃起功能障礙，但是你覺得還好對吧？」

「我……他到底是怎麼說這些症狀的？」

「很顯然，動脈變硬變窄了，」塔圖姆閱讀螢幕上的資訊說，「這限制了血液流通，因此流向陰莖的血液也減少了，我的意思是……網路上是這麼說的，你要我傳連結給你嗎？有一張圖示。」

電話的另一端傳來一陣不高興的咕噥聲。

「如果你吞了藍色藥丸之後喝一點蜂蜜茶，喉嚨就比較不會那麼癢了。」塔圖姆爽朗地說。

「是喔。」

「值得一試，對吧？」

「你真的很討人厭，塔圖姆。」

「祝你有美好的一天，馬文，我要掛了。」塔圖姆笑著掛斷電話。他打開信箱收信，發現戴娜已經轉寄了一封停屍間發的電子郵件，預定於當天早上對莉莉·拉莫斯進行驗屍，他看看手錶，不到一個小時就要開始了。

第四十二章

那天早上柔伊沒喝第三杯咖啡，她憑著咖啡因和泰諾止痛藥的藥效阻止後腦傳來的陣陣頭痛，她半夜三點之後有稍微睡著，但不到五個小時後就醒了，這使她脾氣暴躁又精神緊繃，就像一條拉得太緊的橡皮筋，隨時就要斷裂。

「柔伊，」塔圖姆在她身後說，「我要去看戴娜驗屍，想來嗎？」

「不了，我這裡太多事要處理，你等等再跟我說狀況如何，好嗎？」

「當然。」

他離開了，專案小組室內部空無一人，這是她來這邊以來第一次遇見這個情況，柔伊已經習慣在行為分析小組擁有自己的辦公室；沒有意識到自己有多想念那份寂靜，這是她工作效率最高的狀態：無人打擾，沒有干擾，只有她自己，以及大量的證據和理論。

她還沒有拿到犯罪現場的列印照片，而小組室的印表機是黑白的，她習慣了匡提科鎮的高品質印表機，這點讓她很苦惱，她工作時偏好周遭擺滿犯罪現場的照片。

她開啟附有巷子照片的電子郵件開始查看，看過幾次照片之後，她開啟犯罪現場的廣角照片，照片顯示了整具屍體躺在小巷的地面上，然後她開啟喉嚨傷口的特寫照片，接著並排放置兩張照片。仔細看特寫，可以看見脖子側面有咖啡色泛著藍色的瘀傷。她瀏覽之前的案件檔案，從以前每個犯罪現場中選出幾張照片，然後站起來思考。

她的辦公桌在房間的角落，右邊有一堵牆，前面有一堵牆，她在這兩面牆上貼滿照片。蘇珊・華納和莫妮可・席爾瓦的照片貼在她前面的牆上，右面牆上貼了克麗絲塔・巴克的照片。貼完滿意了，她坐在椅子上向後滑動，檢視她的藝術創作。最有病辦公室裝飾獎得主是……柔伊・班特利。她唯一需要的只剩在桌上擺一棵死盆栽，就可以讓芝加哥警署的每個人都認為她是瘋子。

她的收件匣彈出一封新郵件，她認不出寄件者是誰，但寄件者是芝加哥警署的電子郵件地址，馬丁內斯要求索取前一天晚上的談話記錄，這封郵件是回覆。郵件中附加了一個聲音檔案，以及通話的詳細訊息——包括電話號碼、通話開始時間和結束時間，以及一些對她毫無意義的技術細節。她播放了這個通話音檔。

聆聽這段通話令她感到不適，她昨天感受到的腎上腺素，迫切想要幫助這個女孩的願望，想要讓她活下來的希望——都已經不復存在。這段通話的對象是一個無助、恐懼、嘴巴被堵住的女孩，她很快就要被用極其可怕的手法殺害。音檔持續播放，女孩悶聲哭泣著，努力向警探報出正確的地址。柔伊想對音檔裡的馬丁內斯大吼：「是休倫街，該死，去休倫街。」通話結束時，柔伊緊握雙拳，一邊害怕，一邊等著聽到那瘋狂的悶聲尖叫，她呼出深深一口氣，看著音檔的長度是十四分三十四秒，感覺起來像十個小時。

柔伊拿起筆，再播放一次音檔，這次她記下了幾個時間點。第一個時間點是一分四十三秒，梅爾問莉莉她能否形容一下劫持她的男人，這個要求非常荒唐，因為這個女人嘴被塞住了，但莉莉的反應好像想說些什麼，但嘴裡塞著的東西完全吞沒她說的話，語氣聽起來沮喪又絕望，糊成一團。柔伊播放這一小段三遍，也許有某種聲音處理演算法可以截取出她想說的話。

第二個時間點是兩分五十二秒，這是馬丁內斯主導通話的時間點。他說話的時候，背景可以聽見莉莉沉重吃力的呼吸聲，但是柔伊也可以聽見兩個人說話的聲音，他們的聲音聽起來很遙遠，模糊不清，但是她確定那裡有兩個人，他們似乎完全對莉莉的尖叫聲不以為意，他們聽不見她的聲音嗎？還是他們兩個只是無視她？其中一個就是凶手嗎？

最後莉莉開始驚慌尖叫，她記下時間點，在這個時間點之前，馬丁內斯確實有說過「休倫街」，但莉莉並沒有叫停。他們搞錯了街道名稱嗎？柔伊皺眉反覆聽著這一段。在莉莉驚恐尖叫之前，傳來一個幾乎無法察覺的聲響。是一聲嘎吱聲。

門開了。

莉莉可能已經沒在注意聽馬丁內斯說話了，因為她聽見凶手來找她了，然後他走進來掛掉電話。

柔伊再次播放音檔，把重點放在聽得見的兩個人身上。柔伊皺著眉，她在通話中也多次聽見他們的聲音，他們對莉莉的尖叫聲完全無動於衷，聽起來可說是非常隨性。她調高音量又聽了幾次，聽起像來是一個人在問一個問題，另一個人給了他一個冗長的答案。她再完整播放一次音檔，把音量調大，當莉莉的尖叫聲在空蕩的房間裡迴盪時，她退縮了一下。錄音開始九分鐘後，其中一個人聲音變了，而另一個人則保持不變。問問題的那個人正在和第三人說話，那個人也完全忽視莉莉的尖叫聲。當然了，因為他不在那裡。

那是脫口秀的聲音。

她嫌惡地搖搖頭。太蠢了，浪費時間。

她的視線聚焦在電腦螢幕，流血的喉嚨引起她的注意。她皺起眉頭，視線從割開的喉嚨移到側面的瘀傷。

最後，她打電話塔圖姆。

「柔伊，我們驗屍到一半，」他的聲音聽起來有些煩躁。

「我知道，抱歉。聽著，你目前知道受害者是不是被勒死的了嗎？」

「知道，法醫說他認為她在被割喉前就被勒死了。」

「那是死因嗎？」

「他是這樣認為的，受害者的眼睛有出血，這通常是在勒死窒息的情況下發生。」

「那他為什麼要割喉？」

「我不知道，柔伊，因為他瘋了。」

「屍體有被防腐嗎？」

「不，絕對沒有。」

這回答並不令她感到驚訝，她懷疑凶手會有時間對屍體進行防腐處理。「好吧，有其他發現再跟我說。」

「好，」塔圖姆說著掛上電話。

柔伊咬著嘴唇思考。這個女子死後，凶手會是在一怒之下割喉嗎？這聽起來不像是他會採取的行動。所以現在該怎麼辦呢？

她瞄一眼手機，想到一個主意。她打了第二通電話。

「艾布拉姆森殯儀館，我是維農。」

「艾布拉姆森先生，我是柔伊，前幾天我去過殯儀館……」

「我記得，有我幫得上忙的地方嗎？」

「我這邊有一具屍體，被割喉，我在想……這會為防腐處理帶來困擾嗎？」

「以什麼樣的方式？」

「我不知道，我只是想了解這個傷口，是死後才割喉的，而且——」

「是切開總頸動脈嗎？」

柔伊眨眨眼。「我不知道。」

他嘆了口氣。「妳有照片可以寄給我嗎？」

「呃……當然，你的電子郵件是？」

他給了她電子郵件，她將受害者喉嚨的照片寄給他時，史考特走進房裡，揮揮手打招呼，她對他微笑。

「好吧，」艾布拉姆森說，「答對了，沒錯，看起來像是切開了頸動脈。」

「所以……這對防腐過程來說代表什麼？」

「嗯，我認為這是防腐處理過程製造出的切口，」艾布拉姆森說。

「什麼？」

「在進行防腐處理注入防腐液時，總頸動脈是其中一項首選，儘管他似乎搞砸了——放血噴得整個喉嚨都是。」

「那表示什麼？」

「就像我跟妳說過的，意思是妳面對的是一個外行人。」

「但是屍體沒有被防腐。」

「那麼他可能是在防腐完成之前就罷手了。」

「我懂了。」

「還有別的事嗎？」

「沒有了……謝謝你，艾布拉姆森先生，你的意見非常有幫助。」

她放下手機，她在腦裡試圖組合這些連續場景。凶手走進門，看到莉莉試圖向警方求援，他掛斷電話將莉莉勒死，然後……他決定進行防腐。

他為什麼不乾脆棄屍再找一個妓女呢？他當然知道自己這樣有多冒險，屍體防腐大約需要兩小時，據他所知，警察正在路上……

這具屍體對他來說很重要；這是她唯一能想到的解釋，他真的很想對屍體進行防腐。他開始進行防腐，然後在過程中停下，因為他搞得一團亂，他把屍體帶在身邊……但他看到設了路障，只能棄屍在一條小巷裡。

這是反常的行為，在壓力下他會有反常行為。她記下這一點。

她回頭聽第一個時間點，有一個含糊不清的詞。

「嘿，史考特，你可以來一下嗎？」她說。

他起身走了過來。「怎麼了？」

「你可以聽一下，然後跟我說你聽得懂她想說什麼嗎？」

她播放那一小段音檔。

史考特皺眉。「妳可以再播一次嗎？」

她播了，他又要求再聽一次，她播放第三遍，然後她在他還皺著眉時，又播放一遍，他們就這樣聽著那名死去的妓女一遍又一遍想要指認凶手，用一個單詞。他們聽了愈多遍，那個詞似乎變得愈來愈清晰，而不是愈來愈含糊。

「妳知道嗎，」史考特說，「我覺得她好像在說卡車司機（trucker）。」

柔伊點點頭。「我正要說她好像在說悍馬（Hummer），我是指悍馬車」

她又播放一次。

「對，我也聽到是悍馬，」史考特說。

「我在想，聽起來也有點像卡車司機。」柔伊笑了。

「所以……他要不開悍馬，要不就是某種卡車？」

柔伊點點頭。「謝謝。」她寫下筆記。

「妳認為這項側寫可以幫助我們逮到這個傢伙嗎？」史考特問，越過她的肩膀看著筆記紙。

「我確定可以。」柔伊說，希望他聽不出她語氣中的懷疑。

第四十三章

哈利的編輯丹尼爾偶爾會靈機一動，其中一個很好的例子，就是當哈利暗示他沒把工作做好時，他的回應是要求哈利發表一篇文章，標題為「美國討厭小賈斯汀的九個理由」。

哈利別無選擇，唯一能做的就是去找一個題材，這個題材可以壓倒丹尼爾對他的報復欲——就是他一開始要求的，他會寫一篇勒喉禮儀師的報導。

但是他需要一個好的切入角度，丹尼爾明確表達了他不希望歐普拉對這起謀殺案發表意見。在兩年前寫的病毒式文章「十位會成為最糟糕總統的名人」之後，歐普拉可能不會想再跟哈利說話了。

他決定去莫妮可．席爾瓦屍體被發現的地點，他記得曾聽說人們為了她在那個地點豎立了一座紀念碑，那可能就是他切入的角度——談論日常公民對對凶殺案的反應，而不是寫關於凶手和警方追捕的主題。人們想要閱讀關於自己的報導。

他走到那座橋，看著岸邊的睡蓮，這是一個美麗的景點，在這樣的豔陽天下更是如此。一對年輕夫婦經過，男人推著嬰兒車，女人依偎著他。哈利立刻想到可以寫一篇文章以他們為主角，一對愛侶努力想要理解在這個景點發生的可怕暴力案件。

紀念碑在河對面，他愉快地走過橋，希望得到一些賺人熱淚的描述，包括嬰兒的照片、手寫信和蠟燭。

紀念碑實際上是一堆石頭，人們在上面堆放鮮花，哈利在想鮮花是不是他們在公園裡摘的，然後他發現有個人在離紀念碑不遠的地方賣花，哈利笑著走向賣花人。他身穿黑色服裝，周圍幾桶顏色黯淡的玫瑰花正在凋零，他的臉上掛著深沉無盡的悲傷。

「早安，先生，」那人說。「你想在莫妮卡・席爾瓦的紀念碑上放朵花嗎？」

「真體貼，」哈利說。「可憐的女孩，年紀這麼輕就被奪去生命。」

「太慘了，」賣花人同意，「只要一美元，五美元可以買到體面的花束。」

哈利掏出錢包，一邊想著那個男人的犬儒主義至少值十美元。「順便說一句，她叫莫妮可・席爾瓦，」他把鈔票交給賣花人時說。

賣花人分心地點點頭，從桶裡撈出其貌不揚的花束，他拿了紙張包裝花束時，哈利在掏香菸，放了一根在嘴裡然後點燃。他把香菸包裝遞給賣花人。

「要菸嗎？」

「謝謝你，先生。」賣花人抽出一根菸，哈利將打火機遞給他。

他們站著沉默了片刻，各自享受著菸草充溢喉嚨和肺部的感覺，哈利看著香菸中冒出煙圈，直到一陣風將它吹散。「你介意我再問幾個問題嗎？」他問。

十五分鐘後，他構思好一篇令人精神一振的文章，內容講述這場悲劇使人們更加團結的方式，它不是拿普立茲獎的料，但是哈利感到文章在一定程度上貼近人心，會受到歡迎。這篇文章的讀者會很榮幸成為芝加哥社群的一員，他們可能會按讚並分享這篇文章，這樣他們的朋友便可以看到他們居住在多麼偉大的大城市裡，在文章中會嵌入幾條有關這些恐怖謀殺的推特，這些推主要有很多追蹤者，也許這些人會在推特上發表文章，吸引更多讀者。

他對自己的進度感到滿意，便離開賣花人，心中籌謀著這篇文章的標題，可能也會搭配吊人胃口或誘導點擊的標題——「發現勒喉禮儀師的第三名受害者，你不會相信接下來要發生什麼事」——或者他會選擇列舉式的誘導點擊標題：「芝加哥對抗勒喉禮儀師的五種勇敢方式。」他得在標題上面多花點心思，他比大多數人更清楚文章的標題通常攸關成敗。

他走向紀念碑，饒富興味地看著此處，他在想是否應該找個攝影師來拍照。正要把他那束體面的花束擺在上面時，他在地上發現一只信封，那是一只簡單的棕色信封，風把它從紀念碑上吹掉了。哈利撿起信封，想著放回石堆上面之前是否可以打開來看看，他這個人是憤世嫉俗沒錯，但有時他覺得有些底線是不該跨越的，除非有很好的理由。

信封寫的的收件人是一個女人，令他驚訝的是，那個女人不是莫妮可・席爾瓦，但他認得這個名字。

嗅到好題材時，哈利會產生敏銳的直覺，他拿著信封，開始懷疑這個故事的結果會比他想像中好很多。

第四十四章

回想起來，柔伊很遺憾自己沒有參與驗屍，當然她稍晚會拿到報告，且她相信如果有什麼有趣的發現，塔圖姆會告訴她，但這是他們與凶手間的最佳連結，真的還有什麼事情比這件事還重要嗎？她幽幽看著馬丁內斯轉寄給她的犯罪現場草圖，她可以從這張草圖推論出什麼呢？凶手在開過路障之前需要擺脫這具屍體，因此他將她的屍體丟在小巷裡，沒有精心替她擺姿勢，沒有一件事情符合他慣有的犯罪手法。她有一會兒幾乎懷疑這是否真的是同一名凶手，畢竟殺害妓女的人所在多有。

但是在死後切開總頸動脈不是件尋常的事，說這是因為太心急沒切成功的理論，聽起來是正確的。

好吧。她環視她的辦公桌，無論她在哪裡工作，她總是在處理這些堆積如山的文件，在這裡也一樣，案件檔案的副本、動物標本的報告，以及與受害者家人和朋友的訪談影印稿，全亂堆在一起，限制了她工作的實際空間。

她決定整理她的工作空間，煥然一新地重新開始。她把所有的案件檔案堆好，把影印稿放在案件檔案上面，然後把全部的文件都塞到辦公桌抽屜裡，動物標本報告可以丟了，從報告裡再也無法得知任何資訊；案件檔案中都有這些文件的副本，反正內容也缺乏細節。她抓著文件穿過房間走到碎紙機放置的地點，她將紙兩張兩張塞進碎紙槽，欣賞紙張變成細細白絲帶的景象，碎紙的感覺很好，她應該更常這麼做。

她碎到最後三頁時，思緒飄到一個她過去從未想過的新問題上。

是什麼讓凶手開始拿動物練習？

如果他的興趣是保存受害者，在狗急跳牆的情況下是合理的，但促使他這樣做的原因是什麼呢？是他讀過的書嗎？還是他看過的電影？

防腐過程對凶手來說並不重要，他最初嘗試做動物標本的事實證明了這一點，他只是在尋找一種方式來保存受害者。目的是保存。

為什麼？

因為他需要跟受害者共處的時間，不希望受到屍體腐敗的影響。

為什麼？

她還不能回答這個問題，她試圖在腦裡改變一下這個問題的思考方式，假設他開始執著於殺死女性並保留她的屍體，他會突然靈機一動決定他要對屍體進行防腐嗎？防腐是一個複雜的過程，他決定這麼做是出自別無選擇。

她又想到週期，也就是殺手的學習曲線。他一直在適應，讓行動更符合他腦中的幻想。誠如她指出的，這個案子有很明顯的學習曲線，凶手的防腐處理愈來愈精進，但一開始是什麼促使他進行防腐呢？

有過另一起謀殺案嗎？他在蘇珊．華納之前殺過其他人嗎？

「嘿，史考特，」柔伊說。「你能再幫我一個忙嗎？」

「當然，」他坐在座位上說，從椅子上轉過半身看著她。「什麼忙？」

「我想查幾年前的謀殺案報告。」

「好的。」史考特點點頭。「我要在我的電腦上查，我有CLEAR系統的使用權限。」

「清除使用權限[9]？什麼意思？」她站起來走向他，越過他的肩膀看向他的辦公桌，上頭擺放著幾張兩個小孩的照片。她仔細一看，發現小孩長得很像史考特。

「這是我們使用的資料庫，」史考特說。「CLEAR是一個縮寫，呃……是什麼字……和執法……還有一個什麼字……和報告的縮寫。」

「當前執法存取報告？」柔伊猜測。

「卡士達？」

「不是，聽起來很蠢，不是，第一個詞是犯罪……不是……」

「公民，是『公民與執法分析報告』，」他鬆了一口氣。

「好的，這很厲害嗎？」

「是，這系統超棒的，我們要查哪些年？」

第一份動物標本報告是在二〇一四年七月。「試試看……二〇一三年至二〇一四年七月好了。」

他改動了網頁表單，一下子螢幕上就顯示了一排姓名列表，有超過六百個姓名。

「只要女性受害者，」柔伊說。「而且，嗯……我認為你可以刪除槍擊案件。」

她不太確定；凶手絕對有可能從槍殺換成絞殺，但他所有的殺人手法似乎都是親密近身的，即便絞殺對他來說是一個新的犯罪手法，她還是願意賭他過去曾使用需要與受害者進行身體接觸的刀械或其他武器。

「好吧，」史考特說。「有五十三例，芝加哥大部分的殺人案件都是槍擊事件，這是有道理

9 CLEAR英文意思為「清除」。

的。」

「謝謝，史考特，」柔伊說。「我可以從這裡接手。」

「很高興能幫上忙，」他說著從椅子上站起來。「明天我會試著讓妳從自己的電腦存取CLEAR系統。」

「謝謝。」

「應該的，妳用完幫我從電腦登出，還有不要偷看我的電子郵件。」

她對他笑了笑，他便離開了，她坐在仍有他餘溫的座位上，開始逐案檢查。

她在第二十三號案件找到她想找的線索。

二〇一四年四月二十一日，二十一歲的維蘿妮卡・莫瑞在一條小巷中被發現死亡且屍體腐爛，有死亡後性交的跡象，死亡原因是窒息。屍體在估計的死亡時間六天後被發現，很明顯她是在前一天晚上被棄屍於該處。該案仍未結案，沒有找到凶手。

她的屍體在距離她家數個街區的地方被發現，地點正是西普爾曼，三個月後，寵物開始失蹤。

第四十五章

麻薩諸塞州梅納德鎮，一九九七年十二月十五日，星期一

柔伊心臟狂跳地坐在警長威爾．雪帕德面前，他止忙著寫東西，她試著要說話，他卻要她等著。他是一個肥胖的男人，留著黑色下垂的小鬍子，鼻子通紅，他不斷吸鼻子又咳嗽，偶爾用面紙擦鼻子。柔伊心煩氣躁，雙腳在地上拍來踏去，等待他寫完。

「好了，」他終於說，把表格放到一邊，把筆放在面前。「有什麼事可以為妳效勞嗎？」

「我知道誰是連環殺手了，」柔伊急急說道。

在她前往梅納德警察局途中，她花了一點時間想像這場對話會如何進展，其中一個版本是警官聽信了她的話，寫下她的證詞，然後去申請羅德．格洛弗家的緊急搜查令，警方在他房間裡找到所有證據，可能是將鞋盒中的內褲與受害者比對，並且逮捕格洛弗。

第二個版本比較不樂觀，警察不太配合，他們指出擅闖格洛弗的家實屬犯罪行為，還說她在他家發現的證據無法受理。他們在一個小房間裡審問她好幾個小時，還威嚇她，最後她才讓他們考慮她說的話是真的。他們調查了格洛弗幾天，可能是跟蹤他，最終取得所需的證據，並申請搜查令搜查他的住處，找到內褲和鞋盒，最終逮捕他。

她怎麼也沒想到，警官會給她一個厭煩又不感興趣的表情。

「是誰？」他問。

「我們的鄰居，」她說。「羅德．格洛弗。」

如果他有表現出任何情緒的話，那就是似乎顯得更不耐了。「妳怎麼知道？」

她仔細鋪陳她的說法，不希望他認為她只是個無腦的青少年，只是看見鄰居做了些古怪的事，就料定他是連環殺手。她解釋了她如何仔細研究了該主題，詳細描述她是如何判定格洛弗符合精神變態特徵的方法，還跟他說了杜蘭特池塘的事，然後引用「山姆之子」的訪談，他在訪談中解釋了為什麼過去曾回到犯罪現場。說到這時，警官似乎覺得有點噁心——但也很感興趣，這鼓勵她繼續說下去。她繼續解釋她是如何到格洛弗的家中刺探，她強調她有鑰匙，所以本質上她並不是闖進他人家中，她很確定這麼說不會有用，但感覺可以讓他的印象沒那麼壞。她告訴他色情雜誌和錄影帶的事，還有內褲，還有鞋盒。

「嗯哼，」她說完之後，他說。

她眨眨眼，她知道她的話對格洛弗不利。她沒有從他家中拿走任何物件，但她認為這足以引起警方的關注，他們只需要搜查格洛弗的房子。

「他可能知道我去過他家，」她說。「所以他可能會決定把證據丟棄。」

雪帕德警官深深嘆了口氣。「妳不應該跑去別人家中亂晃。」他說。

這句話在她預料之內。「這些都是特殊情況，」她說。「我有充分理由認為他是凶手。」

「是，」雪帕德警官說。「妳在杜蘭特池塘看到他，每一天都會有一堆人去那裡，然後他告訴妳辦公室發生火災的事，妳認為他在說謊，但妳不確定，還有，當然了，妳看了一大堆這種書，所以讓妳很興奮。」

柔伊的臉一陣熱。「除了我和他之外，杜蘭特池塘沒有半個人，他的行為很怪異……不過算了，隨便。他的房間——」

「有色情書刊和女性內褲，」雪帕德說。

「內褲有沾到泥巴。」

「我能想到還有很多咖啡色的物質會弄髒內褲。」

快哭出來了，不行，現在不能哭，如果她現在哭出來，他就再不會把她當回事了。「他的襪子——」

「濕了，對，他聽起來肯定是個邋遢的人，聽著，柔伊，我知道妳很害怕，整個鎮都很害怕，但是，如果妳能讓我們處理——」

「我是想讓你們處理，」她嘶聲力竭地大叫，內心正在崩潰，眼淚從她眼中湧現，聲音變得顫抖。「去搜查他就對了！我跟你說真的，凶手就是他，就算我搞錯了，但你不是至少該搜查一下他嗎？」

他若有所思地看著她，似乎在考慮她告訴他的話。「妳說格洛弗嗎？」他終於問了。

「對。」她用袖子擦擦眼睛。

「等等，」他說著站起來，嘴巴咕噥著。他走去文件櫃，打開頂部的抽屜，用拇指翻閱，終於拿出一捆文件，他一頁一頁地翻閱，然後回頭跟她說。

「羅德．格洛弗？」

「沒錯。」

「是喔，他絕對不是凶手。」

她心裡一沉。「你怎麼知道？」

「因為可憐的克拉拉被謀殺時，有七十八個人跟他在一起，我也跟他們在一起。」

「七十八個人？」柔伊不知道他在說什麼。

「克拉拉失蹤時有組織一個搜救隊，孩子，羅德・格洛弗在名單上，搜索時間與死亡時間是一致的，這表示他有不在場證明。」他說話很慢，彷彿要確保她明白他的意思。「我跟妳說這個，這樣妳就不會再到處跟人說妳的鄰居是連環殺手，沒必要搞這種事，好嗎？」

「也……也許他告訴你他有參加搜救隊，然後——」

「聽著，親愛的，把治安的事交給大人，好嗎？」

她的臉一陣紅，嘴巴因羞愧而扭曲，她覺得自己快死了。

「妳是克萊夫・班特利的小孩，對吧？」雪帕德說。

「是……是的。」

「我想是時候帶妳回家了。」

坐警車的這五分鐘是柔伊有史以來最糟糕的乘車經驗，她一直覺得自己要吐了，但很快就意識到坐在警車後座無法打開車窗或門。她顫抖著抽泣，環抱自己的身體，她很冷，但是她說不出口要雪帕德警官把溫度調高。一切都錯了，她怪罪格洛弗錯了嗎？她走進派出所時，心中是如此篤定，但是一聽到雪帕德冷冷地陳述事實，就好像頓失依靠，她腦裡有一套完美契合的事實和理論，現在卻成了不完整的拼圖。

格洛弗也許是跟她說過許多無稽之談，但她過去一直覺得荒謬或有趣，或者既荒謬又有趣，什麼時候這些故事變得如此險惡？她為什麼那麼快就把精神變態這個詞套在他身上？他是有一個鞋盒，裡頭放著一些女性內褲和一條手鍊，也許是他還留著前女友的東西，留著讓他想念她。色情書刊？很多人家裡都有色情書刊，色情不是一個非常興盛的產業嗎？

她是否只是太著迷於那些謀殺案，所以不得不把凶殺案歸罪於某個人？她是怪胎嗎？

轉念一想，她想起她離開格洛弗家，他看著她的方式，或者還有他房裡的色情書刊看起來非常詭異，或者另一件內褲，上面沾到泥巴。她有種感覺，也許她是對的，格洛弗以某種方式欺騙了警察，讓他們以為他有不在場證明，然後殺了克拉拉。在搜索過程中偷偷溜走，殺了她棄屍然後回來，這並沒有那麼複雜。

終於，雪帕德把車停下，柔伊希望他可以送她到家就好，但當她看到父親打開她家的門時，柔伊的希望破滅了。他雙臂交叉，嚴厲地看著警車，雪帕德可能事先讓他知道他們會來，所以叫他提前下班回家。

這位胖警官下車，打開後座的車門，她下車，恐懼和屈辱又重擊她的心，她感覺淚水又要湧出，他們的鄰居安布羅斯太太從她的臥房窗戶偷看外面。到明天這個時候，整個鎮都會知道柔伊．班特利被警車載回家。

她慢慢地走向門口，寧願站在外面忍受刺骨寒冷，也好過進入室內面對等待她的未知。

「柔伊，」她走到門口時，父親說。「在妳房間等我。」他的口氣聽起來很生氣；他的話語聽起來幾乎是震怒，她不記得他曾對她如此生氣過。

她慢慢走到自己房間，推開門，將門在身後關上，撲倒在床上。

她抓著枕頭哭，宣洩自己壓抑在內心的所有心事，一切突然之間都顯得如此愚蠢，柔伊．班特利自以為自己在演《神探南西》（Nancy Drew）[10]，愚蠢，愚蠢，愚蠢。

最後她的眼淚似乎哭乾了，她的父親還是沒有來找她，她決定去找他，在這裡空等，比實際上被訓誡和逃不了的禁足還要更糟。

10《神探南西》描述一名聰慧勇敢的少女偵探屢次破解罪案，是知名的推理小說系列，也曾改編為漫畫和影劇。

她打開門，聽到雪帕德的聲音，他還沒離開，和她的父親在廚房裡聊天。她躡手躡腳走到廚房偷聽。

「她的母親在服用鎮靜劑，因為她試圖自殺，」她的父親說。

「我有聽說，」雪帕德說。「很高興你們兩個有去幫他們。」

「你知道，柔伊曾經是她妹妹諾拉的好朋友。」

「這我不知道，難怪她會有這種行為。」

「是的，我真的很抱歉。」

「真的沒有必要為此道歉，克萊夫，這是我們這禮拜第三次收到可疑行為的假通報了，大家都緊張兮兮的，你女兒只是害怕，每個人都是。」

「是的。」

「我希望一切會很快結束。」

「怎麼說？」父親聽起來突然警鈴大作。「你掌握嫌犯了嗎？」

「我真的不能談這件事。」

「拜託，威爾，如果你逮捕了誰，我就能告訴柔伊，真的會很有幫——。」

「什麼都別跟她說，我們沒有逮捕任何人，但我們……我們應該知道凶手是誰了，好不容易搞清楚了。」

「是誰？」

「聽著，我不能跟你說名字，克萊夫，你知道的。」

「威爾，我們會認識很久了，你可以相信我，我只是需要讓女兒放心。」

有一陣緊張的沉默。是雪帕德在父親的耳邊偷偷告訴他凶手的名字嗎？她在原地躡手躡腳，想要盡量靠近他們。

「好吧，但是你不能告訴任何人；否則會把我們害死，我們的嫌犯是曼尼．安德森。」

柔伊屏住了呼吸。她認識曼尼．安德森，他是高三生，常坐在鎮上的圖書館裡自己讀書，柔伊最近去借書做她自己的研究時，曾見過他幾次。

「葛雯和皮特的孩子？不可能！」

「後來發現他在貝絲．哈特利……被殺之前，就到處跟蹤她，有一個學生作證他聽說曼尼曾經約克拉拉出去過一次，而且你知道奇怪的是什麼嗎？」

「什麼？」她爸爸小聲說。

「你知道所有女孩被發現的時候都是怎樣的對吧？都是裸體的，你知道她是被一條灰色領帶勒死的，領帶還留在喉嚨上嗎？」

柔伊睜大眼睛，她目前還沒有聽過這個細節。

「對，」她父親說。

「皮特．安德森上班都繫著灰色領帶，該死的每一天都是，我們認為曼尼就是用他的領帶殺了那些女孩。」

灰色領帶。柔伊遏止自己想衝進廚房尖叫的衝動，她在警察局與雪帕德談話時沒有提及這個細節，格洛弗的色情抽屜裡有一堆灰色領帶。

如果她現在介入，聽起來會像怎樣？聽起來像利用這個細節讓自己脫身，在偷聽他們談話之後，他們會再次不相信她，只會讓事情變得更糟。

這只是另一樁巧合嗎？

她可以守口如瓶嗎？不告訴任何人？

「真是……太可怕了。」

「曼尼・安德森一直是個怪胎，孤僻又沒什麼朋友，就是那種安靜型的，你知道的？」

「嗯哼。」

「但是他的老師告訴我，他在他的筆記本上畫了一些非常怪異的漫畫，他幾乎每個週末都和朋友一起玩《龍與地下城》（Dungeons and Dragons）[11]，從來沒交過女朋友……我不知道，整個看起來就是了。」

柔伊勃然大怒，整個看起來根本什麼都不是，漫畫？《龍與地下城》？雪帕德的推理能力遠比她還弱，警方做的事正符合他們對她的指控，他們想要找出一個嫌犯，一旦他們看到有人多少符合特徵，便開始將此案與他聯繫起來。

他們錯了，而她是對的，而且他們不會聽她的，因為她只是個歇斯底里的十四歲女孩。

「但是，爸，聽著。」柔伊不顧一切想要說服他，但這就像以卵擊石一樣不自量力。

「不，柔伊，我不想再聽到關於這件事的胡說八道了，妳知道如果羅德知道妳這樣到處散播關於他的謊言，他是可以告妳的？」

「我沒有散播謊言，我只是告訴警察我——」

「更別提妳闖進他家的事實。」

他們從頭到尾講了三次，每次都會鬼打牆回到她闖入格洛弗家的事實。

「我知道，但是他有灰色領帶放在他的——」

「夠了！」

他大吼一聲把她嚇得不敢出聲，他的臉色幾近赤紅，手心發抖。

「羅德・格洛弗是我們的鄰居，」他說，聲音緊張短促。「妳不能這樣不顧後果指控人家做出這麼可怕的事，我們都知道他在克拉拉被殺時有不在場證明——」

「但是，爸，我們不知道他真的有參加搜救隊，也許他加入了，然後——」

「我有加入搜救隊，有看到羅德幾次。」

她的滿腹決心全洩了氣，那是實話，羅德・格洛弗並沒有殺害克拉拉，她就這樣胡亂指控他。

「闖入我們鄰居的家，」他抬起手指，開始數落她的罪行。「跑去警察局，沒有理由亂指控他，還自己跑去杜蘭特池塘。」

他們倆都看著他三根舉起的手指。

「媽媽和我要去開鎮民大會，」他說。「大家會討論謀殺案，還有殺手被逮捕前社區即將採取的緊急措施，妳和安德芮亞待在家，明天我們再討論要怎麼懲罰妳，到時我們再好好談。」

她坐在床上，他離開房間時她盯著地板看，聽到他和母親對安德芮亞說再見，然後前門打開又關上，鎖發出咔嗒一聲，他們走了。

安德芮亞走進房間，爬到柔伊床上，柔伊躺下，眨掉隱隱流出的淚水，她應該交給警察處理，殺手可能是曼尼・安德森，他對克拉拉和貝絲的想入非非相當可疑，而且他很輕易就能取得謀殺的武器。

被一條灰色領帶勒死。

她顫抖著，試圖排除突然躍入她腦中的影像。

11　一款奇幻背景的角色扮演紙上遊戲。

「柔伊，爹地和媽咪在生妳的氣嗎？」安德芮亞問。

「比生氣更慘，」柔伊說。「他們對我很失望。」

「沒有更慘呀。」

「有吧。」

「他們為什麼要生氣？」

「因為我……說的事情不是真的。」

安德芮亞的眼睛睜大。「妳說謊了？」

「沒有，我只是判斷錯誤。」

「喔。」

她們躺在床上，縮著身體相互依偎，柔伊聽著安德芮亞的呼吸，從妹妹的純真中重獲力量，她可以聽見街上的腳步聲，然後前門的鎖發出咔嗒一聲，她們的母親可能又忘記帶錢包，她總是這樣。

「媽咪？」安德芮亞說，顯然也這麼想。

沒有任何回應，也沒有腳步聲，柔伊皺著眉頭下床走到房門口，黑暗的走廊上有一個陰暗的人影，身高太高不可能是她們的母親，身材太瘦了，也不可能是她們的父親。他們四目相交。

是羅德．格洛弗。

第四十六章

伊利諾州芝加哥市，二〇一六年七月二十一日，星期四

根據警方報告，維蘿妮卡．莫瑞兩年前被人發現身亡於西普爾曼，當時她已與一名叫克利弗德．索倫森的男子訂婚。柔伊打電話給他，問他是否可以見面，索倫森在西普爾曼經營水電管線事業，他告訴她歡迎到他的辦公室來。

索倫森的管線公司與其說是辦公室，更像倉庫，前門上方懸掛著一個小小的白色招牌，上頭以乏善可陳的藍色字體標示了公司名稱，停在門前的兩輛藍色貨車上面印有相同的商標。柔伊付錢給計程車司機，他是一個中年男子，留著上下兩叢灰色鬍鬚。

「妳要我在外面等嗎？」他問。

「可能會耗上一段時間，」她告訴他。「我要走的話會叫車。」

「好吧，」他說，看了一眼附近漢堡店的招牌，「已經過了午餐時間，我還沒吃飯，我會在附近。」

柔伊嘆了口氣，他是那種很愛聊的人，她回程沒有心情再跟他聊北韓的話題，但她想不出辦法有禮貌地擺脫他。「太好了，」她說。「但是如果你不想等了，可以隨時離開。」

他聳聳肩。她下了計程車，走進倉庫。

內部空間排滿長長的金屬貨架，所有貨架上都擺滿了水管、龍頭和柔伊根本說不出名稱的

工具。過去她對自己能夠自行處理水槽堵塞的問題很是自豪，但除此之外的任何問題，都會導致她立即慌忙致電給水電工。她覺得家中所有可能發生的問題中，最嚴重的就是管線問題，這個問題足以讓她戶頭被洗劫一空，並且將她在這世間擁有的所有財產變成一團潮濕的廢物。

有兩個人站在一座貨架旁邊，正在把水管撿起放入一個大紙箱中。她走向他們。

「抱歉，」她說。「我在找克利弗德・索倫森。」

「我就是，」其中一位說。「妳是柔伊？」

「沒錯，謝謝你跟我見面。」

他點點頭，她看著他。他是一個身材高大、肩膀寬闊的男人，一頭稀疏的棕髮，臉頰上長著粗糙的鬍渣，眼睛周圍紅紅的，眼神看起來很疲倦。「妳說是關於維蘿妮卡的事？」

「我在想你能否回答我幾個問題。」

「我們到外面說吧，」他皺著眉頭說，然後轉向另一個男人。「你可以自己搞定嗎？」

那人點點頭。「當然，克利弗。」

他們走到外面，克利弗德從他的口袋裡掏出一包菸，把一根菸放進嘴裡，然後把菸盒遞給柔伊，她搖搖頭，他聳聳肩，點燃自己的菸，然後吸了一口。「我還以為警察已經處理完這個案子了。」

「這個案子與目前正在調查的另一起案件有關，所以又浮上檯面了。」

「是嗎？那時他們告訴我，他們正在調查一個當地的毒蟲，這跟他有關嗎？」

柔伊搖搖頭，在調查期間接受訊問的毒蟲因持械搶劫而入獄了。「沒有關聯。」

「嗯哼。」他說，聲音緊張了起來。「所以會是誰？」

「我們還不確定，你介意我問你有關那個禮拜的一些問題嗎？」

警察對克利弗德進行過三次訊問，而柔伊已經閱讀過那些筆錄。第一次訪談主要是為了確認他是否是嫌犯，他未婚妻失蹤的那天晚上他有不在場證明，他和三個朋友一起去釣魚，他們都證實那段時間和他在一起，他的其中一名朋友還實際跟他一起走進屋子，因為他需要借洗手間。他們發現屋子裡亂七八糟，維蘿妮卡失蹤了。

第二次訪談是警察以嫌犯罪名逮捕該毒販時，他們給克利弗德看了幾張嫌犯大頭照，想看看他是否可以指認出這名毒販。他無法指認，他表示記憶中從未見過照片裡的任何一個人。

第三次訪談，是在警方將毒販從嫌犯名單排除，並試圖戳破索倫森的不在場證明之後。索倫森很快就沉不住氣，對著警察大吼大叫說他們意圖誣陷他，他要求有律師在場。剩餘的訪談時間很短，無法證明任何事。

柔伊知道當調查人員腦中存在某個嫌犯或目標時，訪談通常就會偏向該目的。第一次訪談中有一個非常明顯的例子，當時克利弗德提到維蘿妮卡在失蹤前幾週似乎有點緊張兮兮，有人便問了一連串問題來確認她的情緒是否因為她與克利弗德的關係緊繃，但在詢問過他這個問題之後，他們便繼續進行訪談，沒有人再提起關於她精神緊張的問題，此事就這麼被略過了。

「我會盡量回答，」他說。「但我沒辦法保證記得很清楚，已經超過兩年了，我一直很努力要遺忘那一週。」

「我懂，」柔伊靠在牆上說。「所以你最後一次見到維蘿妮卡是什麼時候？」

「她過世的那天早上，」克利弗德說，聲音裡不帶情緒。「我上班之前。」

「那一天你們有說話嗎？」

「有，說過一次，她打電話問我一些事，我不記得了。」

根據警方的報告，她有打電話問他即將舉行的婚禮當中的外燴服務，他是真的忘記了，還是只是想避開這個話題？

「然後發生了什麼事？」

「我下班回家，她不在家，她去找她的一位朋友琳達。」

柔伊點點頭，報告中也是如此記載。琳達是克利弗德沒被列為主要嫌犯的主要原因，她證實維蘿妮卡與她共進晚餐，而當維蘿妮卡離開琳達家時，克利弗早就踏上釣魚之旅了。

「我和三個朋友一起去釣魚，午夜過後回到家，房子裡一團亂，桌子和椅子被掀了，所有壁櫥和抽屜都被打開，維蘿妮卡失蹤了，她的珠寶也不見了。」

「那你做了什麼？」

他看著她良久，嘴角扭曲。「我可以離開一下嗎？」

柔伊眨眨眼。「當然。」

他轉身。「嘿，傑佛瑞！」他大喊。

另一個男人出現在店門口。「什麼事？」

「你可以把那個單槽克勞斯水槽送上貨車嗎？我們今天要安裝。」

「當然，克利弗。」

克利弗德轉回柔伊，他的臉色現在沉著多了。「我看到她人不見了，就打電話報警，法蘭克跟我一起——他是我的朋友，他進來屋內是因為他要上洗手間，等待警察來的這段時間，他跑去附近找她。」

「然後發生了什麼事？」

「警察出現了，我告訴他們我所知道的，他們六天後發現了屍體，就這樣，真的。」

柔伊點點頭。「維蘿妮卡被擄走的前幾天，看起來有什麼不同嗎？」

「我不覺得有。」

「她看起來有心事嗎？還是像在擔心什麼？」

「我真的不記得了，班特利小姐。」

「嘿，克利弗，我找不到，」傑佛瑞從裡面大喊。「你確定在這裡嗎？」

克利弗德看著柔伊。「我真的得回去工作了——」

「再問幾個問題就好，真的會很有幫助，」她穩穩地說。「維蘿妮卡是容易相信別人的那種人嗎？」

「妳是什麼意思？」他問，一邊走進室內。

她尾隨他來到店面後方。「你的屋子被破壞，但卻沒有任何闖入的跡象，她會幫陌生人開門嗎？」

「在晚上？我不這麼認為。」

「如果他穿得像個警察呢？」

「妳是說警察把她帶走了嗎？」

「也未必，」柔伊說。「我只是推論。」

她正在試圖微調凶手的犯罪手法，儘管連環殺手有可能是執法警官或其他官方機構的公務人員，但還有另一種解釋，眾所周知，有幾名連環殺手會利用官方人員的制服或工作證來誘騙受害者，泰德．邦迪（Ted Bundy）就是一個著名的例子，他有時會假扮成警察來接觸女性，並將她們帶到化外之地。

「我不知道，有可能。水槽在這裡，」他告訴傑佛瑞，他彎腰抓住水槽咕噥著。

「我來，別擔心，」傑佛瑞說著舉起那具碩大的鋼製水槽，然後搬到室外。

克利弗德站直，做了一個怪表情，一隻手撐在身後。他慢慢走回商店前方，柔伊一直尾隨著他。

「如果有人受傷，或者門口站著的是女人，她會開門嗎？」

「班特利小姐，對不起，我不知道。」

「你有跟任何人說你那天要去釣魚嗎？」

他挑眉看著她。「為什麼這麼問？」

「凶手知道何時該發動攻擊。」

「這可能只是運氣不好，班特利小姐，我很常去釣魚，兩次，有時每週三次，該死的，上週我跟我弟一起去了四次。當然，那陣子以來我更常去釣魚了，因為家裡也沒半個人……」他的視線變得空洞。「對不起，我真的要回去工作了。」

柔伊點點頭。「謝謝你撥空跟我談。」她說。

他已經轉身走開，正在檢查其中一個貨架上的東西。「不客氣，」他說。

她失望地離開商店，外頭豔陽高照，她瞇著眼，用手掌擋住光線來保護眼睛。傑佛瑞正在將水槽裝進一輛廂型車中，他終於將水槽放低裝進廂型車的後車廂，水槽發出很大的鏗鏘聲，他砰一聲關上車門，轉過身來。

「嘿，」他注意到她時說。「妳是警察嗎？」

「我跟警察一起工作，」她回答，走得更近。他似乎比克利弗德年輕一些，留著一頭濃密的棕髮，身高很高，肩膀寬闊。

「聽著，我不知道妳對克利弗說了什麼，但我希望妳不要讓他情緒太激動，維蘿妮卡的死真的讓他很難過，事情發生之後，有一年多他的行為都像行屍走肉，直到最近這幾個月他才好一點。」

「對不起，」柔伊說。「她過世的時候你就在他這裡工作了嗎？」

「對啊，他整個人一團糟，幾乎足不出戶。」

「你還記得維蘿妮卡在失蹤前是否有心事，或者像是在擔心什麼？」

「她每天都很開心，他們快結婚了。」

「嗯。」

「他和維蘿妮卡想要生個孩子，」傑佛瑞說。「他會是一個很好的父親。」

柔伊點點頭。

「妳覺得妳會抓到凶手嗎？」

「我不知道，」柔伊說。「希望如此。」

第四十七章

那天下午很早，柔伊、塔圖姆和馬丁內斯就坐在會議室裡，柔伊剛把維蘿妮卡・莫瑞的案子告訴他們，她說完後，三個人靜默坐著。

馬丁內斯終於打破沉默，他清清嗓子。「妳確定是同一個凶手嗎？」

「我沒有辦法確定，」柔伊聳聳肩。「像其他案子一樣，凶手非常小心，使用了保險套，沒有留下任何DNA，也許還有其他法醫數據可以用來比對案件，我想跟你的鑑識人員談談。」

馬丁內斯點點頭。「我會去處理。」

「間接證據非常有指示意義，」她補充道。「維蘿妮卡在寵物消失前三個月死在同一個地區，六天後發現屍體，有死後性交的跡象。假設是同一個人幹的，我會說屍體腐爛逼迫他棄屍，此後他便決定要找到一個辦法來克服這個問題。」

「然後，在拿動物來實驗時，他發現防腐是一個很好的解決方案。」塔圖姆說，看起來似乎對此很感興趣。「這個劇本聽起來很有可能性。」

「我同意，」馬丁內斯說。「我會立即找人調查。」

柔伊跟著馬丁內斯和塔圖姆回到專案小組室，柔伊坐在她的電腦旁，正打算寫一份詳盡的報告交給曼庫索時，桌上的電話響了。她花了一點時間才意識到這是她的電話，她接起。

「哈囉？」

「班特利博士？我是櫃檯的塔克警官，這裡有一個人要見妳。」

「要見我？你確定嗎？」

「是的，他明確說要找妳。」

「好，我馬上下去。」

她滿腹疑竇，下樓走到櫃檯，有一群民眾在那裡等待，但她認不出任何熟悉的面孔，她走向櫃檯的那位警官。「嗨，我是柔伊．班特利，你剛剛打給我——」

「柔伊．班特利？柔伊．班特利博士？」一個男人站起來走向她，面帶微笑，他有一頭茂密的黑髮和非常深濃的眉毛，讓人立即注意到他的眼睛。他淺淺微笑，使他看起來有種玩世不恭的態度。他從頭到腳掃視她的方式讓她感覺被冒犯。「我很興奮終於見到妳，我是妳的忠實粉絲。」

「我不知道我有粉絲，」她冷冷地說，他的舉止激怒了她。

「噢，妳有粉絲，至少有我一個，我讀過所有妳參與約萬．史托克案的資料，還有一些早期有趣的案子，現在妳成為行為分析小組的成員——簡直不可思議。」

「對不起，先生，你是……？」

「哈利。」

「哈利，姓什麼？」

他嘴裡喃喃自語，聲音聽起來像「巴爾」，然後他迅速說，「我想我有一件特別要給妳的東西。」

他在公事包裡翻了幾秒，然後掏出三個棕色的信封，他把信封交給她，而她從他手中一把將信封扯過去，看著信封。

她全身的血液都冰冷了。

這次沒有寫地址，只有她的名字，但筆跡無誤，這三個信封與她在戴爾市公寓裡那一疊信封吻合，她一週前才收到其中一封。

「誰給你這些信封？」她虛弱地問。

他仔細看著她。「沒有人給我，是我找到的。」

「在哪裡找到的？」

「一封在福斯特海灘，第二封在洪堡公園，我敢賭妳猜得到我在哪裡找到第三封。」

她嚥了嚥口水，什麼也沒說。

「猜不到？在俄亥俄州街海灘。」

是棄屍的三個地方。「信封是……被丟在那裡的嗎？我的意思是——」

「信封被放在紀念碑上，」哈利說。「為了紀念死去的女孩們而設置的紀念碑，我拍了一些照片，可以寄給妳，照得不太好，我不太會照相。」

「我知道了。」

「妳不打算打開信封嗎？」他問。

她嚴厲地抬眼看他，他不知所以然地看著她。「不必了，」她說，然後看見三個信封全都被開過了。

「你已經開過了。」她說。

「好吧，我不想帶著一個可能裝了炸藥或炭疽病毒的信封走進警局，」他指出。「我想確保信封是安全的。」

「當然。」

「裡面沒有炭疽病毒，妳應該會很高興，老實說我不確定炭疽病毒長什麼樣子，但我很確定看起來不是那樣。」

「謝謝。」她說，覺得一陣反胃。

「也許該先讓這邊的警察採集我的指紋。」他說。「為了他們採集信封指紋時作為比對之用，對嗎？」

她一語不發，定定僵在原地，感到天旋地轉。

「妳也應該讓他們採集指紋。」

「他們找不到任何指紋的。」她說，她的聲音在千里之外。

「妳以前收到過這樣的信封嗎？」

「什麼？」

「妳似乎知道裡面裝了什麼，而且妳已經知道他們找不到任何指紋，我想妳以前收到過像這樣的信封。」

她試圖集中注意力。「你到底是誰？」

「我是哈利。」他微笑著，露出兩排亮白的牙齒。

「哈利，你就這麼剛好找到這三個信封？」

「不是，」他說。「我只是剛好發現其中一封，但是後來我就去尋找另外兩封了。」

現實沉入她的思緒。「你是記者，」她說。

「沒錯，」他笑開了。「所以……關於這些信封，妳能告訴我什麼？」

「無可奉告。」

「好吧，我想我的報導當中不會有妳的回應了，只會提到其中那三個信封，裡面裝著——」

「你不能把這件事公諸於眾，這會阻礙調查。」

「班特利博士，這部分不是妳的工作，也不是我的工作能決定的，我發表能引起公眾興趣的內容，好吧，老實說，我發表能引起我和我編輯興趣的文章，然後——」

她轉向櫃檯。「找一些警官過來，拘留這個人進行訊問。」

「如果我在十分鐘之內沒打電話給我的編輯，」哈利平靜地說，「他就會發表截至目前為止我交給他的內容。」

「你在虛張聲勢。」

「班特利博士，妳是這裡的法醫心理學家，看著我的臉，再告訴我一次我是在虛張聲勢。」

寂靜無聲，櫃檯的警官看著他們兩個，手裡拿著電話。

「你想要什麼？」她終於問。

「我想要一個故事，」他說。

「你不能寫這些信封。」

「給我一些我可以寫的材料，沒人知道的事。」

她咬咬嘴唇。「我需要一點時間。」

「當然可以。」這個男人說。「我相信你，柔伊——」

「不要這樣叫我。」

「好吧，」他對她伸出手。「我相信妳，班特利博士，妳有二十四小時。」

他轉身離開。

她雙腿發軟，努力走到電梯處，她無法確定自己此刻承受得了走樓梯，她彷彿花了好幾年時間才走到辦公桌，那幾個信封拖著她的手向下垂落。

有可能嗎？

感覺不可能，但很多事情忽然間連成一線，絞殺、屍體靠近水邊，擺姿勢這點則不同，但不知何以感覺起來很相似。

她在辦公桌坐下，倒出三個信封。

三條灰色領帶纏繞成堆，落在桌上。

第四十八章

麻薩諸塞州梅納德鎮，一九九七年十二月十五日，星期一

時間慢慢流淌著，突然一個聲音傳進柔伊耳裡，在她身後，安德芮亞再次大喊。「媽咪？」格洛弗的目光注視著她，他再也不是那個幼稚好笑的鄰居，不再是那個傻氣、會一頭熱找她聊《魔法奇兵》裡的巴菲和天使的那個人，冰冷無情的眼神彷彿什麼事都做得出來，他的表情緊繃，她可以看見他的精神振奮，當周遭的世界變成一條長長的隧道，格洛弗處在邊緣，隔在他們兩人之間的只有黑暗，他開始向她走來，敏捷的動作讓她從作夢般的顫慄中驚醒過來。

她尖叫，猛地關上門，轉動門鎖將門鎖上。

一聲重擊傳來巨響，房門在震動，格洛弗在衝撞門，柔伊瘋狂地環顧四周，她的書桌體積很大，又是木製的，她衝到桌邊，開始一吋吋拖行書桌，安德芮亞從床上看著她，睜大了眼睛。

「柔伊，」格洛弗從門另一邊說。「我只是想談談，我認為妳可能誤會了一些事。」

她一邊啜泣一邊拉著書桌，直到她的身體可以擠進書桌和牆壁之間，然後她靠在書桌上面，把自己和書桌推離牆壁，她的呼吸急促，短促又恐懼地大口吸著空氣，她使勁推著書桌，全身瑟瑟發抖。

「妳今天早上在我臥房裡嗎，柔伊？我沒有生氣；我只是認為我們應該聊聊這件事。」他

敲敲房門，一開始是有禮貌地敲，接著變成氣急敗壞地猛捶，巨大的聲響嚇哭了安德芮亞，門把一遍又一遍轉動。

她記得幾個月前，她的母親拿走房間的鑰匙，跟她說她不希望家裡的房門是鎖上的，柔伊聲稱她不希望安德芮亞在她脫衣服時闖進她房間，千求萬求想把鑰匙拿回來。現在格洛弗把門捶得震震有聲，她感謝上帝，媽媽已經把鑰匙還她了。

「開門就對了，柔伊，我不要這件事破壞我們的友誼。」

「我們……沒……有……友誼。」她推著書桌，咬牙切齒地說道。現在推到房間的一半了，好重，她想起她爸毫不費力就把書桌拖過地面，她當時沒有意識到他有多強壯。

「柔伊！馬上開門！否則我會打電話給妳的父母，跟他們告發妳的行為。」

「你打啊！」她聲嘶力竭地大喊，又推了桌子一下，書桌的角落現在碰觸到房門了。

除了安德芮亞的啜泣聲之外，寂靜無聲。「我們會沒事的，芮芮，」她說，聲音失控顫抖。

一聲撞擊，房門震動得更劇烈了，他正試圖破門而入。驚慌失措之下，她搬動書桌，設法將書桌推到門上，牢牢撐住門。她靠在書桌上，希望自己的體重會有所幫助，她的心臟在她耳裡砰然跳動。

傳來一連串劇烈的重擊聲，他在踹門。她鬆了一口氣，因為門似乎原封不動，她聽見他在咒罵。

「柔伊，如果妳現在開門，事情會好處理很多。」

「就像克拉拉一樣好處理嗎？」她問。「還有潔姬？還有貝絲？」

「發生在那些女孩身上的事真是可怕，」他在門外說道。「我希望警察盡快找到凶手。」

「他們會的！」她尖叫。「我什麼都跟他們說了，他們會查清楚的。」

他笑了，一種尖聲失常的笑聲。「妳說了？我沒有看見警察在這裡，沒有啊，因為他們在追真正的凶手，對吧？那個叫曼尼．安德森的孩子。」

安德芮亞開始大聲哭泣。

「是妳妹妹嗎，柔伊？開門，我保證她不會有事，但是如果妳不……」

柔伊離開桌邊，一躍上床，用手環抱著安德芮亞。

「別擔心，芮芮。他不能傷害我們，」她輕聲說，緊緊抱著妹妹。

「我絕對不會殺人，」格洛弗在門後說道。「是什麼原因讓妳認為我會做出那樣的事？因為那些雜誌嗎？這只是大人會有的東西，我敢賭妳父親也有自己的收藏。」

柔伊摀住安德芮亞的耳朵，憤怒地咬著牙。「讓我堅信的原因是你留下的紀念品，還有灰色領帶。」

一時寂靜無聲。「灰色領帶？」格洛弗終於說。

「我知道你對她們做了什麼，格洛弗！我這裡有電話，我現在正在打電話報警。」

他又笑了。「不，妳沒有，我去過妳的房間，記得嗎？」

她回想起此話不假，身上起了一陣毛，她曾經邀請他去她房間一次，向他展示她在學校贏得的田徑獎盃。

腳步聲愈來愈遠，前門打開了又猛地關上，她衝到窗戶旁，確定窗戶是鎖上的。他會嘗試打破窗戶然後從窗戶進入房間嗎？她不這麼認為；會有人聽到玻璃窗格破裂的聲音，他不會冒險。

希望如此。

「我好怕，」安德芮亞小聲說。

「噓，我在這裡，芮芮，妳什麼都不用怕。」

他們沉默地等待。彷彿過了漫長的幾個小時之後，她考慮離開房間去報警，她想到便站起身，正要把桌子推開，先伸出了手轉開門鎖。

門把幾乎立刻轉動，房門靠著書桌震動起來，她尖叫出聲，再次鎖上門。他根本沒有離開，他差點就騙過她了。就差那麼一點。

門後又傳來笑聲，那根本不算笑，像咯咯的傻笑，一種瘋狂、殘虐的傻笑。「柔伊，開門。柔伊，妳不能永遠躲在那裡。」

她是不能，但也不需要，只要等爸媽回家就好，還要多久……？

「柔伊，」他說。他的聲音變了，更溫柔，卻更憤怒，是殺手的聲音。「如果要等我破門而入，妳會後悔的，柔伊。」

她顫抖著，環顧四周想找到一把武器——任何武器都好。她看不見半件武器，她十歲的時候曾在房間裡擺過球棒，但當她不打棒球之後就把球棒丟了。愚蠢，太愚蠢了。

「你知道我會怎麼對付惹我生氣的女人，柔伊，」他說，然後又咯咯笑。「妳可能會喜歡。」

安德芮亞抽泣著，雙眼緊閉，柔伊急忙走向她的身邊，再把她的耳朵摀住。

「貝絲喜歡，當我塞入她身體的時候，她在呻吟，她表現得好像很厭惡，但我能感覺到她有多愛，她喜歡，柔伊。」

她希望自己有四隻手，她想摀住自己和妹妹的耳朵。

「妳覺得妳會喜歡嗎，柔伊？當我撕破妳的襯衫和褲子的時候？當我給妳妳想要的，婊子？妳會像貝絲那樣呻吟嗎？」

她也哭出來了，顫慄又恐懼地啜泣，她的手緊緊堵住安德芮亞的耳朵，希望她什麼也沒聽見。

「妳覺得小芮芮會喜歡嗎？」

「你離她遠一點！」柔伊尖叫，眼裡充滿恐懼和憤怒的眼淚。

傳來一樣的咯咯笑聲。「噢，妳不喜歡嗎？也許我應該從她下手，打開這扇該死的門，否則我就從她開始，柔伊。」

「救命啊！」

她跳下床，使勁把窗戶打開，外頭的天寒地凍令她感到冰寒刺骨。

「救命！」她拚了命大喊。「救命！叫警察！凶手在這裡。救命！」

門上又傳來重擊。「打開這該死的門，妳這個賤貨！婊子！開門，開門，開門！」

安布羅斯太太臥房裡的燈打開了。

「拜託救救我們。」

房門又顫動了。

安布羅斯太太慢慢走到窗前，她是個永遠不慌不忙的女人，蹣跚地走去檢查到底是什麼噪音，她凝視窗外，看見柔伊正在尖叫。她睜大了眼睛。

「報警！」柔伊大喊。

安布羅斯太太趕緊離開，那個女人在她臥房裡拿起電話，快速撥號，活潑生動地講起電話，不斷回頭看向她的窗戶。

如果他們動作夠快，也許能夠當場逮捕格洛弗。

房子突然安靜下來，格洛弗沒有想辦法誘騙她來闖入房間，也沒有威脅她或破門而入。他走了。

自格洛弗那一晚差點破門而入以來，已經過去將近六個月。夏日清晨的陽光透過柔伊的窗戶照進來，她凝視著牆壁，手裡拿著一隻鞋子，她穿鞋穿到一半，迷失在思緒和記憶中，忘記自己還光著腳。

惡夢正在慢慢消褪，現在她一週只有兩晚或三個晚上會醒過來尖叫，這幾乎算是稀鬆平常的事，絕對比那天晚上之後的好幾個禮拜要好太多了，當時她無法連續睡超過四個小時。

在這段時間裡，梅納德再也沒有發生謀殺案，而格洛弗不見了。

他在那天晚上失蹤了。她的父親和警察過去敲他的門，但沒人應門，臥房大部分已經清理過了，他留下幾本雜誌在抽屜裡，但沒有灰色領帶，沒有鞋盒。

沒有人相信他是凶手。

人們相信那天他有進屋，也有對著柔伊大吼大叫，但警察認為那是因為她看見他的色情收藏，所以讓他很尷尬，她誤解了他的意圖，他只是想談談。他離開他們家時，她甚至聽見其中一位警察說，「那個瘋狂的女孩把那個可憐的傢伙嚇跑了。」她的母親懇求她停止跟別人說格洛弗是凶手，尤其現在他們已經知道真正的凶手是誰了。

曼尼．安德森因涉嫌謀殺被捕，警察在他家中發現貝絲的照片和其他「可疑證據」，會是什麼可疑證據呢？他的《龍與地下城》遊戲？他和他的父母堅持他是無辜的，但他的臉和三名死去年輕女孩的肖像，在所有當地報紙的頭版上滿滿皆是。

後來他用床單上吊，死在自己牢房裡，案件結案，梅納德鎮的連環殺手死了，人們可以再次高枕無憂。柔伊聽說之後哭了好幾個小時，她為自己哭，也為他而哭，隨著他死去，證明他無辜和揭發格洛弗嫌疑的機會也消失了，羅德．格洛弗強姦並殺害了三名少女，然後逃之夭夭。她不知道他是如何固守住他的不在場證明，但是他辦到了。

她一直在想，如果她當時年紀比較大，如果多了一點威信，就可以讓格洛弗鋃鐺入獄。曼尼．安德森還會活著。

她別過視線，盯著她的書架，上頭滿滿都是關於連環謀殺案、精神病和法醫心理學的書，她不必再費心把書藏起來了。

她嘆了口氣，穿上另一隻鞋，是時候面對另一天的開始。

她母親在廚房裡做早餐，平底鍋裡的培根蛋煎得嘶嘶作響，散發的香氣使柔伊垂涎三尺。

「早安，」她媽媽說。「我正要去看妳，時間很晚了，妳五分鐘內就要出門。」

「好。」柔伊打著哈欠。五分鐘很夠了，吃掉培根蛋、刷牙、洗臉、梳頭髮……是的，她絕對可以在五分鐘內完成。

「有妳的信，」她媽媽說，語氣裡有些許不贊同。

一個月前，柔伊開始與一位接案的私家偵探兼犯罪側寫專家通信，她猜想他很樂於接收青少年的崇拜信，她正從他身上榨取他擁有的每一滴學識。

「謝謝，媽。」柔伊說，走向一小疊信封，大多是寄給她父母的信，帳單之類的信件。有一個棕色信封是給柔伊．班特利的，她打開信封，把手伸進去信封將內容物取出來。

她皺眉，裡面沒有紙，只有一條光滑的布料，她把布料拉出來盯著看，感覺心涼了半截。

那是一條灰色領帶。

第四十九章

伊利諾州芝加哥市，二〇一六年七月二十一日，星期四

柔伊咬著嘴唇打開辦公桌的抽屜，這三條領帶被丟在抽屜裡的信封上方，就像三條蛇一樣不祥，她明天會將領帶交給馬丁內斯；只是她需要用有憑有據的方式提報此案，如果她現在去找他並告訴他那名肆虐芝加哥的凶手，很有可能是她十四歲時指控為連環殺手的男人，他會以為她瘋了，他可能會把她踢出這個案子，也許塔圖姆也會。

在跟他說之前，她必須仔細研究，找到所有相對應的證據。重要的是，提報的時候不要把他說得像是她在青少年時執迷的對象，而是一個危險人物，曾經犯下多起殺人案件。

格洛弗真的有把那些領帶留給她嗎？她試圖考慮其他解釋，有可能是記者自己給她的嗎？但是他怎會知道以前的信封呢？雖然她不是法證檢查員，但三個新信封上的筆跡似乎與她家中信封上的筆跡非常相似，有可能是同一個人寄給她所有信封，但不是格洛弗嗎？不可能，沒有其他人知道領帶與其代表的意義。

信封出自格洛弗；她對此深信不疑。

他正是報紙稱之為勒喉禮儀師的那名殺手嗎？她對自己這份直覺缺乏自信，她試圖強迫自己對此保持客觀，格洛弗真的符合這名防腐連環殺手的側寫嗎？

他的行為至少存在一個明確的變化：對死去女人的固戀。羅德．格洛弗的目標是活生生的

人，他是在她們還活著的時候強姦她們，一旦他殺害她們，他就不再對她們感興趣了。這一點可能會改變嗎？她的質疑啃噬著她的心智。

她擱置這個矛盾點，並檢查其餘的證據。她看見梅納德鎮的謀殺案和芝加哥當前的謀殺案之間有許多關聯性，但是從當年到現在，這段時間內他做了什麼？

幾年前柔伊開始與聯邦調查局合作時，就已取得聯邦調查局暴力犯罪逮捕計畫分析系統的存取權限，她當時立即刻使用該系統搜尋更多符合格洛弗犯罪手法和犯罪特徵的謀殺案，她發覺搜索犯罪案件時，領帶一詞很有問題[12]，因為這個詞搜尋出成千上萬個被捆綁的受害者。搜尋灰色領帶沒有搜出任何相關聯的結果，但這不代表任何意義，提交犯罪報告到系統的人，可能只是略過記錄領帶的顏色，也或者格洛弗換了不同顏色的領帶。她耗費好幾個月的時間，但她最終得出的結論是如果格洛弗真的謀殺了任何人，那些謀殺案也不在系統上。她很失望地發現，美國百分之九十以上的謀殺案和強姦案都沒有提交上系統，人們很忙，使用程序很麻煩，在大多數地方使用這個系統都不是必要程序。

那天早上，史考特幫她從自己的電腦登入CLEAR系統，現在她開始搜尋二〇〇二年以來涉及強姦或絞殺的謀殺案，她本想一直追溯到一九九八年，當年格洛弗從梅納德鎮失蹤，但數據庫的資料沒有那麼久遠。

睡眠剝奪讓她狼狽不堪，她素日的客觀消失了，閱讀一則又一則女性被強姦和謀殺的報告令人疲憊不堪，看過大約四十則報告後，她覺得喉嚨腫腫的，手指在發抖，她到走廊走走，深呼吸一下，試圖放鬆，然後她坐下來嘆了一口氣。她決定聽音樂，覺得做這種讓靈魂痛苦的工作，需要背景音樂來分散注意力，她太想要讓心情愉快一點，所以塞入耳機播放了凱蒂·佩芮（Katy Perry）的專輯《花漾派對》（One of the Boys），這種不協調感實在讓人無法忍受，她在

〈親了一個拉拉〉（I Kissed a Girl）這首歌之後關掉音樂，看謀殺案報告並不一定要聽流行音樂。

看到二〇〇八年時，她找到她要找的案子了。兩起謀殺案相距七個月，女性死者被勒斃，屍體赤裸。在小卡盧梅特河發現雪莉．沃滕伯格的屍體，位置在伍德勞恩西大道的橋下，沒有發現勒死她的凶器，柔伊懷疑凶器可能已經被沖進湖裡了。第二名受害者潘蜜拉．凡斯的屍體在薩加納什基湖被發現，屍體的脖子上繫著一條領帶，兩個案子都未結案。

「嘿，想搭便車嗎？」

她身後的聲音讓她嚇了一跳，她轉身，抬頭看著塔圖姆的笑臉，他手拿公事包站著，正要離開。她看了時間是晚上九點，辦公室裡空無一人，她甚至沒注意到周圍的人都離開了。

「不用了，謝謝，」柔伊說。「我，嗯……弄完了會叫計程車，我真的想在今晚把報告交給曼庫索。」

他聳聳肩。「隨妳囉。」

他離開了，她又回到電腦前，她一直看到二〇一六年，沒有發現其他案件，這一點絲毫沒有讓她洩氣。所謂連環殺手不會罷手，所謂他們必須繼續殺人的說法不過是個神話，連環殺手經常會停手好幾個月或好幾年，靠自己滿足需求，有時他們並沒有停手，而是屍體藏匿得太好沒被發現，或者在很遠的地方犯案。從二〇〇八年的兩起謀殺案、到二〇一四年發生五起謀殺案之間有長時間的停頓並不奇怪。

她緩慢地閱讀案件報告。雖然勒死雪莉．沃滕伯格的凶器不見了，但她喉嚨上的痕跡卻顯示出凶器是一種寬而光滑、質地柔韌的絞索。偵辦此案的一名警探認為是一條皮帶，然而沒有

---

12 領帶的英文為tie，tie也有綑綁之意。

痕跡顯示出有皮帶扣，這似乎完全符合柔伊領帶犯案的理論。犯罪現場的照片顯示一名裸體的女性面朝下，部分身體泡在水中，這與一九九七年梅納德鎮發現的屍體狀態完全相同。

潘蜜拉・凡斯的照片看起來很相似，驗屍報告詳細列出幾項跡證表示受害者在死前曾經歷過激烈掙扎，有多道重疊的勒痕，法醫斷定第一次企圖勒死被害人的嘗試沒有成功，導致被害人掙扎，凶手不得不再試一次，這次絞索位移了一些，造成重疊性的瘀傷，被害人死前和死後均被性侵而受傷。

受害者在被強姦時遭到勒斃，而他在她死後繼續強姦她。

柔伊向後一靠，覺得噁心。這就是了嗎？是格洛弗改變的那一刻？完全符合。

這樣足夠佐證了嗎？

她想像自己提報這個案子給塔圖姆和馬丁內斯。一九九七年梅納德鎮發生了三起謀殺案，嫌犯從未被定罪，因為嫌犯在被拘禁期間自殺。二〇〇八年發生了兩起謀殺案，犯罪手法及特徵與梅納德鎮的連環殺手相吻合。二〇一四至二〇一六年間發生五起謀殺案，跟二〇〇八年謀殺案的犯罪手法與犯罪特徵有明確的關聯性。還有灰色領帶，她得找個方式提起寄給她的那些灰色領帶，她該如何解釋格洛弗對她的執念？

她必須告訴他們那天晚上的事，必須告訴他們她在他家看到的物品，她必須讓他們了解她當年的判斷正確，現在的判斷也是正確的。

多年不曾面臨到的恐懼爬上她心頭，她深怕他們不肯聽她的。

她還需要更多佐證，然後她突然想到如果真的是格洛弗，他必須以某種方式認識蘇珊・華納，也許他曾經是她的鄰居，或是跟她約會過，他必須知道她獨居，如此當他在她家中進行防腐時，才不會有人闖入。如果真是如此，也許丹妮拉・奧提斯會認識他。

丹妮拉開門時看起來似乎有些消沉，不復見她快樂的七彩穿搭，她穿著一條黑色瑜伽褲和一條粉紅色襯衫，上面寫著**慢活人生，生死泰然**，雙眼似乎有些浮腫。

「抱歉這麼晚打擾。」柔伊說。

「不會，請進，我很高興有人來陪我。」

柔伊走進入公寓。「一切還好嗎？」

「噢，只是這幾天不太好過，」丹妮拉吸吸鼻子。「這是人之常情，對吧？」

「當然。」

「幫妳泡杯咖啡好嗎？」

回想起上次怪味的濃縮咖啡因，柔伊說，「不了，嗯……也許喝茶好了？」

「當然。」丹妮拉大踏步走進廚房。柔伊坐下，環顧四周，這些照片轟炸了她瀕臨崩潰的大腦，她閉上眼睛，深吸了一口氣。記者發現信封，信封的含意仍然讓她感覺天旋地轉，過去的記憶不斷湧現，多年來未曾想到的人和地點在她的腦海中游動。

「來，」丹妮拉說，她遞給柔伊一杯茶，自己也泡了一杯，這次她沒有幫自己拉一把椅子，而是和柔伊一起坐在沙發上，柔伊不介意，她們彼此都有足夠的空間，她來這裡不是來問丹妮拉問題，只是要給她看照片。

她啜飲一口茶，結果發現茶裡加了全糖，她做出鬼臉，把茶杯放回桌上，從口袋裡撈出列印的照片。

「妳認識這個人嗎？」她問，遞給丹妮拉一張紙，她列印了羅德・格洛弗的照片，是她僅有的一張，是她十五歲那年在他的辦公室拍攝下來，在感恩節派對上，他看起來很開心，有些醉醺醺的。這張臉不像殺手的臉，不過話說回來，大多數殺手的長相看起來都不特別暴力。

丹妮拉拿過照片，端詳了很久。「不認識，」她終於說。「仔細看，妳確定從未見過他嗎？蘇珊也許認識他？」

「如果她認識他，我不認為她有跟我說過，他看起來不是熟面孔，對不起。」

真令人失望，柔伊從她那裡拿回列印照片。「妳認為萊恩可能認出他嗎？」

丹妮拉聳聳肩。「他可能可以，不過他不在。」

「妳知道他什麼時候回來嗎？」

「他從不跟我說，如果我問他，就顯得我很嘮叨了，對吧？」

柔伊同病相憐地點點頭。「妳有筆嗎？」她問。

「當然。」丹妮拉走去廚房，廚房竟是奧提斯這家子放筆的地方。片刻後她回來了，將筆遞給柔伊。

柔伊在紙上寫下她的電話號碼。「萊恩回家時妳能給他看看這張照片嗎？」她問。「如果他見過這個人就打電話給我，好嗎？或者如果妳想起來見過這個人，也打電話給我。」

丹妮拉點點頭。「當然好，」她說。「我們會打電話。」

「謝謝，」柔伊起身。「還有，嗯……希望妳度過一個愉快的夜晚。」

丹妮拉點點頭，目光垂落，柔伊順著她的目光看見光禿禿的地板，地板上空無一物，只有寂寞。

她爬上汽車旅館的樓梯，彷彿拖著沉重的鐵鍊，抬了一腳接著另一隻腳，每一步都沉重又疲憊。過去幾年每當她收到信封時，都會覺得格洛弗伸出手將她拉回了過去，對他而言，她依然是那個十四歲的女孩，受他恣意威脅恐嚇。有時信封之間會隔個幾年，她便開始放鬆戒備，然而另一個信封就會送達，裡頭永遠裝著一條灰色領帶。

如今情況更糟了，他在這座城市的某處，正在殺害年輕女性，他在嘲笑她、逗弄她，料定她找不到他。

她咬緊牙關，握緊雙拳。那個心理變態，那個有病的混蛋，她會找到他的，她會讓他被逮捕，他會死在監獄裡。

她走到自己的房間，打開房門，跌跌撞撞地走進去。她躺在床上，筋疲力盡到無力去刷牙或洗澡。她的情緒太激動，因而睡不著覺，陷入無盡循環的思緒之中。

最後，她拿出手機打電話給安德芮亞。

「柔伊？」她昏昏欲睡的妹妹在電話裡說。

「嘿，芮芮。」

「現在是幾點？」

「我想，快午夜了。」

「好吧……」停頓了一下。「妳喝醉了嗎？」

「沒有，」柔伊悲傷地說。「雖然這不是個壞主意。」

「怎麼了，柔伊？」

「我不知道，我想我只是需要聽聽妳的聲音。」

「好吧，如果是早上打來會更好。」

「芮芮，妳還記得羅德．格洛弗嗎？」

有片刻的沉默。「妳問我還記不記得差點殺了我們兩個的連環殺手？」安德芮亞最後問。

「這個人聽起來很熟啊。」

安德芮亞不記得格洛弗那天晚上說過的話，但是唯有她真正相信柔伊的說法，她們共度那個可怕的夜晚，反鎖在柔伊的房裡，格洛弗在門的另一邊叫囂。當時她年紀還小，很快就走出來了，她有姊姊保護她；知道自己不會有事。

「我認為他可能在芝加哥。」

「妳有看見他嗎？」安德芮亞問，她的聲音警覺起來，整個人都清醒了。

「沒有，但……我有理由懷疑。」

「他又在殺人了嗎？」

「我想是的。」

兩人靜默。最後，安德芮亞問，「妳告訴警察了嗎？」

「明天我會說。」

「好，你要我飛去找妳嗎？」

「來芝加哥？」柔伊驚訝地問。「不用，沒有必要。」

「可能會是個愉快的假期呀，」安德芮亞說。

「不必了……沒關係，但謝了。」

「好吧，小心點，好嗎？

「好，謝謝妳陪我聊聊。」

「晚安，柔伊。」

「晚安，芮芮。」她掛掉電話，凝視著天花板，希望自己能快快入睡。

第五十章

伊利諾州芝加哥市，二〇一六年七月二十二日，星期五

「進局裡之前要先去吃個早餐嗎？」塔圖姆問。他們正從汽車旅館前往警察局，柔伊從副駕車窗凝視著窗外，她整個早上都表現得鬱鬱寡歡，塔圖姆並不驚訝，他不確定她前一晚是幾點睡的，但看來她昨天打算要熬夜，可能沒怎麼休息。

他不得不欽佩她：她比他搭檔過的大多數探員都更認真，而她也得到應得的回報，找出與維蘿妮卡・莫瑞謀殺案的關聯性是這次調查的一大勝利，並為他們兩人贏得尊重，馬丁內斯現在積極將他們兩人納入調查之中，他懷疑聯邦調查局的惡毒計畫已經胎死腹中。

「嘿，」他說。「妳有聽到我說的話嗎？」

他們卡在三十七街一個紅綠燈，交通繁忙，路上成群結隊的人要去上班，他們參與了人類最愚蠢的舞會——尖峰時間。一百多年前，德國工程師魯道夫・狄塞爾（Rudolf Diesel）發明令人稱奇的內燃機——一種人造發動機，能夠以驚人的速度推動輪式車輛駛入鋪設路面的道路，現在數以百萬計的此種車輛擠在芝加哥的街道上，其行駛速度連騎三輪車的小孩都覺得窘，可憐的魯道夫一定在他的墳墓裡死不瞑目。無論德文的墳墓（grave）要怎麼說，可能是拼成graven，而且要用一種憤怒刻薄的語氣來唸。

他搖搖頭，讓歪樓的思緒脫軌。「柔伊，」他第三次大聲說。「拜託，要吃早餐嗎？」

她驚醒過來，一臉迷惑地盯著他。他有點擔心了。

「喔，」她喃喃說。「當然。」

「太好了。」他笑了。過了下一個紅綠燈有一間小餐館，是一間叫威瑪的餐廳，招牌模仿摩登原始人，但畫得很糟。塔圖姆將車停妥，下車走進餐廳，柔伊以一步之遙跟著他，看起來沉默不語。

摩登原始人主題僅出現在餐廳招牌，內部裝潢是粉紅色的牆壁，黑白格地板和粉桃色系的座椅。塔圖姆希望餐點水準比老闆的室內設計品味更好。

他們坐下，女服務生帶著愉快的微笑走向他們。

「嗨，」她發出刺耳的聲音說。「想吃什麼？」

塔圖姆很畏懼娃娃音，這個時候聽這種吸到氦氣的歡樂音調，還為時過早。

「有起司歐姆蛋嗎？」

「當然，這是最人氣的——」

「太好了，」他急忙說。「我要一份，還要一杯濃咖啡。」

「那妳要點什麼呢？」女服務生問，她超音速的說話聲音對準了柔伊。

柔伊盯著牆看，看起來似乎對女服務生的聲音充耳不聞，但要聽不見她的聲音，這可需要超乎凡人的能力。

「抱歉？小姐？妳要點什麼？我們有煎餅、香蕉麵包和鬆餅……」

她正要開始朗誦整張菜單，塔圖姆的天靈蓋無法承受她的聲音了，他說：「她要吃培根蛋，」他說。「培根要煎脆一點，蛋要荷包蛋，她也要一杯濃咖啡。」

「好的。」女服務生轉身離開，如果她蹦蹦跳跳將點單交給廚房，塔圖姆也不會感到驚訝，但是她只是正常走去廚房，就像一個說話聲音正常的普通人。

「她就像《鼠來寶》（Alvin and the Chipmunks）的終極真人版，」他壓低聲音說。

柔伊看著他，雖然她的目光實際上似乎穿過他，並穿透他身後的牆。

「怎麼了，柔伊？」他問。

「我只是……出神了。」她說。

「我看得出來，」他乾巴巴地說。「妳那麼出神在想什麼？」

「這個案子，」她說著，又咬嘴唇。他現在知道她在思考或感覺不確定的時候會咬嘴唇，他決定給她一點時間整理思緒。

女服務生端著兩杯咖啡過來，將咖啡放在桌上，發出像蝙蝠一樣高頻的「來囉」。塔圖姆從杯裡喝下咖啡，驅逐了大腦的疲倦和睜不開的雙眼。感恩咖啡，有些人跟他說他喝了太多咖啡，對他沒有好處，對他而言這些人只是善妒又愛找碴，因為他們咖啡喝得不夠。

威爾瑪餐廳的廚房顯然動作很快，因為他們的點單五分鐘就上桌了。塔圖姆吃下一口起司歐姆蛋，高興地發現很好吃。柔伊也吃了，她切下一大塊蛋，然後心煩意亂地將蛋塞進嘴裡。

「好吧，妳有點不太對勁，」他說，語氣很擔憂。

「什麼？」柔伊問。

「妳吃飯的方式——妳通常對待食物就像上帝賜予奇蹟在妳的盤中，但妳剛剛吞下食物好像只是在做例行公事一樣，有事就跟我說啊。」

「二〇〇八年在芝加哥發生了兩起謀殺案。」她說。

「好，繼續說，但是請小聲一點。」

「兩名被謀殺的女性被發現時都是泡在水中，都被勒死，都沒抓到凶手。」

「嗯哼。」

「我認為是同一個人幹的。」

塔圖姆皺眉。「怎麼說？」

「棄屍地點都是公共場所，而且都涉及面積很大的水域。」

「這點遠遠不夠證明。」

「還有……我認為……」

他傾身向前好聽見她的聲音。

「當我還……很小的時候，我的家鄉有一個連環殺手，在麻薩諸塞州。」

「好。」

「沒有人被定罪，他們抓到一個人，但他在牢裡上吊，凶殺案就停止了。梅納德連環殺手——他們是這麼稱呼他的——同樣也是棄屍在水邊。」

「所以妳認為驅策這些殺手的是同樣的需求？」

「不是，」柔伊說。「我認為是同一個人幹的。」

有片刻的沉默。

「柔伊，」塔圖姆說。「這聽起來……」他在腦裡搜索正確的用詞。

「不，聽著，是這樣的，我的鄰居，他——」

「聽起來很牽強，」他說。「妳在刻意尋找不存在的關聯性。」

他知道接下來她會有什麼反應，她會爆炸，她會對他大吼大叫，或者猛衝出去，或者態度冷淡又憤怒。

令他驚訝的是，她的肩膀垂落。「好吧，」她說，聲音很小。「算了。」

「等等，」他說。「我們來談談這案子，或許我遺漏了什麼，也許妳看到什麼蛛絲馬跡，我們需要談一下。」

「不用了，」她說。「沒關係。」

沒關係？

「柔伊——」

「我們付錢走人吧。」她說，她的盤子還有半滿。「時間不早了。」

第五十一章

柔伊步履維艱地走在塔圖姆身後，抵達專案小組室，心中感到一股沮喪。她一開口闡述她懷疑凶手是格洛弗的理由，才意識到這聽起來有多蠢，就像自己又變回一個青少年，試圖說服她母親和警察。她心知肚明的事一說出口就變成一連串可疑的關聯性和不完整的理論，因為到頭來，這一切都關乎於她的感覺。她決定要闖入格洛弗的房子，主要是因為她感覺到格洛弗的舉止詭異又可疑；她並沒有任何確鑿的證據，即便她得知他房裡有什麼東西。她認為她發現的物品是從受害者身上拿來的紀念品，這主要仍是出自於她的感覺，如今，她感覺到格洛弗正透過他們片面的交談方式告訴她，他也是芝加哥的殺手。

但一旦將這些感覺一吐為快，就很容易看出她的說法聽起來比伯恩斯坦博士還要靠不住。回憶的斷片充斥在她的腦海，她想起當年站在梅納德警局，費盡全力只是想讓自己的說法能站得住腳，而警官卻告訴她，「我還能想到其他很多咖啡色的物質會弄髒內褲。」

絕不能重蹈覆轍，這次她得建構一個更有力的論點。

她尾隨他沿著走廊前行，行經會議室時，她從半開的門看見坐在裡面的馬丁內斯，偷偷窺見整個團隊全圍坐在桌旁。

「柔伊，」馬丁內斯注意到她，於是喊道。「進來，開個快速的進度報告會議。」

她喚回塔圖姆，然後走進會議室坐下，塔圖姆跟著她，關上身後的門。

「好了，」馬丁內斯說。「正如同我剛才所說，我們現在掌握莉莉．拉莫斯完整的驗屍報告，以及犯罪現場調查結果的詳細報告，線索非常有限。死因是窒息，死後才進行割喉，割傷是針對——」馬丁內斯看一眼他手中的文件——「總頸動脈，我們發現防腐者將切口作為防腐液的注入點，切口附近似乎有防腐液的殘留痕跡……我們已經送交檢驗來進行驗證，據目前發現，屍體沒有死後性交的跡象。」

柔伊試圖專心。所有跡象正如她之前所假設的那樣，表明凶手試圖快速對受害者施行防腐，甚至跳過一步，沒對屍體進行性虐待，她很欣慰，知道他們阻止了莉莉的屍體被如此玷污。

馬丁內斯再看了他的文件一眼。「受害者的背後有擦傷，這是由於她被拖進小巷，同時，她兩隻腳的腳後跟都有瘀傷。」

「為什麼？」戴娜問。

「我不知道。」

「如果她從汽車後車廂被拖出來，可能會造成瘀傷。」塔圖姆說。

每個人都看著他。

「人在抓屍體的時候，大多都是從腋下抓，」他說。「如果凶手以這種方式將她拖出後車廂，假設沒有人幫他的情況下，她的雙腳都會大力撞到地面，她光著腳，所以會造成瘀傷。」

馬丁內斯緩緩點頭。「這聽起來像是一個可能的解釋，」他說。「大家都有在犯罪現場照片中看到手腕嚴重受傷，受害者可能被戴上手銬，她是被銬上後掙扎導致受傷。毒物學檢驗尚無結果，驗屍的部分大概就是這樣了。」他環顧室內。「有問題嗎？」

有一秒鐘的沉默。

「好吧，來談一下犯罪現場。在犯罪現場有發現幾根菸蒂、糖果紙和一段細繩，全部送交檢驗了，還發現對著巷口逆向行駛的多道輪胎痕跡，至少有兩道胎痕是最近留下的，很不幸遇到下雨，但我們還是有拍到幾張像樣的照片，正在嘗試比對，此外，一旦我們掌握嫌犯，這將會是有用的證據。兩道胎痕的車輛都是寬輪胎，可能是廂型車之類的車輛，我們正在嘗試將胎痕與附近停放的車輛相比對，以排除那些車輛。也有找到模糊的腳印——對調查沒有真正的效益，但同樣地，可能在法庭上有用。好了，現在……再來是監視錄影畫面，湯米？」

湯米清清嗓子，他的眼睛佈滿血絲。「我們從附近的機關那裡取得一些畫面，巷子附近沒有拍到任何東西，我正在檢視這些畫面，但沒有看到任何我想找的跡象，這就像是……」他似乎在尋找合適的比喻。

「像在乾草堆裡面撈針嗎？」史考特建議。

「不是，如果有乾草堆和一根針，我最終會找到的，只需要有條有理慢慢找，這比較像是在乾草堆裡尋找乾草……差別只是我要找的那根草有那麼一丁點不同，但我不知道它有什麼不同。」

他盯著監視錄影畫面好幾個小時，可能已經半腦死了。

馬丁內斯乾咳了一下。「這個形容很貼切。好吧……我們正在對可能有人涉嫌拘禁莉莉．拉莫斯的休倫街整段進行逐戶調查，戴娜？」

戴娜點點頭。「休倫街的相關範圍有一點一英里長，由我和另外三名巡邏隊員進行調查，截至目前為止，還沒有人看到任何跡證與此案相關，沒有人應門的戶數我們會再去查訪，希望我們最終能找到莉莉被拘禁的住所，雖然這就像在乾草堆裡尋找乾草。」

馬丁內斯揚起眉毛。「看到沒，湯米？你創了一個新的形容詞，希望你這下高興了。好了，班特利博士，側寫的部分有何進展？」

這個問題讓她恢復神智，自從記者交給她那三個信封，對凶手進行側寫的任何企圖都被拋諸腦後了。她幾乎都可以確定凶手是誰了，建立側寫又有什麼用呢？她只需要將案件的關聯性建立好就好。現在她只是皺著眉頭，試圖回想她最後寫下的筆記。

「他決定利用動物練習自己的防腐技巧，並堅持了一段很長的時間，此一事實表示他是一個做事講究方法的人，當他決心要實現自己的幻想時，他並非即興想到就做，他事先計劃，然後耐心且認真地執行，這源於他性格中的主要特質……」她咬咬嘴唇。

「所以是？」一秒鐘後，馬丁內斯提示她。

「對控制的執念，我們從他的所有行為都可以發現此一特質，他把受害者綁起來，他保存屍體的方式是便於他能夠任意為屍體擺姿勢。他選擇高風險、脆弱的受害者，然後將她們帶到一個他能行使絕對控制權的地點，甚至連他絞殺的方式也有絕對的控制權，可能是在受害者被綁住的情況下，從身後扭絞束緊繩索，血不會噴得到處都是，沒有與受害者的身體接觸，受害者也沒有機會大叫……全面控制。」

房間很安靜。

「我相信這個人幼年時期的生活幾乎沒有或者完全沒有控制權，當我們最終逮捕他，我們會發現他的父母對他施加虐待，且幼年生活不穩定，他現在正在彌補他的心理匱乏。」

柔伊沉默下來，思索自己方才說的話。她完全看穿他了。

「好的，」馬丁內斯說。「好了，你們都知道，班特利博士將這一系列謀殺案與二〇一四年維蘿妮卡·莫瑞謀殺案找出連結，一旦戴娜處理完所有逐戶調查的任務，就會利用我們掌握的新線索來主導調查這起案件。史考特仍在負責蘇珊·華納的案子，試圖從她的熟人中找出嫌犯。湯米在處理監視錄影的事，梅爾在確認失蹤的妓女——」

「什麼失蹤的妓女？」塔圖姆問。

「昨天掃黃緝毒行動隊通知我們有兩名失蹤的妓女，」馬丁內斯說。「蒂芬妮．史黛兒和安珀．杜伊，我們正在試圖確認她們是否是真的失蹤，如果是的話，她們可能是這個凶手最後的受害者，有人看到安珀．杜伊上了一輛深色的福特Focus，我們已針對她調度待命。」

柔伊清清喉嚨。「我認為不太可能是他，他既然知道我們已掌握他對妓女的興趣，幾乎可以肯定他會將目標鎖定到不同族群。」

「他不一定知道，」馬丁內斯說。「他可能只是認為之後要小心手機，我們不能忽略這些線索。」

「你對這部分逼得太緊了，不要低估這個人的聰明才智，我們現在談的這個人，是有辦法自學防腐技術，甚至會自創和精進他的技術——」

「謝謝妳，班特利博士，我懂妳的意思，但我認為我們不能忽略這些事實。梅爾，妳有事做了，有人的任務完成或者覺得無聊的話，都可以去幫湯米，因為附近街道有……幾小時的監視錄影時間，湯米？」

「數不清的時數。」

「這就對了，數不清的監視錄影時數。我要跟隊長和處長開會，因為今天是星期五，又過了一個禮拜，凶手仍然逍遙法外，看到沒？所有好事都落在我頭上。」

第五十二章

哈利看了一下時間，已經五點半了，他確實給過柔伊・班特利合理的警告了，他的文章寫好了；只差想出一個吸引點閱的好標題。「聯邦調查局側寫專家在犯罪現場收到毛骨悚然的訊息」，或許是「留給聯邦調查局側寫專家的三只神祕信封，你不會相信內容是什麼。」寫了一篇這樣的文章，成為頭條新聞可說是信手捻來，只要讓文章發表，看著一個接著一個線上讀者蜂擁而至，搶讀他的文章，然後享受他編輯對他的歌功頌德。

只是……他內心某個部分還想要更多。一開始正是這種找碴的熱情，使他踏上新聞工作者的道路，這無關乎於尋找真相——哈利從不在乎真相——他想尋找的是好故事。留給側寫專家的神祕信封不是一個故事，甚至不是一個場景，它沒有前因後果，沒有開始，沒有結束，或許可以吸引人閱讀，或許點擊一兩則廣告，但是閱讀後，他們會繼續過日子，遺忘這件事。

他想寫的是能引起話題的報導。

他嘆了口氣，試圖忽略內心天真的部分，能到手的就要全都到手，雙鳥在林，不如一鳥在手。

除非這一鳥在手在你手上拉屎還啄你，有些鳥也會攜帶沙門氏菌，雙鳥在林就不錯，這兩隻鳥的羽毛最漂亮。

他拿出手機，傳了一封訊息給柔伊・班特利，一分鐘後，他的電話響起。

「哈囉，」他回答，盡量讓自己的口氣聽起來不要那麼沾沾自喜。

「你不能發表這則報導。」柔伊說，聲音聽起來空洞又疲倦。

「給我更好的報導。」他說，「現在就要。」

有片刻的沉默。「要不我給你一個好到要命的故事……一則獨一無二的報導？但是你必須保證，在我告訴你之前不能發表文章。」

「那……要看看，」他說，好奇心不斷擴大。「我想聽聽這個故事，而且要有一個最後期限，我不能永遠等待妳的允許。」

「好，」她同意。「離警察局不遠有一間叫威瑪的餐廳，你知道嗎？」

「當然。」

「二十分鐘內可以到那裡見嗎？」

「給我半小時，」他說。「怕交通不好。」

「到時見。」

他只花了二十五分鐘，柔伊已經在等他，一臉焦慮和疲憊，他拉起對面的椅子坐下。她捧著一杯咖啡，她的模樣讓他不確定喝咖啡是不是個好主意。他對她微笑，她沒有表情。

他們坐著沉默了片刻。

「我來開頭好了，」他提議，「妳要告訴我一個沒人聽過的絕妙故事對吧。」

她點點頭，盯著他。「你不能發表文章，在我——」

「在妳告訴我之前，」他說。「但我們對最後期限要有共識，而且我要確定這個故事不會被先揭露出來，在我——」

「不會。」

女服務員走向他。「要點些什麼？」

「咖啡就好，謝謝。」他說。

「要卡布奇諾、南瓜拿鐵，還是——」

「一般咖啡就好。」

她走開了。

「好的，願聞其詳。」他說。

柔伊瞠眼放空，彷彿專注於遙遠的記憶。「一九九七年，麻薩諸塞州梅納德鎮出現了一個連環殺手，他強姦並殺害了三名年輕女性，警方逮捕了一名嫌犯，嫌犯在拘禁期間自殺身亡。」

哈利點點頭，在筆記本上記錄下來，筆記本主要是用來做做樣子，整段談話正在錄音，但是寫作也能幫助他集中注意力，他寫下一九九七年——梅納德鎮殺人事件。

「麻薩諸塞州，」他喃喃道，回想起他讀過有關柔伊的文章。「那是妳長大的地方，對嗎？」

「梅納德鎮是我的故鄉。」

他的注意力大大提高。「好的，」他說。「那時候妳幾歲？」

「十四。」

「好，繼續說。」

「我相信那個當年殺害三名女性的人，就是當前在芝加哥犯下謀殺案的連環殺手。」

「勒喉禮儀師？」他驚訝地問。

她不悅地癟嘴。「我討厭那個暱稱，他不是禮儀師，只是一個殺手，一個放縱幻想和亟欲控制全局的殺手。」

「一個怪物。」哈利點點頭。

「不是，」她傾身向前。「他不是怪物，更糟，他是一個人，跟我們並無二致，我調查過你了，哈利．巴里。」

她說出他的全名時，哈利畏縮了一下。

「你喜歡寫一些語不驚人死不休的文章，你一半以上的報導都是關於性醜聞的。」

「不是我喜歡寫，是我的讀者喜歡看。」

「當然了，反正你就是在寫那些譁眾取寵的小報文章……但是你的寫法並不廉價，你有在做功課，文章不會落入陳詞濫調，而且報導都有獨特的角度，你對自己的工作感到自豪。」

「謝謝。」他謹慎地說道。

「芝加哥連環殺手不是怪物，他不是什麼妖魔鬼怪，他是一個非常黑暗的人，性觀念扭曲，執迷於死亡。」

「妳為什麼認為他和梅納德的殺手是同一個人？」哈利問。

她瞇起眼睛，哈利交叉雙臂，他們兩人之間一觸即發。他並不擔心，掌控全局的人是他，她會說出他想要的故事。

「你的咖啡，」女服務生說道，將杯子放在他面前。

「謝謝。」

「還需要點些什麼嗎？我們有——」

「不用了，謝謝，」哈利說。「這樣就好了，謝謝。」

女服務生點點頭離開。他從杯子裡啜飲一口，看著柔伊，她的表情冷淡疏離，她的姿勢透露出她心中的憂慮已經消失，她坐直身體。哈利覺得不妙。

他清清喉嚨，將咖啡杯放在桌上。「妳剛正要解釋——」

「去查查我告訴你的事，」她打斷他。「去做一些研究，這幾天內我會告訴你剩下的事，我保證。」

「妳現在就把事情告訴我，否則我就把我掌握的事情爆出來。」

「去啊，我會否認一切，而且你會得到一則愚蠢、沒人在乎的報導，就像你寫的很多其他文章一樣。」

他盯著她，她的目光對上他，銳利而無情，那是一雙可以看穿他的眼睛，有那麼一刻，他確定她可以讀出他的想法、恐懼和希望，這就是為什麼她放鬆下來，她剛剛在觀察他的舉止、他的肢體語言、他和女服務生交談的方式，她不知何以知道他不會發表這篇報導。「但是妳的調查會——」

「就像你昨天跟我說的，什麼事情會阻礙調查，不是我的工作能決定，也不是你的工作能決定的。你知道什麼是好的報導，幾天內我就會讓你知道剩下的故事。」

她拿出錢包，掏出鈔票，然後將鈔票拍在桌上。

「咖啡我請，」她說著起身離開。

他看著她的背影，然後看著桌上的鈔票，那是一張二十美元的鈔票，但他們只點了兩杯咖啡。他莞爾一笑搖搖頭，人總是喜歡用這麼戲劇性的方式離場。他拿起鈔票，用拇指翻翻皮夾，找到一張皺巴巴的十美元鈔票放在桌上，換回原本的二十美元鈔。他像柴郡貓[13]般咧開嘴笑了，這裡有故事，一個厲害的故事，裡面還隱藏著一個更不得了的故事。

真正的故事根本不是關於芝加哥連環殺手或梅納德鎮連環殺手，真正的故事是關於柔伊·班特利博士。

---

13 出自《愛麗絲夢遊仙境》的角色。

第五十三章

在計程車上，有個念頭驚動了柔伊，使她緊張起來，但她說不上來是什麼，彷彿深埋在她大腦深處的某物正在發出微弱的警告信號，但她不知道這是在提醒她注意什麼事，或者是為了什麼發出警訊。她瞄了一眼計程車司機，覺得有些不安，但他是她到芝加哥以來，遇過最好的計程車司機，他很有禮貌，唯一跟她說過的話就是詢問她的目的地。是他的肢體語言不太對勁嗎？她擔任法醫心理學家的這幾年經驗已經銘刻進她的潛意識，讓她產生職業病嗎？不，不是這樣的。

她覺得自己好像被跟蹤了，她想是那個記者哈利．巴里，他們見面之後他可能會尾隨她，他會這麼下流，這樣子跟蹤她嗎？

他當然會。

她看了一眼後視鏡，想瞄一眼他在後面那臺車上那張沾沾自喜的臉，但他不在後面。只是缺乏睡眠罷了，她當然很焦慮；她正在焦頭爛額。

「我們到了。」司機說。

「在這裡等我，」柔伊說。「我只會待十分鐘。」

他點點頭，她確定無論是什麼觸發她的警報信號，那個人不會是他。她下車，走進索倫森的管線公司。

店裡唯一的人是克利弗德．索倫森的員工傑佛瑞，他看見她，皺了皺眉頭。

「早安，小姐，」他說。

「哈囉，克利弗德在嗎？」

「他很快就會回來，妳找他是要問維蘿妮卡的事嗎？」

「嗯……是的。」

傑佛瑞點點頭。「妳上次來這裡之後，他心情一直很差，我希望妳不要來打擾他。」

「對不起，我不會講很久。」

「妳覺得你們會逮到那個人嗎？」

「我不知道，我們可能掌握一些線索了。」

「好吧。」

克利弗德從後面的房間走進辦公室。「噢，」他說。「是妳。」

「是的，」柔伊心懷歉意地說。「我只想問你一個問題。」

「當然好。」

她拿出羅德．格洛弗的列印照片。「你見過這個人嗎？」

克利弗德皺眉，仔細看著那張照片。「不，我不這麼認為。」

「你確定嗎？也許在維蘿妮卡過世前後有看過？」

「妳認為他是凶手嗎？」

「還不知道，我正在追蹤一些線索。」

「我看過的人很多，恐怕就算我兩年前見過他，現在也不會記得他。」

柔伊點點頭，他的回答並不讓她感到驚訝，他把紙張遞回給她，她拿回紙。就像與丹妮拉見面時一樣，她在紙張上寫下電話號碼並將紙放在辦公桌上。「我把照片留在這裡，如果你想起見過這個人，也打電話給我。」

「當然。」

她轉身離開，克利弗德叫住她說，「班特利小姐。」

「什麼事？」

「我，呃……有事想跟妳說，妳之前問過我，維蘿妮卡失蹤前是不是看起來很緊繃。」

「對，」柔伊說。

「她是很緊繃，我覺得她很害怕，我一直跑去釣魚，她……她很生氣，因為我晚上留她獨自一人。」

「她這麼告訴你嗎？」

「沒有說這麼多，但是有一次她非常激動，她說上樑不正下樑歪。」

柔伊眨眨眼。「她是什麼──」

「我還在嬰兒時期時，父親就離開家了，我一直往外跑其實是在自打嘴巴，我……如果那天晚上我沒去釣魚……」

「你不能怪自己，」柔伊機械地說。「你不可能一直陪在她身邊。」

克利弗德點點頭，柔伊知道她的話無關緊要，如果他那天晚上沒去釣魚，維蘿妮卡可能還活著，她懷疑他是否真的能擺脫這個念頭。

第五十四章

柔伊從乘客座看向窗外，在群樹的間隙中瞥見薩加納什基湖，深色的湖水平靜無波，反映出深藍色的天空。太陽慢慢落下拉長了樹影，柔伊暗罵自己沒有早點過來。但她正要離開時，哈利打電話來絆住了她。

話說回來，她前來此處並沒有特定理由，一直以來，她發現自己會被犯罪現場吸引，彷彿站在凶手所在之處，就得以看透他的思想框架，屢試不爽。她的計劃是先到兩名二〇〇八年謀殺案受害者的犯罪現場繞一圈，首先到發現潘蜜拉・凡斯屍體的薩加納什基湖，接下來去發現雪莉・沃滕伯格屍體的小卡盧梅特河。看到夕陽日漸西下，她意識到自己沒有時間兩個地點都去，小卡盧梅特河她得明天再去了。

她看一眼之前列印好的地圖，然後看了手機上的Google地圖應用程式，據她看來，目前她所在的位置差不多就是發現屍體的地方。

「可以在這裡停車嗎？」她說。

「這裡？」計程車司機聽起來很驚訝。

「是的。」

他喃喃自語，輕推方向盤，將汽車停在路邊。

「謝謝。」她說，在側背包裡翻找錢包。

「呃……要我等妳嗎？」

她在岸邊行走思考時，不希望司機在那裡監視。「不用了，謝謝。」

「但是妳要怎麼離開這裡？」

她懂他的意思，說得好像她在這裡可以隨時招到計程車，整個問題就出在她決定搭塔圖姆的車，而沒有自己租車，現在她進退兩難，要靠計程車司機的好心才能離開這裡。

「好吧，謝謝，」她說。「那就在這裡等我吧。」

「妳要多久？」

她查看逐漸暗下的天空。「頂多半小時。」

他滿意地點點頭。她給了他信用卡，但他揮揮手。「回頭再付錢就好了。」

她向他道謝，從計程車下來。她左右兩邊都仔細看了一眼，道路幾乎空蕩蕩，只有一輛汽車經過，她過馬路走到長滿草的岸邊，面向水面，試著想像八年前潘蜜拉・凡斯的謀殺案，在她屍體附近發現了她的獨木舟，格洛弗是否預先知道她會在那裡划船，還是他是在路邊注意到她，決定把握這個機會？他可能與她成為朋友，甚至可能加入她的划船之旅，獨木舟有一個或是兩個座位？案件檔案中沒有提及這一點。她記下來，等她回到辦公室，要再次查看犯罪現場的照片。

從道路上可以清楚看見岸邊，向西很長一段路都能夠一覽無遺，但是往東看，岸邊距離道路較遠，樹葉也遮擋了視線。格洛弗不會在視線一覽無遺的路段強姦並勒死她；這是非常肯定的。她向左轉，開始往岸邊走，她與路面之間的落葉逐漸變得厚實，直到透過樹葉和樹枝幾乎看不見道路的灰色柏油，海岸線地帶的路很難走，地上佈滿灌木叢和樹木，在樹蔭和昏暗的天色下，很難發現障礙物，她差點被樹根絆倒。

她再次望向水面，氣氛很平靜，沒有風吹來，湖水幾乎像是一面平臺。夕陽愈漸西下，湖水的藍色暗影愈來愈深，接近黑色。是時候該離開了，她決定回汽車旅館跟塔圖姆談談那些信封，這個念頭使她恐慌，她多年來沒有向任何人提起過那些信封，但這件事肯定是再也瞞不住了。

她一轉身，僵住了。有個男人向她走來，他走在一株小灌木叢上，目不轉睛看著地面，他走得很慢，是因為周遭愈來愈暗了嗎？

不是，他是在小心不發出腳步聲。

他離她只有十碼遠，草地和泥濘的岸邊掩蓋了他的腳步，他從地上抬起臉，他們的目光相遇。

二十年光陰，使那個曾經弱不禁風的高瘦男人，如今變成一個掛著一副鬆垂肚腩的四十餘歲男子；他的臉也有些發胖，與她心中根深蒂固的記憶大相徑庭，那是一個青少女對殺手的記憶。但是他的眼神沒有變過，那雙幼稚、嘲弄的眼睛底下隱藏暴戾滿盈的思想。是羅德．格洛弗。

她的雙腳已經開始動作，反射速度比頭腦更快，她無法往回走，因為格洛弗阻擋了她的去路——她只能向前走，離道路更遠。她躍過低矮的灌木叢向前衝，盡力使疲憊的肌肉承受住自己的速度，腎上腺素激增，湧入她的大腦，掩蓋了疲勞，每踏一步都傳遞了同一個訊息。快啊。快啊。快啊。

他在她身後追趕，對一個笨重的男人而言，他的步伐落得比她更沉重更艱難，她的體格良好，但他似乎不是。她向後看了一眼，看見他被遠遠甩在身後，她衝進樹林，朝著道路飛奔。

這是合理的路線，是正確的路線，道路意味著安全，如果她能夠走上道路，回到等待她的計程車上，就安全了。

她低估了樹叢的深度，進入樹叢六英尺後，她見到灌木叢，向左轉彎，差點撞上一棵樹，她再次轉彎，絆到了什麼，一踉蹌迷失了方向，她爬起來轉身，他就出現在她面前，一把鈍器擊中她的臉。

她向後一倒喘著氣掙扎，眼前的黑點在半盲的視線裡搖晃，周圍一片黑。她花了幾秒鐘才知道自己正躺在地上，凝視著黑朦朦的天空。有個冰冷的金屬物體抵在她脖子上，她的左耳裡響起持續的高頻嗡鳴聲。

「尖叫的話我就割斷妳的喉嚨，婊子。」耳旁響起一個刺耳的聲音。

她吃力地呼吸，前額有黏稠的液體流下，是血嗎？發生了什麼事？

她想起他用某種物體攻擊她。

他鉗住她的腋下抓住她，將她拉起，她開始掙扎，刀鋒抵在她皮膚上，壓得更用力，劃傷了她，刺痛讓她痛苦地嗚咽起來。格洛弗割傷她脖子的一側，深達肌肉，更多鮮血流出，流淌在她的肩膀和胸部，浸濕她的襯衫。

「我們再來一次。」他在她的耳邊低語，聲音邪惡又飢渴。「站起來。」

他拉了一下，她順勢用搖晃的雙腿站起，一股反胃感排山倒海而來，幾乎使她作嘔。刀鋒從未離開過她的喉嚨，格洛弗的另一隻手攫住她的手臂，將手臂扭在她身後。

「走。」他厲聲說，指示她往水邊走，遠離樹林，遠離道路。

她跌跌撞撞地向前走，步履緩慢，她想爭取時間，藉著自己烏煙瘴氣的腦袋，與脖子和額頭上的痛楚來思考。格洛弗想讓她遠離道路，遠離計程車和可能的目擊者，走去一個沒有人能夠看得見她、沒人能聽見她尖叫聲的地方，一旦他讓她離道路夠遠，她就會步上其他受害者的後塵。這個想法令人心寒徹骨，她不由自主地發起抖來，即便是如此微小的動作也讓格洛弗神經緊繃，他推了一下架住她的刀鋒。

「求求你，」她咬著牙說道。「我——」

「閉嘴，」他小聲說。「我這輩子聽夠妳的聲音了，給我走。」

又走了三步，格洛弗將她向前推，她差點失去平衡，頭頂震動，一陣天旋地轉，格洛弗用手臂將她拉起，將她的手扭得更緊。她發出一小聲尖叫，刀鋒閃閃，這次刀割傷她的肩膀，傷口很深。

「三振，妳出局了。」他說。

「你想要怎樣？」她小聲說。

「我要妳走路。」他說著，又推了一下。

他一步一步將她從樹蔭下推出去。她不能被他制伏，必須戰鬥，最好現在就殺了她，割了她的喉，總比讓他為所欲為更好，然而她的肌肉卻拒絕服從，她每邁出一步，心臟和大腦就隨著一起震動，一步，再一步。

他開始說話，語氣中帶著嘲弄。「這麼多年過去了，很高興再見到妳，柔伊，我們有好多話可以聊，有好多事要聊，對吧？妳妹妹還好嗎？妳父母呢？」

她又踉蹌了一下，大腦中的齒輪開始運轉，分析他，評估他。他的信心正在膨脹，他愈來愈自以為是了，也許反其道而行，不要刻意求援，正是擊敗他的方式，自大又強壯的男人經常犯錯，他記憶中的她是個不堪一擊的十四歲小女生，但是二十年過去，她長大了；她學會生存，她只需要仰賴他的自恃，靜觀其變，等他犯錯。

「妳沒發現我在跟蹤妳嗎，婊子？我整天都跟著妳，一個聯邦調查局探員是會發現的，但妳不是探員，對吧，班特利博士？」

她沒有回答，一直走著，她的思緒敏銳起來，那就是稍早時觸發她大腦警報的原因，他一直在跟蹤她搭的計程車。

「收到我的信封了嗎？我一發現妳在城裡，就把信封留在那邊給妳，我認為這是向老友問好的好辦法。」

「你打電話不就好了。」

他笑了，那不自在又扭曲的笑容，立刻變得熟悉又令人不寒而慄。他用力推她。

她耳朵裡的鳴聲消失了，踉蹌的腳步不是真的踩空，而是在故意跌給他看，四肢無力則是演給他看。她深吸一口氣，吸入晴朗晚間的空氣，等待著刀鋒移開一英寸，等待著那隻手放開，等待著轉機。

他靠在她的耳朵附近，炙熱的氣息撫上她的雙頰。「不是這裡，妳知道的，我帶她去了遠一點的地方。」

「誰，潘蜜拉？」她問。

「別裝笨了，婊子，妳從來就不笨，我還記得她在我身體下面嗚咽掙扎，她很有力氣，柔伊，她有在健身，但沒有用，完全沒用。」

「你要帶我去同一個地方嗎？」她問。爭取時間，爭取更多時間。

「不需要，」他說，他的聲音變得低沉飢渴。「這裡夠遠了，下去。」

「什麼？」

「跪下。」

「格洛弗，你正在鑄下——」

「現在就跪下，該死的！」

她小心緩慢地跪下，身驅緊繃，沒有時間了，她必須立刻採取行動。架在她脖子上的刀鋒不見了，她開始扭動，握緊拳頭，準備一拳揍下他鬆弛肥胖的腹部。

然後，有什麼在她脖子上繞了一圈，並且用力束緊，效果很即時，她的下一次呼吸已經吸不到空氣。有個奇怪的聲音，是她自己；她在喘氣、咳嗽，她的呼吸系統想吸到一點空氣，她的視線逐漸模糊，用指甲掐住纏繞她脖子的東西試圖掙脫，唯一渴望的是：空氣。

她沒有看見自己的一生在眼前閃過，反而看見她設法去梅納德警局拿案件檔案的影像，檔案裡的貝絲、克拉拉和潔姬的裸露屍體浸在水中，一條領帶纏住她們的喉嚨，這就是發生在她們身上的事。

血液在她的耳裡轟隆作響，在那聲音之外，她可以聽見身後那個男人沉重的呼吸聲，他的手指已經在抓她的拉鍊，試圖扯下褲子，喉嚨裡發出怒吼。她知道她只能專心一致，她也許能夠脫身，能活下來。她很敏銳；知道他被慾望所吞噬，但是她呼吸不到空氣，她只想呼吸，嘴一張一闔，拚命喘著氣，想要吸進一口氣。她試圖抓住放在她褲子上的手，這是她唯一抓得到他的部位，但她無能為力。一切都消逝了，她的手指鬆脫，雙手垂落。

脖子鬆開了，她能夠呼吸到一小口、極小口的空氣，搖晃的世界又逐漸聚焦。他的手指探入她的褲裡，擦過她的左大腿，他逕自笑著，是多年前她聽過那高亢瘋狂的傻笑。他故意讓她呼吸，希望她活著經歷這一切。

太自以為是，太自大了。

她盡可能將頭向後仰，本來希望揍到他的腹部，但卻聽到嘎吱作響和痛苦的吼叫聲，原來他蹲在她背後想脫她的褲子，她剛剛是揍到鼻子。他向後跌撞，讓絞索完全放鬆了，她氣喘吁吁吸入一口氣，身體可以動了。她向前一撲，雖然還沒辦法真的站起來，但已經有足夠力氣爬走並用背部一滾，看著格洛弗的動作。

他站在她上方，鮮血從臉上流下，眼裡怒氣沖沖，他的嘴一歪，發出動物般的咆哮，他怒吼著撲向她，她抬起一邊膝蓋，使勁力氣用力踢他揍他……的某個部位，是胸部或腹部她也弄不清，但無法阻止他，他在她上方，將手指曲成拳頭向她猛擊，拳頭擊中她的臉頰，疼痛瞬間爆發。

她的手抓住某塊堅硬的物體——是一塊石頭；她揮起石頭，一把砸在他臉上，鼻子斷了，他咆哮著向後一跌。這次她不再爬走，她撲到他身上，揮舞著能自由活動的那隻手，指甲在他鮮血淋漓的臉上抓耙，尋找他的眼睛。

他尖叫著把她甩開，她滾飛，感覺臀部傳來劇痛。她的手敏捷地向下摸索自己滾燙的身軀，感覺到血從指間流出。她被什麼東西割傷了。

是刀。他勒住她時將刀丟在地上，她方才是滾到了刀上。

她的眼睛瘋狂在地面上搜尋，注意到一道閃光。在那裡。

她向刀一躍，手指緊抓住刀柄附近的握把，格洛弗轉頭看著她，看起來更像野獸，而非人類。

幾乎像是一個真正的怪物。

她將手握緊，將抓著刀的手放在地上，藏在草叢中，希望他在鮮血和盛怒中看不見刀，她假裝自己奄奄一息，跌跌撞撞，故意痛得哭了出來，這點算不上是裝出來的。她跟隨他的視線，知道他會怎麼動作，如何出擊，她只需要向前一插。

他撲過來，她把刀向前一刺，卻沒有意識到自己有多虛弱又頭昏眼花，她沒有如願將刀插入腹部，而是割傷他的大腿。

他痛苦大吼，但聲音裡還有其它情緒，她在腦中辨別這個聲音，多年的訓練讓她明確知道那情緒是什麼，是恐懼。

她的反射告訴她再次轉身逃跑。她現在有刀；而他的腿受傷了，優勢在她這方，她可以逃脫。

她沒有跑，反而強迫自己站起身，身體劇痛，被割傷的肩膀已經麻木，她站直，將刀握在面前，做了個嚇人的表情，手指緊握刀柄。他們定定看著對方，她放大臉上嚇人的表情，不是笑容，而是動物齜牙咧嘴的表情。

格洛弗猶豫一下，轉身逃跑了。

她撲向他時幾乎要笑出來，但她的腎上腺素開始消褪，頭部陣陣抽痛，肩膀的傷口痛到像火在燒，脖子上他割傷她的地方隱隱刺痛，她意識到自己還在喘息，她的喉嚨仍然很痛，幾乎寸步難行，甚至無法追殺格洛弗。他一跛一跛，用他僅剩的一條腿盡快逃離。她強迫自己保持站立，他回頭看了一眼，無論他看見的是什麼景象，都使他繼續逃離。她將弱點掩飾得很好。

他一遠離她的視線，她的膝蓋便一垮，刀從手指滑落，跌在地上，喉嚨裡發出啜泣呻吟。

她半爬半跛著走回去，在離岸一百英尺的地方，她再次跌倒躺在草地上，想著先閉眼休息一下好了。

第五十五章

塔圖姆在醫院的候診室裡踱步，邊走邊數自己的腳步。一……二……三……他數到十三步，上一次他數到十二步，再上一次數到十五步，因為有人擋住他的去路。

不過他不確定自己在同一條通道上走了幾步，已經數不清，一百？兩百？一千？油氈地板上有無數刮傷，他想他不是多年來唯一在這裡來回走動的人，這個空間比他一生所見大多數的房間還要更焦慮，更憂心，如果候診室在酒吧遇見教室，它會說：「你覺得你懂什麼是擔憂嗎？讓我給你解釋解釋……」

他迷失了思緒，平常盤旋在他腦中的詼諧聯想逐漸消失為虛無。

在護士把他推出急診室之前，他看了柔伊一眼，她的脖子和軀幹都浸在血泊中，臉上青腫又蒼白。只是看一眼就令他心慌，護士承諾他們會盡快讓他知道她的情況。

然而他卻一遍又一遍在這個房裡踱步，沒有人來喚他。

馬丁內斯離開之前，和他待在一起大約十分鐘，他說晚點會回來，他想拿到計程車司機的證詞，並且查看鑑識人員從犯罪現場找回什麼證據。

那個嬌小又強悍的女人在那張檯子上看起來是如此無助，無力對他大吼或者用任何方式反駁他。他的拳頭緊握，有股想要一拳打爆什麼目標的渴望。他住在洛杉磯的時候，他家有一個拳擊沙袋，幾乎每天晚上他都會打沙袋來減輕工作壓力，但是他沒空在新公寓裡也掛一個，他現在多麼想念那個拳擊沙袋啊。

毫無頭緒是件很可怕的事，這幾年以來他看太多了，人們會哀求他，只為了得到片段的訊息，人們會問一大堆問題，這些問題輕易就可以概括為一個詞——為什麼？她跑到薩加納什基湖做什麼？誰襲擊她？襲擊她的人現在在哪？

為什麼？

不久之前的她看起來是如此鬱鬱寡歡又心懷憂慮，當時他以為她只是累了，但是現在他無法確定了。

他坐下，試圖清空腦裡的滿滿疑問，他不是會祈禱的人，但是每當他有親近的人處於危險之中，他就會發現自己試圖與上帝達成協議。這就是三年前他會戒煙的原因，當時他的搭檔中槍——他承諾上帝如果他的搭檔能撐過去，他就戒菸。這也是他賣掉自己全新的豐田Camry，把錢捐給教堂的原因：但上帝並沒有幫助他母親克服腎臟衰竭。

現在是時候與上帝達成另一項協議了，他思考著他能奉獻什麼給上帝，以換取柔伊的性命。

神哪，如果柔伊——

「塔圖姆．葛雷？」

他瞬間轉身，急切地看著走向他的護士，她的眼神裡有慰問之意嗎？有擔憂？有母愛般的關懷嗎？

沒有，只有冷靜的眼神，他不知道那意味著什麼。

「她正在恢復，她會沒事的。」護士說。

塔圖姆呼出一口顫抖的呼吸。「我可以見她嗎？」

「你是親屬嗎？」

「不是，」塔圖姆說，接著想到辦法，便掏出自己的識別證翻了一下。「聯邦調查局，她有我們迫切需要得到的關鍵訊息。」

護士噘起嘴唇，她不買單他的說法。「好吧，」她最後說，聲音有點變冷。「你可以去看她幾分鐘，她好了我會來帶你。」

塔圖姆點點頭，鬆了一口氣。

護士離開，塔圖姆合掌坐在一張空椅上，他吐出長長一口氣，然後再吐出一口氣。有窸窣聲，一個人在他身旁坐下，遞給他一個紙杯。

「來，」馬丁內斯說。「喝咖啡。」

塔圖姆感激地接過熱呼呼的咖啡。「謝謝，護士剛剛告訴我柔伊沒事。」

「噢，很好。」馬丁內斯說，鬆了一口氣。

「計程車司機怎麼說？」

「她要他載她去薩加納什基湖，告訴他在哪裡停車，」馬丁內斯說。「她下車，告訴他她會在半小時內回來，然後就到岸邊散步了。幾分鐘後，有輛車在他前面停下，一個男人下了車。」

「他有說那個男人長什麼樣嗎？」

「非常模糊的描述，他們現在正在局裡訊問他，他其實是故意不要細看，他以為柔伊是去那裡跟那個人偷情的。」

塔圖姆點點頭，這是人之常情。

「總之，他就在那等，過了一會兒，他看見那個男人回來了，一跛一跛的，計程車司機叫他，但那個人沒有搭理，就上車開走了。司機很擔心，跑去找柔伊，在離道路幾百碼的地方發現她不省人事，那時他便叫了救護車並且報警。」

「他對車輛有描述嗎？」

「白色的豐田 Prius，」馬丁內斯說。「沒有看到車牌號碼。」

「犯罪現場有找到什麼嗎？」

「我們找到一把刀和血跡，那個人停車的地方有留下血跡，可見柔伊也砍傷了他。」

塔圖姆點點頭。

「聽著，探員……我之前有問過你，她為什麼要去那裡？」

「我不知道，」塔圖姆疲倦地說。「我發誓我不知道。」

「她之前沒跟你說過嗎？」

「沒有。」

「沒有提過薩加納什基湖嗎？」

「沒有。」

「塔圖姆．葛雷？」護士再次走向他。「請跟我來。」

塔圖姆起身，馬丁內斯也跟著起身。

「對不起，」護士對馬丁內斯說。「只有——」

他翻了一下警徽。「芝加哥警署，」他說。「我需要跟她談——」

護士翻了個白眼。「好吧，跟我走。」

她帶領他們沿著一條小走廊走進一個白色的小房間，柔伊躺在病床上，看起來暈眩無力，塔圖姆看見她脖子上綁的繃帶、臉上的黑眼圈和額頭上的紫色瘀傷時，拳頭不禁一緊。

「葛雷探員，」她說，聲音遲滯。「馬丁內斯副隊長……」

一時半刻，塔圖姆還以為她要感謝他來看她，或者跟他們保證她沒事。

過。

她的聲音很粗啞，彷彿發聲困難，她的脖子有一圈瘀傷，繃帶沒有遮蓋住，她的脖子被勒

「是的，他從警察局就開始跟蹤我。」

「那是攻擊妳的人的名字？」馬丁內斯問，他的聲音敏銳。

他眨眨眼，大腦花了一點時間來處理這個訊息。

「羅德．格洛弗，」她說。「那是他的名字。」

「誰是羅德．格洛弗？」馬丁內斯問。

「他是連環殺手，我認為他就是將那些女人防腐的人。」

「妳怎麼認識他的？」

她沉默了片刻，眼睛慢慢閉上。「他在梅納德鎮殺害了三名女性，在很久以前。」

「一九九七年，」塔圖姆說，感覺反胃。

「沒錯。」

馬丁內斯看著他。「所以你早就知道了？」

「我……」塔圖姆猶豫了，他不確定自己知道什麼。「我想她有試圖要告訴我這件事。」

「妳為什麼要去薩加納什基湖？」馬丁內斯問。

「因為我想去看潘蜜拉．凡斯被殺害的地方。」

「誰是潘蜜拉．凡斯？」馬丁內斯和塔圖姆幾乎同步問。

「另一名受害者。」她說著顯然眼神失焦，眼皮顫動。

「好了。」護士闖了進來。「可以了，你們可以明天早上再來跟她談。」

塔圖姆拖著腳步走出病房，他拖著腳的樣子彷彿腳上附著了一堆石塊。她曾告訴他關於格

洛弗的事，被他拋諸腦後，他漠視她的話只需一次就夠了，她只能親自去確認，差點害她被殺害，這都是他的錯。

「葛雷探員，」馬丁內斯在他身後說道，聲音銳利又冷漠。

他停步轉身。「什麼事？」

「你說你對此一無所知。」

「我不知道……她一開始有先跟我說，有個連環殺手在她長大的城鎮謀殺了三名年輕女性，然後我沒聽她的。」

「而且她沒跟我們說，」馬丁內斯說。「然後她就遇襲受傷了。」

「是。」

「跟我說你知道什麼。」

塔圖姆告訴他他之前在餐廳跟柔伊討論過的事，他所知不多。

「好吧，」馬丁內斯說。「我明天會過來問她問得更徹底，從現在起，你們兩個不能再涉入這起案件。」

「什麼？」塔圖姆震驚地問。「但是我們——」

「就像我一開始認定的那樣，你自己在進行調查，班特利博士讓自己涉險，部分原因是你沒有提早告知所有資訊。」

「等等——」

「我們就到此為止吧，探員。我們明天再談。」

第五十六章

維吉尼亞州匡提科鎮，二〇一六年七月二十五日，星期一

星期一早上，曼庫索走進她辦公室，柔伊不記得她有這麼生氣過，組長看著他們兩人，穩穩地呼吸，從鼻子吸氣，然後緩緩吐氣。柔伊幾乎確定曼庫索正在默默數著自己呼吸了幾次，她想知道到底是幾次。

他倆坐在曼庫索的辦公桌前，塔圖姆坐在右手邊的椅子上待罪，臉上贖罪的表情中帶有一絲輕蔑，很會演。柔伊坐在他左手邊，因為臀部縫線拉開而疼痛，表情有些畏縮。她有輕微腦震盪，脖子上也有縫線，肩膀上的傷口上了凝膠，還有很大的黑眼圈。她每次突然動一下，全部的傷口都會立刻開始劇痛。昨晚他們從芝加哥飛回之前，有一個女人在機場走向她，向她遞了一張傳單：為受虐婦女提供庇護。她對塔圖姆擺了一個臭臉，可能以為他是柔伊的配偶。

「好吧，」曼庫索說，聲音克制而慎重。「我剛剛看到你們兩個寄給我的詳細報告，也看了馬丁內斯副隊長寄發的那封簡短又憤怒的電子郵件，還有芝加哥警察局處長寄發的單行電子郵件。」

柔伊低眉垂目，盯著自己手心看。她的報告冗長又乏味，記述了她搞砸這件事的所有面向：沒有與警方和搭檔分享她懷疑的嫌犯，沒有告知他們犯罪現場留下的三個信封，獨自前去檢視犯罪現場，沒有留意是否有人跟蹤，這些就是格洛弗能逃之夭夭的原因。

「芝加哥警方和聯邦調查局同意不對媒體發表任何有關這樁悲劇的報導，因為民眾對兇手的緊張情緒很高，我們希望給大眾勝券在握的印象。」

塔圖姆清清嗓子，看似要說些什麼，但曼庫索揚起眉毛，對他投射過來無盡的威嚇，他一時不敢作聲。

「當然，主導此案的副隊長和我都想知道為什麼妳要隱瞞此案的關鍵訊息，妳的報告也沒有說明妳決定不說的原因。」

柔伊侷促不安。「我——」

「這項祕密消息乍聽起來很牽強，」塔圖姆平靜地說。「班特利博士一開始有先跟我說這件事，但我說服她她的理論毫無根據，現在回想起來，我那時就該通知芝加哥警署。」

「等等，」柔伊說。「那不是——」

「該死的，你那時候就該說！」曼庫索重捶辦公桌，使她身後的魚群驚恐逃竄，亟欲找個地方躲藏。「我告訴你，葛雷探員：你這種牛仔精神在這個單位是沒用的。」

柔伊試圖打斷談話。「組長，是我——」

「對不起，組長，」塔圖姆說，音量大到壓過柔伊的聲音。「最好把我從這個案子除名。」

「沒有什麼該死的案子了！」她差點大吼。「芝加哥警署不再需要我們的幫助了，馬丁內斯副隊長對此已經講得非常清楚。」

「但是我們取得很大的進展，」柔伊脫口而出。「我們可以——」

「妳可以請病假在家，不用妳出現在這裡，」曼庫索說，烏黑的眼睛盯著柔伊。「散會之後，我希望妳直接回家，如果我下週前又在這裡看到妳，我就開除妳。」

柔伊瞇起眼睛，這項威脅原本是要嚇唬她，逼她屈服，但反而使她火大起來。「組長，羅德．格洛弗是——」

「我現在不想聽，」曼庫索說，她不耐煩又精疲力竭地坐下。「你們兩個給我出去。」

塔圖姆站起身離開。

柔伊猶豫了一下然後說，「葛雷探員沒有——」

「我沒有瞎，柔伊，」曼庫索聲音低沉地說。「我知道是怎麼回事，我知道葛雷做了什麼，沒有做什麼，現在就給我出去。」

她離開了，關上身後的門，她追著塔圖姆，身上的縫線彷彿在尖叫抗議。「塔圖姆。」

他轉過身，對她虛弱地微笑。「嗯，也沒那麼糟啦。」

「你為什麼告訴她這是你的錯？」柔伊生氣地問。「獨自前往犯罪現場的人是我，瞞著馬丁內斯的人也是我，是我的錯。」

「對，是這樣沒錯。」塔圖姆雙手交握。「所以呢？」

柔伊凝視著他，她原本以為他會稍微爭辯一下，不過那的確是她的錯。「你已經被當作問題探員，萬一——」

「我是個問題探員，但檔案上也有許多正面嘉獎，」他說。「妳是出身一般民眾的顧問，佔了很多人認為應該讓探員坐的位置，妳覺得誰被開除的機率更高？」

「曼庫索不會——」

「曼庫索承受了巨大的壓力，」塔圖姆說。「我不知道她會不會開除妳，無論如何，妳曾經試圖告訴我，我應該聽妳的，不過該死的，我希望妳當時能更努力說服我。」

「是吧，」柔伊說，她的頭開始痛了，肩膀垂落。「我該回家了。」

「妳要搭便車嗎？」

「不用了，謝謝，我搭計程車就好。」

柔伊走進她的公寓，有種隱形的重量拖著她，她關上身後的門，就這樣凝視了著門半晌，腦袋一片空白。她不確定這天剩下的時間，甚至不確定接下來的十分鐘內她該做什麼事。事實上近來的七十二個小時大部分是由一些小動作組成的，一個接一個動作，很容易，因為在多數時候，她都有醫生或護士告訴她該去哪裡，什麼時候該吃飯，什麼時候該睡覺，然後換塔圖姆小心引導她到機場和上飛機。當天早上她就去上班了，因為……還有什麼事可做呢？

但是曼庫索已經把話說得很清楚，她不希望柔伊當週出現在辦公室，柔伊不知道真的是要她請病假，或是因為曼庫索希望人們忘記發生在芝加哥的憾事。塔圖姆說的是對的嗎？曼庫索真的會開除她嗎？事情總會有個了結。羅德．格洛弗是促使柔伊走上法醫心理學這條道路的人，他也將是終結她短暫職業生涯的人，想到這個心靈扭曲的混蛋對她的人生形成多大的制約，就使她感到噁心想吐。

一想到這件事，就讓她真的作嘔了起來，她跌跌撞撞走去浴室，吐出胃裡的一點食物，然後她看到自己已經在浴室，覺得也許可以沖個澡。她半夜到家時已經沖過澡了，早上上班前又沖了一次，但再沖一次澡也不會怎樣吧。

她脫下衣物，扔在房間角落，然後打開水，將溫度調到剛好低於沸騰熔岩的溫度，水流流過她背部和頸部時感覺很舒服，雖然沖到受傷的肩膀時還是刺痛了一下。她抓住肥皂，開始徹底清洗自己的身體。

一分鐘後，她意識到自己一遍又一遍擦洗相同的部位，她的下腹部，她的左大腿根部。她仍然能夠感覺到格洛弗的手指在此處抓扒，拚命要拉她的拉鍊，他的手掌伸進褲裡一下，擦過大腿。她深吸一口氣，試圖安撫狂跳的脈搏。她是一名心理學家，當癥狀一發生在自己身上，她就知道是怎麼回事，只是短暫的焦慮，不必為此失去冷靜。她把肥皂放回，用洗髮精洗頭，當手撫過額頭上的淤青時瑟縮了一下，洗完頭後，她凝視著淋浴間的瓷磚，做了幾次深呼吸。

半小時後安德芮亞打開浴室的門，柔伊仍在淋浴間裡，坐在地板上啜泣，水一邊在流，安德芮亞衝到她身邊，將水關掉，她無助地揮揮手，終於拿到柔伊的浴巾。

「來吧，」她說，扶著柔伊站起來，她將柔伊包裹在浴巾裡，然後開始擦拭她的身體。

「我可以自己擦乾，」柔伊生氣地說。安德芮亞後退一步等她擦。

「妳介意在外面等嗎？」柔伊問。她妹妹臉上掛著憂慮的神情讓她很是氣惱。

「是說，」安德芮亞說。「我做午餐的時候妳要不要去躺一下？」

「好吧。」

她在浴室地墊上抹抹腳，然後走到臥房，關上身後的門。她很氣自己讓安德芮亞看到她那個模樣，她用浴巾擦拭好身體，躺在床上，把毯子拉到身上。她馬上就穿好衣服。床慢慢暖了起來，躺在床上很舒適。她在波士頓公寓裡的床單，感覺就好像家一樣，不像這間她幾乎沒待多少時間的公寓。她在波士頓過得很快樂，好吧，也許沒那麼快樂，但是很對生活滿意。她為什麼要搬到這裡？她在這裡不認識任何人，跟她一起工作的大多數人都討厭她，而且無論安德芮亞嘴上怎麼說，她明明討厭戴爾市，也許她們可以回波士頓，她可以試著開一間私人診所執業，或到學校工作。

臥房的門打開了。

「妳雞蛋放在哪裡？」安德芮亞問。

「在冰箱裡。」

「冰箱沒有雞蛋。」

「那我想我的蛋用完了。」

安德芮亞嘆了口氣，關上門。

柔伊閉上雙眼，也許可以就這樣睡去，飛行途中她沒闔眼，上班前只有睡了兩三個小時。那不是她該做的嗎？休息一下？

她沒睡，反而起身在壁櫥裡翻找，找到了一件長袖襯衫和一條運動褲，這件襯衫本來是白色的，但是柔伊不小心將它和一件紅色洋裝放在一起洗，現在變成褪色的粉紅。穿上內褲，沒穿胸罩，管它去死。然後她穿上褲子和襯衫，然後輕輕走出房間。安德芮亞在廚房裡，切生菜做成一盤小沙拉，在瓦斯爐上煎著歐姆蛋。

「我以為我的蛋用完了，」柔伊喃喃說。

「是用完了，我去妳鄰居家借了四個雞蛋，她人真的很好。」

「我根本不確定她長什麼樣子，」柔伊說著坐下來。「我想我只見過她兩次面。」

「是喔，嗯……」安德芮亞說。她把平底鍋從瓦斯爐上拿起，將歐姆蛋分到兩個餐盤上，她把一盤遞給柔伊，另一盤放在對面給自己。

「謝謝，」柔伊說。看起來很好吃，安德芮亞用羅勒葉煎歐姆蛋，撒上切達乾酪，放了一小塊奶油乳酪在旁邊，還有一小份看起來很誘人的沙拉。

「妳應該去買橄欖油，」安德芮亞說。「真的會讓沙拉比較好吃。」

柔伊切了一塊歐姆蛋，把蛋鋪在叉子上，加了一些奶油乳酪，然後吃下，閉上眼，從鼻子深呼吸。熱騰騰的蛋和冰涼的奶油乳酪在她的舌上翻滾，美味至極。

「太好吃了，」她說著塞了滿嘴。

「妳上一次正常吃飯是什麼時候？」安德芮亞問。

她幾乎是不吃早餐的，在機場吃了一些難吃的食物，在那之前已經吃了兩天的醫院餐。「很久以前。」

「下次妳想在淋浴間哭的時候，也許可以先吃點東西，」安德芮亞建議她。

柔伊的淚水一湧而上。

「對不起，」安德芮亞脫口而出。「我剛才是開玩笑的，妳可以哭。噢，該死，不要理我和我的笨嘴了。」

柔伊迅速再咬了一口歐姆蛋，味道在喉嚨裡和淚水融為一體，她叉了一些生菜，然後配著歐姆蛋，漸漸控制住自己的情緒。安德芮亞專注吃著自己的餐點，一語不發。柔伊清清嗓子。

「冰箱裡有蘇打水，」她說。「妳介意幫我拿一下嗎？」

她的身體疼痛，她知道要安德芮亞幫她拿，可以安撫她妹妹的心情，對彼此都好。安德芮亞從椅子上一躍而起，急忙去幫柔伊拿蘇打水。

她感激地喝著，然後又吃了一口歐姆蛋，感覺重獲新生，早先的絕望感已煙消雲散——或者至少消失大半了。感謝上帝賜給我們食物。

「如果妳想談談芝加哥發生的事，妳知道可以跟我說，」安德芮亞說。

她妹妹去機場接她，看到柔伊不成人形時差點暈倒，當她問柔伊發生什麼事，柔伊搖搖頭，說她無法談這件事，她是說真的，雖然不是因為這是什麼機密事件，只是因為事情才剛發生，還沒辦法談。

但是如今經歷一番休息和沉澱，她認為與安德芮亞談談可能會有幫助。這些年來格洛弗寄給她的信封、他近期的受害者、她們的遭遇、她緊抓著自己喉嚨想要呼吸、在她身上游移的手指……

但是安德芮亞也有她自己的記憶，談論這件事可能對柔伊有幫助，但不知道會對安德芮亞產生什麼影響。

「謝了，」她說。「沒關係……我只是在錯誤的時間出現在錯誤的地點而已，我向妳保證不會再發生了。」

「好吧。」安德芮亞說，看起來並不相信。

她們吃完剩下餐點，安德芮亞大部分時間都在談論工作上的煩惱，她的值班經理顯然是個婊子，而且討厭安德芮亞。柔伊在想怎麼無論安德芮亞走到哪裡，討厭安德芮亞的婊子總是會冒出來，感覺好像安德芮亞也脫不了關係。

最後，柔伊推開餐盤。「這頓餐真是太美味了。」

「我做了一道特別的甜點給妳。」安德芮亞笑了。

「噢，謝謝，我想我飽了。」

「真的假的？」安德芮亞故作失望地看著她。「我猜我要自己一個人吃掉士力架冰淇淋了。」

柔伊心中湧上一股好愛妹妹的感動。「妳知道嗎，」她說。「我也許可以硬撐著再吃一口。」

第五十七章

塔圖姆坐在他車裡，猶疑不決地愣著，他知道自己該回家去，但是他不確定他家是否還能住人。他在前一天晚上到家，看了客廳和臥房一眼就離開了，將門鎖在身後。他睡在車上，睡車上對他來說完全沒問題，人們低估了露宿車上的樂趣，那陣陣作痛的脖頸，凌晨四點左右的刺骨寒意，被流浪漢敲車窗叫醒……多麼美好的經歷，真是美好。

他早上有先打電話給馬文，對著他吼了幾分鐘，老人家耐心聽著暴怒的孫子罵人。他的祖父顯然睡在朋友家，且心情很愉快，最後塔圖姆終於氣完也罵完了，馬文答應派人去清理這個地方。看到沙發被糟蹋成這副荒唐的模樣，塔圖姆確信他們需要出動火焰噴射器和驅魔人才能搞定這項工作。一想到這，拿著火焰噴射器的驅魔人可以拍出一部很棒的電影，片名可以叫做燃燒吧，惡魔，燃燒吧，驅魔人可以由多明尼克．柏塞爾（Dominic Purcell）[14]飾演；這點沒得談。

他嘆了口氣，試圖集中神智，他沒回家的真正原因是他很擔心。他和柔伊一起度過整整一個星期，儘管這位心理學家可能非常令人挫敗，但她的陪伴逐漸為他帶來樂趣，且自從事情發生以來……她身上有種特質的開關關掉了。他滑動聯絡人，找到她的名字，然後撥出電話。

響了三聲之後她接起電話。

「哈囉？」

「柔伊，我是塔圖姆。」

「嗯，我知道，你是我的聯絡人。」
「嗯，呃……我想問問妳還好吧。」
「我很好。」
「妳的傷怎麼樣？縫線——」
「我很好，塔圖姆，謝謝你打給我。」
「等等，」他挫折地敲著方向盤。「聽著，我想過去找妳。」
「為什麼？」
「看看妳是不是沒事。」
「我剛跟你說過我很好了。」
「聽著……看看妳我晚上才睡得好，好嗎？」
有片刻的沉默。「好吧，」她說。「我住在戴爾森林公寓，地址在——」
「我知道在哪，」塔圖姆看一眼車窗外的招牌，上面寫的正是**戴爾森林公寓**。「我就在附近，五分鐘內就會到。」
「好吧，」她說。她告訴他公寓號碼，然後掛斷電話。
他耐心地等待四分鐘，柔伊不需要知道他早就找到她的地址。他下車前去她的公寓。
有一雙迷人綠眼的年輕黑髮女性幫他開了門。
「嗯，哈囉，」她揚起半邊眉毛微笑著說。「你一定是塔圖姆。」
她和柔伊長得極像。「那妳就是安德芮亞了，」他說。

---

14 曾在美劇《越獄風雲》中飾演林肯．巴羅斯而聲名大噪。

臉吃飯。」她說著，又將他從頭看到腳。塔圖姆覺得自己被物化了，該死，他又不是只靠臉吃飯。

他走進室內，小小的客廳映入眼前，柔伊坐在其中一張沙發上，腿上放著一個棕色的文件夾，她皺眉看著文件夾的內容，塔圖姆走進來時，她抬眼剛好對上他的眼睛。當他看見她額頭上的紫色瘀傷和脖子上的黑色縫線時，感到一陣心疼，她的眼睛充滿血絲，看起來很疲倦。塔圖姆想著要正面思考——要說些「姐姐妹妹向前衝」等諸如此類的話——但是看見她那個樣子，讓他想將她擁入懷裡，然後殲滅那個始作俑者。

她投過來那道銳利的眼神明確表示，如果他試圖擁抱她，她會咬掉他臉上一塊肉。他清清嗓子。

「嘿，很高興看見妳可以」——他搜索著大腦，想要找到一個快樂的詞彙——「坐著。」

她畏縮一下站了起來，彷彿是故意要跟他唱反調。「很高興你過來一趟，」她說。「想喝點什麼嗎？」

「呃……」

「我幫你泡杯咖啡吧，」安德芮亞說。

柔伊轉向她妹妹。「安德芮亞，我可以——」

「妳得坐著或躺下，」安德芮亞用他整週都從柔伊口中聽到的那種頑固語氣說，讓他笑了出來。

「怎樣？」柔伊問。

「沒事，」他故作無辜地說。

她坐回原本的沙發，將文件夾放在茶几上，旁邊是一疊類似的文件夾和一些散落的紙張。

「那是什麼？」他問。「我認為妳不應該工作。」

「嗯，因為我們不再被指派調查芝加哥的案子，所以這不算工作。」柔伊說。「我想這算是興趣吧。」

他坐在另一座沙發上，拿起其中一個文件夾打開來看，這是一個案件檔案，所有文書都是影印的，紙張因年代久遠而泛黃，列印出的犯罪現場照片解析度很低。有一張廣角的裸體女屍照片，躺在看起來像是池塘的地方，受害者的名字是潔姬．泰勒。

「這是羅德．格洛弗的受害者之一嗎？」他問著，一邊瀏覽著案件的細節。

「這要看你問的對象是誰。」柔伊說。「這是一九九七年梅納德連環殺手的三名受害者之一，如果你問警察，他們要不說這個案子還沒有結案，要不就是聲稱一個名叫曼尼．安德森的少年殺了她，可以隨便他們說，因為他死了。」

塔圖姆點點頭，並檢視其餘文件，他看了柔伊一眼。「妳拿到芝加哥謀殺案的副本了？」

「是的。」

塔圖姆正在閱讀另一本梅納德案件檔案，安德芮亞走進客廳，她遞給他一杯咖啡。

「好了，」她說。「我要走了，今晚我要值班，下班後我會回來。」

柔伊看了她一眼。「妳不需要——」

「我會在這裡睡，妳可能需要我，沒有討論餘地，」安德芮亞說。「再見，塔圖姆，很高興見到你。」

她在身後大聲關門。

塔圖姆放下文件夾，看著散落桌上的文件，是手寫文件；有些看起來年代久遠，有些看起來很新，他俯身要拿起其中一張，柔伊差點跳過去，用手撲下那些頁面。

「那是私人文件。」她說。

「是嗎？」塔圖姆平靜地問，他懷疑他知道這是什麼文件。「妳在針對芝加哥殺手進行側寫時，我有看到妳寫筆記，這裡的筆記跟妳在那邊寫的筆記很像。」

「我有將側寫整理成報告了，」她敏銳地說。

「是沒錯，」他點點頭。「但這是原始資料。」

「所以？」

「我想看，」他說。

「不要。」

他嘆口氣。「柔伊，我們一起在追蹤這個人，一切會搞到這步田地，唯一的理由就是妳沒有把每件事都告訴我。」

她的嘴抿成一條線，緊到幾乎完全抿平。

「聽著，」他說，聲音軟化下來。「我承認，我本來對妳的……專業沒有太大的信任，但是過去一週看著妳工作讓我大開眼界，妳很有料，妳理解犯罪現場的方式是我永遠辦不到的。」

她的表情鬆懈下來，眼睛睜大。

「但是即使是妳也是會犯錯的，」他說。「妳能和我分享妳的筆記嗎？我們可以討論看看，我保證我不會跟任何人說，好嗎？」

她猶豫了一下，然後將手從紙上移開。「這是芝加哥連環殺手，」她指著三頁。「而這些」——她指著其餘頁面，其中有些已泛黃或起皺了——「是我這些年來為羅德・格洛弗進行側寫時寫的筆記。」

他翻閱舊筆記，直到找到最舊的一張，這張筆記寫在從線圈筆記本撕下來的一張紙上，她的字跡在這個頁面上看起來比較圓，底部還有貓的塗鴉。

他瀏覽筆記，有些句子劃了好幾道線，例如：撒謊火災的事和見過莎拉．蜜雪兒．吉蘭（Sarah Michelle Gellar）[15]，她在杜蘭特池塘的單詞上面畫了好幾圈，其中一個畫底線的詞是灰色領帶！！！！！

「那是我十四歲時寫的，」柔伊說。她看起來不太自在，就像私底下偷寫的詩第一次被別人看到。「我保留的主要原因是出自……情感價值。」

「為了紀念追逐連環殺手的美好純真時光嗎？」

「給你看是個錯誤，還我——」

「對不起，」他急忙說。「我不是故意要挖苦妳的，對不起。」

她卸下心防讓他閱讀等同於日記的內容，沒有讓他開白癡玩笑的餘地。他開始閱讀其他頁面，陷入了困惑之中。

「我不懂，」他說。「妳寫這些是針對羅德．格洛弗，有些已經超過十年，但我看到妳有提到裝領帶的信封，怎麼會——」

她突然站起來走掉。「你在這等，」她說著，沒有回頭。他聽到她走進另一個房間，然後打開某處像是抽屜的地方，她回來時拿著一疊棕色的信封，然後扔在桌上，兩個信封滑落地板，他把信封撿起來，打開其中一個看了一下。

是一條灰色領帶。

他再查看兩個信封，裡面都裝有灰色領帶，有些信封似乎很舊；有些較新，都是被郵寄過

15《魔法奇兵》的主角演員。

來，一封寄到梅納德鎮，幾封寄到哈佛，然後是波士頓兩個不同的地址，最上面的是滑落到地板上的其中一個信封，寄到戴爾森林公寓，所有信封上都寫著柔伊的名字。

「這裡有十一個信封，」塔圖姆驚呆地說。

「他寄了十四封，」她說，語氣堅定地糾正他。「我把第一封交給梅納德鎮的警察，他們毫無作為。當我開始為聯邦調查局工作，我將一封交給一名負責的探員，她幾乎不再願意與我共事，因為她認為我執著於一些少女時代的記憶。我燒了第三封，然後才開始收集這些信封。我試過檢查指紋和DNA幾次，一無所獲。」

「每個信封都裝有一條灰色領帶嗎？」他問。

「是的，」她簡潔地說，然後輕聲補充道，「有些裡面還有畫作，畫我被施暴的樣子，格洛弗是個還不錯的畫家。我，呃……把那些畫丟了。」

塔圖姆努力克制想再次擁抱她的衝動。

「你不能跟曼庫索說這件事，」她說。她的語氣平淡冷漠，但底下埋藏著絕望。「我停止繼續上報，是因為沒有人把我當一回事。」

他非常了解柔伊，所以知道她最恨的就是有人不把她當一回事。

「好吧，」他緩慢地說。「所以……羅德．格洛弗看似對妳有執念，為什麼？」

「簡短的答案是因為我懷疑他、闖入他的房子，發現他藏匿的紀念品，還向警方報案。」柔伊說。

「我很希望短時間內能聽到完整的答案，但如果是這樣，他們為什麼不逮捕他？」

「他們不相信我，」她說，因為憤怒而噘起嘴來。「他們認為我只是對他的色情收藏在歇斯底里，他們有抓到一個嫌犯，而且格洛弗針對近期的一起謀殺案有嚴密的不在場證明。」

「多嚴密？」

「非常嚴密，他是搜救隊的成員。第三名受害者被殺害的確切時間，搜救隊正在執行搜索。我父親在搜救隊看見他好幾次，其他人也是，我與其中幾個人談過。」

「那妳怎麼解釋？」

「我不知道，」柔伊無奈地聳聳肩。「也許還有另一個凶手，也許他偷偷從搜救隊溜走，殺害她之後再歸隊，如果警察去調查，他們就會弄清楚答案了。」

「好吧，」塔圖姆說。「現在我需要知道事情的全貌，而不是簡單摘要。妳是怎麼知道是羅德．格洛弗幹的，以及在芝加哥到底發生什麼事？」

她將一切娓娓道來，他難以置信地聆聽著她描述，身為一個十四歲的女孩，她是如何捲入這名連環殺手的事件，幾乎超現實……但是對這個女人來說合情合理。她概述了在芝加哥遇襲前發生的事，他點點頭。

「好吧，」塔圖姆說。「還有一個問題：為什麼妳認為羅德．格洛弗就是那個在芝加哥殺害那些女性、還把屍體防腐的人？」

「什麼？」她震驚地看著他。

「我是說，是有一些很表面的理由，他把那些領帶留在棄屍地點，他跟蹤妳，企圖姦殺妳，但是沒有理由將防腐行為與羅德．格洛弗聯繫起來，最後這幾次的犯罪特徵相當不同——」

「連環殺手會一直改變犯罪特徵。」

「拜託！當然會，他們會稍微改變一下，嘗試一些新手法，但沒有那麼激烈的改變。」

「所有凶殺案都跟水脫不了關係——」

「不是，並沒有，」塔圖姆說。「格洛弗的受害者被棄屍在水裡，芝加哥的凶手將受害者放在水邊擺姿勢，維蘿妮卡・莫瑞是防腐連環殺手最早一位受害者，她的屍體並不是在水邊發現。」

「也許她是我搞錯了，她沒有被防腐。」

「妳沒有搞錯。這個凶手不在乎水，他之所以選擇那些地點，是因為他要在晚上棄屍，而且因為這些地點符合他給屍體擺的姿勢。」

「我是對的，」她說。「羅德・格洛弗就是殺害全部這些女性的凶手。」

「看看妳最初的側寫，」塔圖姆激烈地用手指輕敲那張紙。「記得嗎？有計畫性？執迷於控制？這真的符合妳的梅納德連環殺手嗎？那個人不過是隨便抓住在荒郊野外四處遊蕩的女性，再殘酷地強姦她們，殺害她們，然後將她們丟在同一個地點罷了。」

她生氣地盯著他，他挑釁地回視她，雙方都沒有迴避彼此的目光。

「我是這麼想的，」他終於說，「羅德・格洛弗可能在二〇〇八年殺害了這兩個女人。該死，妳還沒機會提醒他，他就自己承認殺害了其中一個女人，對吧？但更甚者，他還在混淆妳的視聽，在新聞上看到妳之後，他去了所有地點留下信封給妳，他決定四處跟蹤妳，也許希望在一條小巷逮住妳，令他見獵心喜的是，妳直奔他最喜歡的地點之一，他已經在那個地點殺害過潘蜜拉・凡斯。這個殺害女性並進行防腐的……我認為另有其人。」

「你錯了，」柔伊說。

「為什麼？」

「因為我直覺你錯了，」她斬釘截鐵地說。「對，當然，我擅長我的工作，但這並不全靠經驗和推論，很大部分是靠直覺，而我的直覺告訴我，就是格洛弗。」

「那我告訴妳吧，一旦牽涉到那個神經病，妳的直覺就不可靠了，他對妳有執念——這點毫無疑問，但妳知道嗎，柔伊？妳對他同樣有執念。」

「去死吧。」

他看著她，什麼話也說不出口，她的眼裡只有怒火，一隻眼睛周圍的藍色瘀青凸顯了她的憤怒。

最後，他終於嘆了口氣。「很晚了，」他說。「休息一下，好嗎？」

他起身離開，她一動也不動。他打開前門，最後再看了她一眼，然後他走了出去，關上身後的門。

第五十八章

他駛過另一個街角，這個想法突然浮現在他腦海。他一減速，一排死氣沉沉又空洞的眼神跟隨他的車，發出聲音在呼喚他，花費少量金錢讓她們提供枯燥的短暫消遣，他在這些女人之間看不見一點潛力，他現在看透她們的本質了：為所欲為、滿口謊言的婊子，一趁他不注意，就準備在他背後捅一刀。

他腳踩下油門踏板，然後開車離開，他憤怒地咬著牙，她們不配得到他提供的待遇，他永恆的奉獻，他的愛意。

他需要的是別的。

他把車停在一間夜店附近，一群青少年站在店外，等待放行。他盯著這些年輕的女孩，這是他要的嗎？他的問題是出在女人的年齡嗎？畢竟這些年輕女孩仍然純真無瑕，其中有些可能從未跟男人在一起過。他緊緊抓住方向盤，看著其中一個女孩，沒有可見的紋身，與她的朋友比起來幾乎脂粉未施，皮膚光滑。

他開始制定計劃，他會在外面等她們離開夜店，然後遠遠跟蹤她。他要不是今晚就有機會逮到她，要不也會得知她的住處。

就算不是她，也還有其他人，成千上萬的純真少女只是在尋找一個成年男子來——

她的朋友指著他，她轉身看了看，她們的眼神定住不動，片刻後，他給了她一個害羞的微笑。

她對他豎起中指，表情扭曲著轉為蔑視。他一慌張迅速踩下油門踏板，切入車道，一輛汽車大按喇叭，偏離車道以免碰撞到他，他的心臟在胸口亂跳。

純真，好個純真。該死的蕩婦。

也許真愛是不存在的，也許他一直以來都錯了，一個又一個女人，她們都讓他失望，也許他應該只將她們帶走一兩晚，讓她們噤聲，在屍臭造成問題之前好好享受她們的相伴。

這個主意很吸引人，但他不同意，他值得更好的，他不是那些不幸又空虛的芸芸眾生，左左右右滑著交友軟體，尋求一夜的解放。

他尋找的是真實的情感，可以填補空缺、驅散孤獨的真實情感。

就在那時他突然頓悟了，他想的一切都錯了，他一直在尋找一個女人相伴幾年，但是一個女人實在不夠，在電視上和現實生活中看到所有的幸福夫妻之後，他早就該想通了。

女人就像他，是另一個寂寞的靈魂，兩個孤獨的人無法填補彼此的空缺，這樣的關係注定會以失望告終。

他真正需要的是一個家庭。

第五十九章

塔圖姆回到公寓時剛過十點鐘，他深呼吸一口，向失落公寓的聖徒祈禱，然後打開門。

客廳幾乎是原本的模樣，其中一張沙發上有一個奇怪的新污漬，電視左上角有一個三英寸的裂縫，兩棵盆栽神祕消失了，但除此之外，這個地方雅緻又整潔，塔圖姆前一晚看見的那些不潔的恐怖狀態大部分不復見了。魚是房子裡唯一的模範居民，在魚缸裡優游，看起來很愉悅，魚缸的底部裝飾了一個奇怪的物體，塔圖姆走近，看見是一個啤酒瓶，魚看起來並不介意，所以塔圖姆把啤酒瓶留在原處。

他檢查他的臥房，床單不見了，塔圖姆希望有人燒了床單。有一個密封的袋子，他幾乎無法識別裡頭棕色鞋子的形狀，他把袋子拎到廚房，扔進垃圾桶。斑斑坐在廚房桌面上，眼裡深感輕蔑地看了他一眼，塔圖姆檢查牠還有食物和水，試圖摸摸那隻貓，牠從一隻平靜的貓科動物瞬間變種成瘋狂的利爪怪物，塔圖姆收回流血的手。

「混帳東西，」他說。

斑斑對他發出嘶聲並滿足地躺下，泰然自若地計謀牠的邪惡計劃。

塔圖姆走到馬文的臥房，敲敲門。

「嘿，馬文？」他說。

他爺爺打開門笑了。「歡迎回家，」他說。

「謝謝你打掃這個地方，」塔圖姆說。

「我沒有打掃，你瘋了嗎？你有看到家裡的樣子嗎？我雇了一個很親切的女人來打掃的。」

「嗯……你想得算很周到，謝了。」

「好了好了，要喝茶嗎？」

塔圖姆點點頭，跟隨他爺爺走到廚房，馬文停在門口看著斑斑，斑斑也瞇著眼睛看他。

「出去，斑斑。」塔圖姆厲聲說，還在不爽被牠抓傷了手。

貓站起來伸了個懶腰，從桌上跳走，慢慢走出廚房，一臉不屑。

「那隻貓有點不太對勁，」馬文說，從櫥櫃裡拿了兩個馬克杯。

「真的，」塔圖姆說。「我發現魚很好。」

「對，」馬文點點頭。「我認為牠很高興住在新家，所以你在芝加哥怎麼樣？」

「不太好，我有點搞砸了。」

「他們出了一個下流的殺手，我在報紙上有看到，他就是你在調查的人嗎？」

「就是那個人。」

「我還看到他們派了一個可愛的女生陪你。」

「報紙上說她很可愛？」

「沒有，但在其中一個犯罪現場有一張你們兩個的照片，我用自己的兩隻眼睛確定她很可愛，她不錯吧？」

塔圖姆朝老人家使了個眼色。然後，從他鬆了一口氣的反應看來，他意識到這是一個單純的問題，馬文指的是她的側寫能力。

「她……太厲害了，真的。」

「那為什麼你們沒抓到那個人？」

「我們分心了，」塔圖姆說。「還有另一個連環殺手……也許是同一個人，我們還不確定。」

「原來芝加哥有在舉辦連環殺手大會喔？」

「聽起來很像對吧？」塔圖姆坐在廚房桌面旁。

馬文在他面前桌上放下一只熱騰騰的馬克杯，然後在另一側坐下，用他自己的馬克杯喝茶。「所以說，」他說，「你們會抓到那個人嗎？」

「警方可能會抓到他，」塔圖姆心不在焉，皺著眉頭說，他正在思考柔伊告訴他關於梅納德連環殺手的事。

「有個名叫梅納德鎮的地方。」他說。

「聽起來像某種醬料的名字。」

「不是，是一個鎮，在麻薩諸塞州。」

「從來沒聽過。」

「不意外，那是一個小鎮。」

「像維肯堡嗎？」馬文問，語氣中帶有一絲厭惡。

「我想是的，也許只是個稍微大一點的鎮，我以為你喜歡維肯堡。」

「我呸，剛開始看起來還不錯，一個平靜的小鎮，街坊鄰居都相互認識，在街上遇到都會打招呼，聽起來很理想，對吧？」

「我不知道理不理想，但聽起來是很不錯。」

「塔圖姆，有件事你要知道，當鎮上每個人都彼此認識時，每個人也會對彼此有一些看法，這些看法根深蒂固，有時甚至會一傳十十傳百。你跟你的鄰居陷入小爭執，每個人都會知道。如果你的孩子在學校打架，突然間就變成每個人的事了，而且這些事情不會消失——事情會累積。我剛到鎮上的時候，我的名字叫馬文．葛雷，到我離開鎮上，我的名字變成『有一次在鎮民大會大吼大叫而且一天到晚跟校長吵架』的馬文．葛雷。」

「這串名字也太長了，」塔圖姆說。「爸是問題學生，所以讓你跟校長吵架嗎？」

「他是一個青少年，他有時很固執，而且永遠無法閉上嘴，」馬文笑了，像他每次說到塔圖姆的父親時一樣。「他是個好孩子，但是每個人都對他發表意見，到他長大，沒有人給過他一次真正的機會。」

「被未審先判，直到證明自己是清白的，對嗎？」塔圖姆慢慢說道，啜了一口茶。

「沒錯。」

塔圖姆盯著手裡的馬克杯。「我可能得離開家一兩天，」他說。「這次不要再把房子搞得像垃圾堆了，拜託。」

第六十章

麻薩諸塞州梅納德鎮，二〇一六年七月二十七日星期三

梅納德鎮警長奈森・普萊斯是一個頭髮斑白的男人，長了一張乾燥發紅的臉，肩膀寬闊而精瘦，在制服下看得見肌肉的輪廓。他以一種警覺和懷疑的態度檢視塔圖姆，這種態度只可能由數十年的政治鬥爭所養成。塔圖姆舒適地靠在一張椅子上，露出釋然的微笑，雖然這把椅子的設計完全缺乏好客之道。他很累，搭乘從華盛頓到波士頓的夜間航班幾乎沒有留下任何睡眠時間，但這是他能搭乘的最早航班，曼庫索要他下週回去上班，他幾乎沒有時間可以浪費。

「我能為你提供什麼協助，葛雷探員？」普萊斯警長問。

「我對許久前發生在梅納德鎮的幾起謀殺案很感興趣。」塔圖姆說。

普萊斯點點頭。「我想你指的是貝絲・哈特利、潔姬・泰勒和克拉拉・史密斯。」

塔圖姆揚起眉毛。「你怎麼知道？」

「這是個寧靜的小鎮，葛雷探員，我們沒有那麼多謀殺案，而且我懷疑你會想來找我談一九五三年的米爾潭謀殺案。」

塔圖姆點點頭。「你說得對，當然，我想請教你幾個關於所謂梅納德連環殺手的問題，據我所知，你是當時是負責此案的警官對嗎？」

「沒錯，」普萊斯警長說。「但是我們所有人都深度參與其中，你可以想像得到，我們尋找

凶手不遺餘力。」

直到你找到一個嫌犯。塔圖姆友善地點點頭。「當然，凶手從未接受審判對嗎？」

「是的，我們的主要嫌犯在殺害克拉拉．史密斯幾天後被捕，在拘留時自殺了。」

「然後凶殺案就停止了。」塔圖姆說，他注意到警長是如此輕易就說出這名嫌犯殺害了克拉拉．史密斯。

「嗯，當然了。」

「我可以問你幾個關於此案具體細節的問題嗎？」塔圖姆問，拿出公事包裡的三份案件檔案。

警長看到塔圖姆掀開最上面的案件檔案時，驚訝地睜大雙眼，克拉拉．史密斯的屍體照片就在最上面。

「我……當然，我不確定我記不記得，已經快二十年了——」

「嗯，這是你調查過的唯一一起謀殺案，」塔圖姆說。「大部分的事你一定都記得。」

「可能吧，是的。」

「好，所以你對主要嫌犯的訊問過程中，證實克拉拉．史密斯被殺害那一天，他人在圖書館。」

「是的，」普萊斯警長說。「我記得。」

「然後法醫確定的估計死亡時間為……下午六點至七點間，曼尼．安德森在圖書館待到四點。」

普萊斯警長伸出手，塔圖姆將檔案交給他，警長瀏覽一下檔案說，「是的，沒錯。」

「但是克拉拉．史密斯兩點就失蹤了，她放學之後沒有回家。」

「我們不知道她失蹤了，」普萊斯警長說。「她只是沒有回到家，她可能是去了朋友家。」

「她母親打電話給她所有的朋友，沒人知道她在哪裡，對吧？這就是你組織搜救隊的原因。」

警長瞇起眼睛。「你跟一些人談過這個案子。」他說。

「我是談過，」塔圖姆說。「打電話談過，但我想親自見見你。」

「我們認為事情是這樣的，」警長不耐煩地說，「克拉拉有一個她母親不知道的男友，她放學後去找他，她在回家途中，被被曼尼．安德森強行抓住或強制脅迫。他把她帶到一個偏僻的地方，他在那裡強暴她，最後將她勒死。」

「但是你從來沒有找到這個所謂的男朋友，」塔圖姆說。

「沒有。」

「所以你無法確定，克拉拉離開學校到估計死亡時間之間的這段期間在做什麼。」

「我們無法確定，」警長說。他的回答變得單調，塔圖姆接收到他緊張情緒的確定信號。

「好吧，」塔圖姆說。「再問一個問題，我就讓你回去工作。我注意到法醫報告上面記載有死亡時間，日期壓在謀殺案發生的兩天後。」

「嗯哼。」

「但是在貝絲．哈特利和潔姬．泰勒的謀殺案中，報告日期僅在謀殺案發生的幾小時後，有什麼原因導致延遲判斷嗎？」

「這真的很難講。」警長說，「也許她只是很忙——」

「在當時那種非常時期？當你們所有人都『不遺餘力』在辦案時？」

「她什麼時候做文書工作有什麼關係？」

「我同意，」塔圖姆點點頭笑了。「這只是文書工作罷了，對吧？」

「對，我們手上在進行的是謀殺案調查，每個人的壓力都很大，都——」

「拚命要找到嫌犯。」塔圖姆說。

警長明顯不悅地撇嘴。「是拚命要找到凶手，葛雷探員。」

「也是，」塔圖姆說著站起身。「謝謝你撥冗跟我談，普萊斯警長。」

塔圖姆向他點頭致意，離開辦公室，警長一語不發怒視著他離去。

第六十一章

柔伊不得不承認，她的居家辦公室開始看起來就像她某些分析對象的房間。芝加哥四個犯罪現場的每張照片都掛在牆上，還有二〇〇八年凶殺案的照片。她有梅納德鎮地圖和芝加哥地圖，上頭都標示出謀殺案發生的地點，她的梅納德連環殺手剪貼簿上的各篇文章也散佈在牆面上。她買了兩塊白板，上面寫滿梅納德鎮和芝加哥所有受害者的詳細資料，列出她們的姓名、年齡、職業以及失蹤時間和地點。她在此罷手，差點要開始將看似有關聯性的事件串連起來。

這或許是發掘她真正興趣的好時機。

安德芮亞一決定要在她公寓過夜，她就在這房間擺了一張單人床，柔伊前晚在這張床上打盹，早上醒來時發現自己被犯罪現場的照片和案件檔案包圍，她適應了一下環境，重新開始工作，將各個環節聯繫起來，試圖填補一九九七至二〇一六年間的這段遺失的時間。

她有時感到意志消沉，想拿本書來看，或是打開電視看一些愚蠢的節目，但隨後就想到塔圖姆說他認為她錯了時的表情，他的表情讓她想起她父母告訴她應該離羅德．格洛弗遠一點，還有警察告訴她把治安的事交給大人，這些回憶全交織在一起。如果他們中的任何一人聽了她的話，那麼格洛弗早就被打入大牢，許多生命將得以倖存。塔圖姆應該要更了解的，但她在他眼中，只是一個鳩佔鵲巢的民眾，想取代一位真正探員的工作。

她知道自己在鑽牛角尖，偶爾會停止將芝加哥連環殺手想像成羅德．格洛弗，她會在腦中試圖稱他為凶手。當凶手抓住克麗絲塔，或殺手需要穩定供應的防腐液。但是很快就發現自己的思緒回到格洛弗抓住克麗絲塔，格洛弗需要防腐劑供應。

她的腹部和左大腿都擦傷了，她淋浴時將這些部位擦磨到破皮，現在皮膚紅腫，一摸就刺痛，但至少她不再覺得格洛弗的手指還在她身上游移。他的臉孔仍不肯放過她，他在湖邊逼近她時掠奪的神情，他拿著刀架住她喉嚨時她耳裡聽到的聲音。跪下。這一切忽然閃過她的腦海，她的思路中斷，站起身凝視著過多的證據，脊椎泛起一陣涼意。她繼續埋首於工作之中。

她必須好好把這件事做對。

第六十二章

他透過窗戶可以看見他們，沐浴在廚房光線柔和的黃色光芒中。這兩個孩子還很小；他可以透過玻璃窗格看見他們的頭頂，他們的身體被房屋的牆壁遮住了，其中一個是小女孩，在與她母親交談時興奮地蹦跳著。

這位母親看上去真是可人，她的美麗在生過兩胎後仍幾乎毫髮無損，他可以想像她經過他處理後的模樣，懷著永恆的母愛，永遠如此令人傾心。即使她的孩子們在四周亂跑，她仍是個好母親，聽著她女兒說她今天發生的事，一邊做著晚餐。

沒有父親。

他不了解前因後果，但知道的夠多了。只有母親。他已經連續兩個晚上從車上監視他們，而且他也沒看見新男友的面孔，這個女人仍然獨守空閨，就像一個月前一樣。他可以在他們家中處理他們。

他等不及了。他正考慮要進門，就意識到自己開錯車了，他所有的裝備都在廂型車上，他會輪流開他的兩輛車，以防有人注意到每晚都有奇怪的車輛停在街上，鄰居可能會愛管閒事。

不，不是今晚，但是很快，很快的。

他設想他們美好的未來。一起過聖誕夜，有史以來第一次，他終於有理由買棵聖誕樹來裝飾，有理由有幫孩子們買禮物了。當他早上醒來，他們會圍繞在桌邊陪他吃飯，他可以陪著他們入睡，唸睡前故事給他們聽，他永遠不會像他的父母一樣，他會是一個好父親。

且他不必眼睜睜看著孩子長大，形同陌路，不必因為孩子離巢、各自成家而痛苦。不，孩子們會和他在一起，並且永遠愛他，和他們的母親並肩在一起。

一個女人，一個男孩和一個女孩，一個家，準備好屬於他。永遠不變。

第六十三章

梅納德鎮的夏日街風光明媚，數不盡的樹木投射陰影在狹窄的街道上，大型庭院散佈在街道上，大多經過精心修整。塔圖姆走下他租來的車，在陽光下站了好一會兒，享受此處帶來的寧靜。最終他覺得自己閒晃夠了，便沿著他停車附近的房屋車道前去。那是一幢白色的房子，上面鋪著橙色屋瓦，有兩扇窗戶，中央有一道門。這是塔圖姆小時候畫出來的那種房子，很好畫，真的，只要用藍色色鉛筆在頁面頂部——即天空——著色，然後用綠色色鉛筆幫頁面底部的草坪著色，草坪中間畫一個正方形，正方形頂部畫上一個三角形，畫兩個正方形當窗戶，一個長方形當門，根據你的心情畫上花，隨性塗上顏色。噢，頁面左上角要畫一個黃色的四分之一圓，那是太陽。這幢房子幾乎與塔圖姆的畫作一樣對稱，雖然是大了一些，還有草坪上裝飾有一些小樹。

他敲門。幾分鐘後，一位頭髮斑白、戴著珍珠耳環的微笑老婦人打開了門。

「誰？」她說。

「佛斯特醫生嗎？」塔圖姆問。

「是的。」

他翻翻識別證。「我是聯邦調查局葛雷探員，妳介意我問妳幾個問題嗎？」

「噢。」她的眼睛睜大。他判斷這個女人從未在電視以外見過聯邦調查局探員。「關於什麼事？沒出什麼事吧？」

「沒事，只是追蹤一個舊案。」

「好的，你要喝檸檬水嗎？我剛做了一些。」

喝檸檬水絕對可以削弱他的威脅性，但是無論如何，他都不想嚇到這位親切的女性，喝檸檬水聽起來是個好主意。

「我喝一點吧，」他微笑著說。

她帶他到後門廊，兩把塑膠椅立在一張小桌旁，她走進屋內，他坐在其中一張椅子上。他瞄一眼時間，離回程班機只剩幾小時，時間太緊了，他的時間得花在刀口上。

沒多久，佛斯特醫生帶著一壺檸檬水和兩個杯子出來。

「要餅乾嗎？」她把餅乾罐放在塑膠桌上問。

還是得畫下界線。「不用了，謝謝。」

她坐下倒了檸檬水。「我要如何協助你呢？」

「我正在追蹤克拉拉．史密斯的謀殺案。」他說。

「噢，」她說。「那是很久以前的事了，她被一個心理不正常的青少年殺害。」

「真的嗎？」塔圖姆從杯子啜飲一口。「我以為沒有人被定罪。」

「只是因為他自殺了，」佛斯特說。「他是凶手，這是眾所周知的事實。」

塔圖姆聽到事實一詞差點畏縮了一下，如果周圍所有人一遍又一遍說著同一件事，懷疑很容易變成事實。

「我想問妳的是估計死亡時間，」他說著取出案件檔案，並確認是正確的檔案。

「我希望回答得出來，事情已經好久了。」

「當然，妳估計克拉拉．史密斯的死亡時間是……下午六點到七點間。」

「那就是吧。」

「但是普萊斯警長告訴我，妳最初估計的時間定得早了一點，」塔圖姆說。謊言輕易就脫口而出，他笑了，又喝了一口清涼的檸檬水。

「嗯，對，這我記得，我最初認定得比較早，但後來我確信自己的判斷錯誤，估計死亡時間是很棘手的，屍體在下雪天被留置在水中，很快就冷卻了。」

「完全可理解。」塔圖姆點點頭，他的懷疑已被證實。「那麼妳還記得最初的評估是何時嗎？」

她皺眉。「我不知道，我想是中午左右，也許在下午兩點左右。」

「但這時間點可能不對，」塔圖姆說，「因為曼尼・安德森下午一點到四點間在圖書館，那時他不可能殺害她。」

「好吧，正如我所說，我很快就發現自己錯了。」

「沒有很快，佛斯特醫生，」塔圖姆說。「妳花了兩天時間。」他給她看了報告。

她的眼裡閃過某種情緒，是懷疑和警覺，她眼神的轉變很不可思議，消失與浮現的速度一樣轉瞬即逝。

「我……真的不記得了，事情已經好久了。」

塔圖姆將杯子一飲而盡。「這檸檬水真的很好喝，」他說。「我有一個有趣的事實想提供給妳，在妳估計的死亡時間期間內，一組搜救隊正在尋找克拉拉，她失蹤後人們很擔心她的安危，所以搜救隊很快就組織起來了，而殺害克拉拉的真正凶手就在那組搜救隊中，但是由於妳估計的死亡時間，使他有了一項嚴密的不在場證明。」

佛斯特醫生臉上頓失血色。

「曼尼．安德森從未殺害過任何人，」塔圖姆說。「但是他受到嚴重懷疑。當人們感到害怕時，只會想找人怪罪。普萊斯警長——他當然不是當時的警長——告訴妳妳錯了，死亡時間可能不正確，也許他花了兩天時間才說服妳，也許只花了他兩天時間，就查實曼尼那天晚上沒有不在場證明。無論是上述何種狀況，妳都更改了估計的死亡時間，以便能起訴曼尼。」

「那……很難確定，室外真的很冷……」

「當然，」塔圖姆說。

「而且凶殺案停止了，一定是安德森家的孩子幹的。」

塔圖姆嘆了口氣，差點要告訴她二〇〇八年芝加哥發生的多起謀殺案，差點要告訴她曼尼．安德森的父母經歷悲傷，失去獨生子，努力多年想要證明他的清白。但是他維持靜默，畢竟他的工作是追捕凶手，而不是惹怒一位很會調製檸檬水的七十歲女性。她是犯過一個錯，但是她曾是如此恐懼又絕望，就和鎮上的其他人一樣。

「妳是否將估計的死亡時間從兩點，更改為六到七點間的某個時間點？」他問。

「是的。」她無力地說。

「那妳當時知道曼尼的不在場證明嗎？」

「知道，但是——」

「謝謝妳，佛斯特醫生。」

第六十四章

門口傳來堅定的敲門聲，使柔伊嚇了一跳，可能是安德芮亞來看她吧，她妹妹沒有掩飾對柔伊心情狀態的憂慮，唯一讓安德芮亞放心的，是柔伊的病假快結束了。柔伊告訴安德芮亞，她一旦回辦公室上班，可能就不會執著於不再屬於她的案子，她還不確定到時是否真會如此。她將收音機關成靜音並走到前門，從窺視孔向外看，她嘆了口氣，然後打開門。

塔圖姆站在門口，手裡提著一個提袋，柔伊覺得這幅景象似曾相識。

「嗨，」她說。她本來不想讓自己的聲音傳達出任何熱情，但令她驚訝的是，她發出一種「真高興見到你」的語氣，也許是因為她這段時間獨自一人關禁閉研究案情，所以除了她心懷憂慮的妹妹之外，很高興還能看到另一個活人。

「我帶了一些食物來，」他說。「這次不是7-11買的。」

「好，」柔伊說。「是什麼？」

「鷹嘴豆泥。」塔圖姆笑了。

「什麼？」

「伍德布里奇開了這家中東餐廳，他們會送餐到戴爾市，然後每份餐點都包含兩個皮塔餅。」

「我沒有印象你是會吃中東食物的那種人。」柔伊說著，讓路讓塔圖姆進門。

「我在洛杉磯住的地方附近有一間很棒的中東餐廳，」塔圖姆說著走進門，他看了一眼客廳的茶几，柔伊發現他臉上閃現一絲寬慰，茶几上空無一物，沒有散置的研究文件。如果他現在走進她的居家辦公室，他會怎麼說呢？

「來吧，」她說，領著他去廚房。他來訪的時機很完美；她正好要為自己做點吃的。他將提袋放在桌上，拿出幾個小餐盒和一個裝有米色糊狀鷹嘴豆泥的塑膠容器。柔伊從冰箱裡拿了一瓶可樂，倒了兩杯，然後她擺設好桌面，皮塔餅的香氣使她的胃發出飢腸轆轆的聲音，很想大快朵頤，她退縮了一下，祈禱塔圖姆沒有聽到，如果他聽見，從他臉上一定看得出來。

他們坐下，柔伊在她的盤子上放了一份鷹嘴豆泥，她撕下一塊皮塔餅，將餅完全浸入鷹嘴豆泥中，然後放到嘴裡。豆泥熱騰騰的，嚐起來——和她習慣的味道完全不同——既健康又美味。她閉上眼，深吸一口氣，露出一抹微笑。

「好吃，對吧？」塔圖姆說。他吃了一大塊皮塔餅，喝了一口可樂。

「太好吃了。」她點點頭。「你說他們會送餐到戴爾市？」

「對，我得承認，這讓我覺得住在這裡沒那麼糟了。」

柔伊為自己製作了另一份皮塔餅配鷹嘴豆泥，這個食物至少是他們可以聊的話題，不會說著說著就吵起來。

「所以，」塔圖姆說。「妳猜我過去兩天在哪裡？」

「你不在這裡？」

「不在。」

「去哪裡？」

「妳不想猜嗎？」

「不是太想。」

「我在梅納德鎮，」塔圖姆說，聽起來像個魔術師剛剛宣布空帽子裡有隻兔子，是一種期待看見聽者震驚或喝采的語氣。

「是喔，」柔伊冷淡地說。儘管她很好奇，但她並不想讓他稱心如意。

「當年領導偵辦連環殺手案件的警官，現在成了警長。」塔圖姆說。

「嗯哼。」

「對啊，總之妳知道羅德．格洛弗在克拉拉．史密斯謀殺案的不在場證明吧？我想到辦法推翻了。」

這次，柔伊忍不住驚喜地睜大眼睛。「怎麼辦到的？」她盤問他。他如何能輕易完成她多年來做不到的事？他是否找到目睹格洛弗離開搜救隊的證人了？也許有一個男人的體型跟格洛弗很像，在黑暗中——

「妳的側寫搞錯對象了，」塔圖姆說。「妳應該對調查人員進行側寫。」

「什麼意思？」她的手心在發抖，她快速將手藏到桌子底下。

「警察極力要牽連曼尼．安德森。」塔圖姆說。「克拉拉死亡的時間他有不在場證明，所以他們說服法醫重新考慮她估計的死亡時間。」

「因此為格洛弗提供了不在場證明，」柔伊驚呆了。

「沒錯。」

她怎麼會忽略了這一點呢？她總是從各種角度搜查每一處縫隙，尋找每一個——

「妳不可能想到的，」塔圖姆輕聲說。「妳十四歲的時候不可能想得到。」

他是對的，在十四歲的年紀，她怎麼樣也想不到警察為了要牽連某個人，可能會干預證據，這個想法對她而言太遙遠，雖然他們激怒了她，且她經常認為他們無能，但在她十四歲的時候，她怎麼樣也沒想到，他們居然可能會以這種方式來妨害他們自己的調查工作，要經過好幾年歷練，她才會認知到一切都是有可能的。

但一想到梅納德的凶殺案，她總是回到十四歲，總是選擇相同的路徑，加深她腦中留存的固有思維。

「我早就該察覺這一點，」她沮喪地說。「你不知道我把這個案子的事實翻來想去了多少次，這應該是很明顯的事。」

「如果妳可以做到超然客觀，妳早就看出來了，」塔圖姆說。「但是妳無法，這是妳的童年，柔伊，凶手差點逮到妳，他不斷寄這些信封給妳，使妳心煩意亂，也嚇到了妳——」

「我沒有被嚇到。」

「是嗎？被這傢伙跟蹤騷擾了好多年，妳真的不怕嗎？當妳從他那裡收到一個信封，妳真實的感受是什麼？妳真的能說這幾年以來沒有使妳退卻嗎？」

她無話可說。

「在我們調查期間出現這些相同的信封，妳有什麼感受？當時妳是法醫心理學家柔伊，還是十四歲的中學生柔伊？」

「我是——」她要回答，然後語塞，回想起當時，從記者手中拿到那些信封，一陣恐懼沉入她體內。

塔圖姆看著她，眼神悲傷而溫暖，他這麼懂她讓她想賞他一巴掌，她希望他嘲笑她、指責她，告訴她她錯了。她轉身走開。

「該死，」她喃喃說，聲音哽住了。

「以防我沒講清楚，」塔圖姆說，「我認為妳在這麼多年前就側寫格洛弗，實在太厲害了，我相信妳在這個案子的表現也會很厲害，妳只是犯了一個小錯誤。」

「小錯誤？」柔伊幾乎嗤之以鼻。

「妳想要再試一次嗎？憑藉著我們現在已知的證據？而且沒有羅德．格洛弗來攪局？」塔圖姆問。「我是想說……我知道妳在休息，但是——」

「來吧，」柔伊說著站起身，走向她的居家辦公室，然後轉身。她看著塔圖姆走進辦公室，看見房裡的新裝飾時眼花撩亂。

「真要命，」他喃喃道。

柔伊走向牆壁，扯下貼在牆上的其中一篇文章。「幫我把這些東西撤下來，」她說著扯掉另一篇文章。「這樣我的腦袋才會清楚起來。」

第六十五章

柔伊的居家辦公室，讓塔圖姆感覺自己正在心理學家的大腦裡閒逛，這裡真是一團亂，他幫她清除與梅納德連環殺手和二〇〇八年芝加哥凶殺案相關的所有物件，現在他們剩下五名女性死者，其中三名經過防腐。塔圖姆去廚房煮咖啡的時候，柔伊開始按照她認為有用的模式重新整理照片。他知道這將是一個漫長的夜晚，他煮了一壺特濃的咖啡。

他帶著一壺咖啡和兩個馬克杯回來，在杯裡分別倒了點咖啡。他把其中一個熱氣騰騰的杯子遞給柔伊，柔伊盯著白板不專心地向他道謝。塔圖姆跟隨她的視線，分類其上的五張臉孔，他有親眼見到其中兩名受害者的屍體——被留置在海灘上的克麗絲塔·巴克，和死前試圖報警的莉莉·拉莫斯。看到她們的照片與其他三名女性並列，拉扯著塔圖姆的情感。這個殺手在芝加哥恣意晃蕩，一時興起就殺人，聯邦調查局和警方都無法制止他。他轉向柔伊，等著她開口說話，她沒有說話，他於是嘆了口氣。

「好了，聽著，」他說。「這樣不會有用的。」

「什麼不會有用？」柔伊問，看了他一眼。

「妳把想法鎖在自己腦裡，永遠不會嘗試說出來。」

「我有，我有說，我一直在跟你說話。」

「只有當妳知道妳想說什麼的時候。」塔圖姆指出。「還有，先教訓我，然後跟我說妳驚人的結論，這樣會讓妳比較開心，但是如果妳沒有把握，妳就只是自己在那邊埋首工作。」

她張大嘴巴，瞇起眼睛，然後閉上。塔圖姆交叉雙臂等著。

「好吧，」她終於脫口而出。「那你想怎樣？」

「嗯，妳要說出妳的想法，然後我再針對此事發表自己的看法，也許我有不同的想法，然後，不要只是想要駁倒我，試著順著我的話說，就算聽起來很蠢。這我稱之為腦力激盪。」

「不要對我擺出一副高人一等的態度，我知道什麼是腦力激盪。」

塔圖姆笑了。

「好的，你先開始吧。」柔伊挑戰他。

「妳過去幾天一直假設凶手是格洛弗，但我認為我們現在都同意，很可能有另一個凶手，對吧？」

「對。」

「我認為我們應該從研究我們現有的可能嫌犯開始，然後縮小範圍，也許其中一人會符合妳創建出的小範圍側寫。」

「我不認為那是個方法——」

塔圖姆揚起眉毛。「還不要反駁我，」他說。「順著我的話說。」

「好好好，」柔伊咕噥著說。「所以我們找的是認識蘇珊．華納的人，對吧？我們有一個前男友、一個殘障的叔叔，還有一些大學的朋友……」她有一個想法。「例如，可能是丹妮拉的男友對吧？他叫什麼名字？萊恩。」

塔圖姆微笑，享受著她眼中新竄的火花。「妳看吧。他符合側寫嗎？」

「年齡符合；他有一輛廂型車，她有提到他常常沒跟她報備就搞失蹤，這可能意味著他還有另一個居所……他是一名汽車技工，身上顯示出許多我們正在尋找的特徵。他去過蘇珊的公寓，他很有可能是嫌犯。」她顯然興奮了起來。

「很好。」塔圖姆笑了。「除了他有不在場證明。」

「什麼不在場證明？」

「那些動物被防腐又製成標本時，他在威尼斯當交換學生。」

「噢，對，」柔伊洩了氣地說，然後瞪著塔圖姆。「你早就都想過了。」

「可能喔。」他無辜地看著她。「不過，還是值得考慮其他可能的嫌疑人，對嗎？」

「我……這主意不壞。」

他笑了，心中對這位易怒的心理學家湧現一股暖流。「妳怎麼看？想分享嗎？」

她的嘴唇動了一下，沒有發出聲音，彷彿在嘗試這種新的交談概念並且執行失敗，最後，她終於吐出一些話。「殺戮都是由他的幻想所驅動，對嗎？最近發生的四起謀殺案都是，儘管我們尚且不知他的目的是什麼，但我們可以看見他的執行方式有所改進。」

「對，」塔圖姆表示同意。「看來他在創造和把玩人類洋娃娃。」

「對。」她再次變得沉默。

她認為他們的腦力激盪結束了嗎？「那麼，他的幻想是什麼？」他問。

「看起來像某種高壓攻勢，除了他已經把她們綁起來……而且一旦他為她們進行防腐，就無法與她們發生性關係了，那似乎代表權力的喪失，對嗎？」

「我想是的。」塔圖姆緩緩地說。

「所以還有其他動機在驅動他，是什麼？」

「也許她們固定不動的狀態會讓他興奮，然後他再對著她們手淫。」

「不，不是那樣，這點不符合。」柔伊不耐煩地說，咬了咬嘴唇。

塔圖姆清清嗓子。當沒有引起她任何反應時，他就會說，「腦力激盪，還記得嗎？」

柔伊看著他，翻了個白眼。「好，假設她們固定不動的狀態會讓他興奮，那為什麼靈活度會如此重要？他為什麼要幫她們穿衣服打扮，戴上珠寶？為什麼不使用其他種比較不複雜的保存方法，例如冷凍她們呢？」

「好吧，也許他是照著他腦中的某些圖像或情況來幫她們擺姿勢。」塔圖姆說。

「比如說？」柔伊問。她聽起來很好奇，這是個好跡象。

「我不知道。在那些場景中，他在訴說什麼？」

「什麼場景？」

「最後兩個犯罪現場？就像……故事的斷片，對不對？妳小時候玩娃娃時，妳會讓芭比坐在她的椅子上，在娃娃桌上放一些茶杯，然後想著，看吧，她正在開茶會。」

「我從來沒有娃娃。」

塔圖姆揚起眉毛。「妳說真的嗎？」

「我想我是有一些，但我從沒拿來玩過，我把娃娃都送給安德芮亞了。你會玩娃娃嗎？」

「嗯……不是玩洋娃娃，但妳知道的，我有一堆摩比人偶，並且拿它們演出各式各樣的故事，例如它們會互相戰鬥然後相互開槍，然後我會拿掉它們的頭髮，然後換一下——」

「為什麼？」

「因為那幾乎是唯一可以拆卸的零件。」

「這很怪。」

「不像沒頭髮的摩比人偶那麼怪，它們的頭是空心的，看起來真的超怪，到後來，你會弄丟所有的頭髮零件，所以你會有一堆像腦白質被切除的人偶——」

「你說的這些沒有幫助。」柔伊嚴厲地插話。

「總之，我要說的是，當你幫那些娃娃擺姿勢，你是在表演你想說的故事，對嗎？那麼這個故事是什麼呢？」

他們看看照片。莫妮可．席爾瓦站在橋上，雙手放在欄杆上凝視著溪流。克麗絲塔．巴克坐在沙灘上，臉埋在她掌心。

「她們很傷心，」柔伊說。

「是的，克麗絲塔的姿勢就像在哭一樣。」

「她們為什麼傷心？」

「也許凶手這樣擺姿勢的原因，是因為她們在為自己的死亡傷心。」塔圖姆猜測。

「不是……」柔伊搖著頭說。「她們失蹤了一段時間，你是對的；這裡說的是一個完整的故事，如果她們只是為了自己死去而傷心，他會在對她們進行防腐處理後立即棄屍，但是他花了很長時間與她們共處，到了最後他才棄屍，幫她們擺姿勢，讓她們看起來好像很傷心。」

「對。」

「她們很傷心，」柔伊沉重地說，「是因為他將她們棄屍。」

「妳是什麼意思？」

「克麗絲塔．巴克的手指上戴著一枚戒指，」柔伊說。「是一枚訂婚戒指。」

「嗯……就是一個戒指啊。」

「這是一枚訂婚戒指。蘇珊．華納的屍體被發現時穿著晚禮服，就好像她要出去赴一場重大約會。然後，當他要離開她們時，她們便很難過。」

「等等——」

「他在跟她們建立關係，」柔伊說，她的眼睛注視著塔圖姆，閃閃發光。「一切都關乎於此，他幫這些女人防腐，所以他才能跟她們建立關係。」

「什麼關係，像是性關係嗎？」

「像親密關係，塔圖姆，這與性無關，我的意思是，他有戀屍癖的傾向，沒錯，但這關乎在他的家中有人相伴，一切都關乎於寂寞。」

「好吧，」塔圖姆說。她的熱情沒有感染力，他只覺得惴惴不安。「所以這是什麼意思？」

「好吧，凶手從未有過長期交往且有結果的關係。」柔伊說。「他目睹其他在戀愛中的人，他也想要同等的愛，但他自己應付不來——」

「為什麼？」

「嗯，我想他執迷於全面掌控，讓他談不成戀愛，他也很難以捉摸，如果女人還活著，他可能無法行使性功能。」

「好吧，所以他抓了一個女人，把她勒死……那為什麼要幫她防腐？」

「因為他想要長久的關係。」

「這是很瘋狂的邏輯，但是很棒，然後是怎樣？他會把她放在床上？早上他會把她帶到餐桌旁嗎？把她放在電視前面陪他？牽著她的手嗎？」

柔伊緩緩地點點頭。「差不多是這樣，沒錯。」

「好吧，」塔圖姆說，他開始有感覺了。「然後他把她們丟棄……為什麼？」

「因為行不通。」

「拜託，他們有感情問題嗎？」

「沒有，但是他失去那種感覺了，無論那感覺是什麼，他又變得寂寞，她的存在不再能夠安慰他，這場戲變成……一場空。」

塔圖姆的背脊一陣寒顫。「所以他在尋找另一個人，這是個非常精神錯亂的想法，柔伊。」

她聳聳肩。

「所以我們要如何利用這一點？」塔圖姆問。

「我還不知道，我們知道故事的結局，對嗎？凶手想必和那個女人分手，把她留在某個地方，擺出姿勢讓她看起來好像傷透了心。」

「有史以來最老派的連環殺手。」

「當然，故事是如何開始的？」

「嗯，他找到一個妓女──」

「這不是開始，那比較像是……預習，他還沒有完全掌握控制權，對吧？故事要從他完成屍體的防腐處理開始。」

「好的，所以我猜他帶她回家──」

「我要在這裡喊停，但不是因為我不欣賞你的意見，好嗎？」柔伊說，試圖鼓勵地對他微笑。

塔圖姆突然爆笑出來。「我很樂見妳不想傷害我的感覺。」

「只是因為我有某種……本領，我可以想像這種事情。他完成對她的防腐處理，好了，防腐處理是一件很麻煩的事，所以我認為他要先脫下她大部分的衣物，還記得莉莉的屍體嗎？她的脖子上都是血，但襯衫大體來說很乾淨。」

「好，所以他把她們清理乾淨，穿上衣服。他沒有清理莉莉。」

「沒有，因為他沒有時間，他慌了，沒辦法冷靜思考，但針對其他受害者，我認為你是對的，他把她們清理乾淨，幫她們穿衣服……」她停下，凝視著照片。

「怎麼了？」

「他沒有讓她們穿上自己的衣服，他不想和妓女談戀愛，所以幫她們穿上新衣服。」

「好吧，我想這很有道理，」塔圖姆說。「所以他事先買了衣服……」

「她們的衣服很合身，塔圖姆，所有人的衣服都很合身。」

「所以？」

「他怎麼知道要怎麼買衣服？」

「她們都是纖瘦的女孩，我的意思是說，他可能——」

「但是克麗絲塔・巴克比莫妮可・席爾瓦高很多，莉莉沒有她們那麼瘦，而且這些衣服都不是全尺碼的便宜貨。蘇珊・華納就不成問題——因為他是在家中殺害她，因此他有一整個衣櫃的衣服可以任憑他處置，但是妓女只有身上那件衣服。」

「妳是說他帶著她們去逛街，」塔圖姆緩緩說道。

柔伊點點頭。「在他殺害她們之前，在她們仍然認為他是客人的時候，他可能跟她們說，為了共度屬於他們的夜晚，他想幫她們打扮得漂漂亮亮，然後把她們帶到某個地方——」

「購物中心。」

「有可能。」

「好了。」塔圖姆微笑，他在她的筆電處坐下，打開瀏覽器。

「你在做什麼？」

「我們知道他在哪裡接莉莉上車，對嗎？在克拉克街和葛蘭大道的街角，在北河岸。」他打開Google地圖並找到該地點。

「對。」

「我們知道他把莉莉帶去休倫街，去了某個地方……這裡。」塔圖姆指著地圖上的休倫街段。「他會把莉莉帶到路線上這兩個地點間的某處，對吧？在那個地點或殺害她的地點附近。」

「你無法確定，」柔伊說。「他也許有自己喜歡的店，可能去了橫跨芝加哥的某個地方。」

「確實如此，但是我可以猜測，對吧？如果那個地方橫跨芝加哥，我們什麼都查不到，但如果在這條路線上……路線上的購物中心數量有限。」

「仍舊是很龐大的數量。」柔伊說，但塔圖姆聽出她對這個想法感到興奮。「但如果你的說法是對的，他可能會選擇殺害她的地點附近。」

「為什麼？」

「嗯，我認為那裡是他對受害者進行防腐處理的地方，他很緊張，比較想去一個他熟悉的地方，一個他去過很多次的地方，去那個地方他會覺得自己擁有更多主控權。」

「你認為他總是去同一家購物中心？」

「我認為這是很有可能的，是的。」

「好了。」塔圖姆笑了。「我們來列一個清單吧。」

「然後呢？」

「然後我們飛回芝加哥，檢查那些購物中心在莉莉被帶走當晚的監視錄影畫面，也許我們可以發現她，還有那位『老派連環殺手』。」

「什麼？你不是說真的吧。」

塔圖姆聳聳肩，已經寫下地址。「妳還在請病假，我要放假到下週，妳還有更好的地方可去嗎？」

第六十六章

伊利諾州芝加哥市，二〇一六年七月二十九日，星期五

柔伊從很少逛街，她覺得安德芮亞可能更適合進行這項調查，安德芮亞可以整天在服飾店逛進逛出，只因為她高興。這是他們調查的第五家服飾店，柔伊覺得自己身在服飾地獄的第十層[16]。

更慘的是，他們的調查極為乏味又毫無根據。他們拜訪的其中一家店監視錄影畫面已被銷毀，另一家店的經理拒絕交出畫面，要求他們提供搜索令。就算老派連環殺手——塔圖姆開始這樣稱呼他——到過他們名單上的其中一家店，他們也很可能錯失他。

塔圖姆正與另一家店經理吵架，這家店經理也拒絕讓他們看監視錄影畫面，而柔伊則沮喪地在店內晃蕩。這家店是其中一家較大型的商店，提供男裝、女裝和童裝，數十盞聚光燈照亮店內，打亮成排的裙子、褲子、襯衫和洋裝……柔伊試圖想像老派連環殺手走進這家商店挑選衣服，這是不可能發生的事件順序，他可能讓妓女挑衣服，他和其他不耐煩的丈夫和男友一起等待。話說回來，他不可能給妓女這麼大的控制權，也許一切都弄錯了，也許他沒有和她一起逛街——

16 但丁的《神曲》地獄篇描述地獄形似一個上寬下窄的漏斗，共有九層。

她的目光被其中一個人型模特兒吸引，模特兒穿著他們發現莉莉時她身上穿著的襯衫。

她慢慢走向那具人型模特兒，彷彿害怕驚嚇到那個物體。這是一具看起來非常逼真的人型模特兒，是柔伊見過最栩栩如生的，雕刻和漆料看起來驚人地與女人同比例，彷彿在時空中凍結，中空的塑膠直直盯著柔伊，塑膠製的臉孔讓柔伊有種毛股悚然的感覺。她知道有一個詞彙可以形容這種現象——恐怖谷理論，當人造物體與人類愈相似，看起來就愈陌生。

人型模特兒看起來就像克麗絲塔·巴克和莫妮可·席爾瓦防腐後屍體的人造雙胞胎，她們就像凶手擁有的人型模特兒。

突然間她更能想像凶手可能的置裝程序，他會走向很像他夢中情人的人型模特兒——一個永遠不會跟他吵架，永遠不會離去，可以由他擺姿勢的女人。然後他告訴附近的店員，他想要那件模特兒穿的衣服，尺寸要適合跟他一起來的妓女。

大多數店裡都有簡易單調的人偶，看起來幾乎不像真人，但是這家店裡的人型模特兒有頭髮；完整上色；有美麗的大眼睛，對他們的凶手來說非常完美。

它們很容易激起他的幻想，他家裡也有這樣的人型模特兒嗎？他曾經拿來練習過嗎？柔伊確信他練習過，或者時常這樣做。

「柔伊。」塔圖姆碰碰她的手臂。「拜託，也許我們接下來會比較走運。」

「等等，」柔伊說著走近經理，那是一個表情嚴肅的女人，眼神惱怒地看著他們兩人。

「抱歉，」柔伊說。「我們正在找——」

「妳的搭檔跟我說過了，在找勒喉禮儀師，對嗎？聽著，我不記得有什麼怪人來這裡晃蕩，如果妳想看監視錄影畫面——」

「好的，」柔伊說。「我知道了，但是我有別的問題，我們在找的男性可能三十歲出頭——」

「這裡多的是這個年紀的人。」

「而且他可能會被妳的人型模特兒迷住，他總是買模特兒穿的衣服，而且——」

「噢，那個傢伙。」

柔伊對著那個女人眨眨眼，她可以感覺到在她身邊的塔圖姆緊張了起來。

「當然，他偶爾會來，他把在我們這邊上班的女孩們都嚇壞了，他會在人型模特旁邊站個十分鐘，有時二十分鐘，就看著那些模特兒。他摸過它們幾次，一旦我威脅要叫警衛，他就停止了。」

「他會帶女人一起來這裡嗎？」柔伊問。

「我想有帶過，他不久前帶一個女孩進來，幫她買了一些衣服。」

「買了人型模特兒穿的衣服，對嗎？」

經理聳聳肩。「我不知道，有可能。」

「他最後一次來是什麼時候？」塔圖姆問。

「就是昨天。」

「有女人跟他一起來嗎？」柔伊心急地問。

「沒有，他一個人來，我想是下午三點左右來的，像往常一樣只是盯著人型模特兒。」

「但是他什麼都沒買？」

「我不這麼認為。」

「女士，我們必須看一下監視錄影畫面，」塔圖姆說。

「我已經告訴過你——」

「那個人是連環殺手，」柔伊說。「而且妳說他經常來這裡，下次他可能會決定挑一個在這邊上班的女孩。」

經理的眼神因恐懼而閃爍，沒錯，柔伊知道這種感覺。

「一旦他選定一個女孩，他就不會放手。」柔伊壓低聲音說，「他會跟蹤她，等她落單時抓住她，他會用絞索將受害者勒死，一旦她們死亡，他就會侵犯她們的屍體，他把她們留著——」

「好吧，」經理說，她的聲音沙啞，眼中含淚，她在發抖。「這會幫助妳抓到他嗎？」

「這會是非常珍貴的線索。」塔圖姆說。

「妳會通知我們嗎？一旦妳抓到他？」

柔伊知道恐懼已經紮根。這個女人今晚無法入睡，她不會在晚上獨自離開店裡，她可能同時會辭去這份工作，另謀高就。柔伊追究自己的良知，決定自己沒有理由感到內疚，是她逼她的。

「我們會通知妳的。」她說。

「還有……如果他來店裡怎麼辦？」

「打電話報警，並設法阻止他離開。」柔伊說。「告訴簽派員呼叫山繆．馬丁內斯副隊長，並告訴他勒喉禮儀師在妳店裡。」

「好……吧。」

「那監視錄影畫面呢？」塔圖姆問，話說得很輕。

「喔對，請跟我來。」

第六十七章

塔圖姆坐在控制臺前，服飾店的警衛站到一旁，讓他坐在他的椅子上，那是一把舒適的椅子，如果是在平常其他日子，塔圖姆都會有一種轉椅子的衝動，看看推一下可以完整旋轉多少圈，但是現在他的心跳很快，追捕凶手的緊張感接管了他的思緒。

控制臺有好幾個螢幕，有五個螢幕顯示商店的內部，一個鏡頭的位置在室外，鏡頭下進出商店的人潮湧入。警衛向他示範如何顯示錄影畫面，以及如何在各個攝影機間切換，程序複雜得很沒必要，但塔圖姆慢慢掌握了。

店經理站在他旁邊，呼吸很沉重，柔伊讓那個女人嚇壞了，辦法確實奏效，但是他篤定就算沒有恐嚇她，他們還是可以說服她，而這個女人現在要提心吊膽好幾個月了。塔圖姆向自己保證，一旦他們把老派連環殺手關進大牢，他就會通知她。

他快轉錄影畫面，時間顯示七月二十八日，14：47：32，他快轉整整一個小時，時而看一眼店經理。

「有看到他嗎？」他問。

她搖搖頭。「試試這臺攝影機。」她指著其中一臺實況攝影機。「這臺離他喜歡的其中一具人型模特兒比較近。」

他切換到正確的攝影機，輸入時間七月二十八日，14：30：00，然後再次快轉。

當時間標記顯示為15：07：06時，經理突然說，「在那裡。」

他將錄影畫面暫停，她指著一個站在畫面角落的人，臉幾乎看不見。

「你確定是他嗎？」

「是他，你有看到他站在人型模特兒前面嗎？快轉——你會看到他一動也不動。」

塔圖姆快轉，發現經理是對的，有超過六分鐘的時間，這個男人完全沒有動作。然後他走開，從畫面中消失。

「你看見了嗎？」塔圖姆跟柔伊說。

「是的。」她默默說道，把手放在他的肩膀上，他們分享了這個激動的時刻，他們方才看到了他們追逐兩個星期的隱形殺手。

「我們能看到他要走去哪嗎？」塔圖姆問警衛。

「看來他只是朝著入口走，」他回答。「那個點到入口那邊沒有攝影機。」

「他從同一個方向來的，」塔圖姆倒帶，看著那個男人出現並停留在人型模特兒面前。柔伊清清嗓子。「他走進店裡，直接走去模特兒那邊，看著它幾分鐘，然後走出店外。」

「好，」塔圖姆說。「我們來看看入口處的鏡頭。」

男子在時間顯示15：06：42時出現在鏡頭中，塔圖姆切換到入口處的鏡頭，並將時間設為15：04：00，然後以正常速度播放。

「他在那裡，」柔伊在男人出現時說道。他看著地面，他們看不清他的臉，塔圖姆倒轉了一小段。

「看，」他說著，沉重地呼吸。「我們可以看到車子。」

錄影鏡頭顯示停車場有大約有十二輛車，那人關上一輛車的車門，走下車。塔圖姆倒轉了一小段，螢幕顯示那個男人下車前的停車畫面。

「很難辨識車牌，」柔伊說。

「我認識有人可以輕易從這些鏡頭中擷取圖像，」塔圖姆咧嘴笑著說。「我們逮到這個混蛋了。」

他快轉，男子消失在商店裡，七分鐘後他走出來，但沒有走去開車，而是向右轉，消失在畫面裡。

「也許他需要買些牛奶，」塔圖姆快轉錄影畫面時喃喃說。在15：32：11的時候，車輛開走了。他暫停，倒轉一小段，現在他們可以看見那個男人回來，手裡拿著一個提袋。

「答對了，他是去採買食品雜貨，」塔圖姆說。「我猜他沒東西吃了。」

「那不是超市的提袋，」經理說。「是隔壁玩具店的提袋。」

「玩具店？」塔圖姆皺眉。「所以……什麼，這個傢伙有孩子？」

「希望如此，」柔伊用緊張的聲音說。

「希望如此？怎麼說？」

「因為如果他沒有孩子，可能是他決定一生中需要的不只是一個女人，他可能決定他也需要孩子。」

第六十八章

他按了門鈴。一分鐘後，門開啟一道兩英寸寬的縫隙，暴露了門後的客廳，玩具散落在地板上。他噘起嘴，孩子需要紀律，當他成為他們的父親時，地板上就不會有玩具了，這點是可以肯定的。

「哪位？」一個女人從門縫窺視他。「噢，你好。」

「嗨，小姐。」他對她微笑。「聽說妳又需要協助了。」

「是嗎？我沒打電話，沒事啊。」

「這就怪了，」他皺眉，看一眼手中的夾板。「這裡有妳的姓名和地址。」

「一定是搞錯——」

「媽媽，」高亢的聲音從她身後傳來。

「等一下，親愛的，」她說，向後看了一眼，然後對著他微笑。「我確定是搞錯了。」

「噢，好的，呃……妳介意在表格寫下妳並未致電並簽名嗎？我的老闆很死腦筋。」

「當然，」她說。「等等。」

她關上門，他聽見她卸下鏈條螺栓。然後，門開了。

他猛撲進門。

第六十九章

柔伊關上副駕車門，試圖集中精神，店裡的錄影畫面一直在她腦海裡迴繞，這個男人的站姿，或她看見的部分臉孔似乎有些熟悉，儘管很難看得清楚。錄影畫面的畫質很差，男人的臉幾乎總是隱而未見。儘管如此，還是有什麼縈繞不去，彷彿是話到嘴邊，卻一時想不起來。

她搖搖頭，看著那間破敗的小屋子，房屋的結構很小巧，牆壁全鋪上白色的護牆板，上頭的顏色剝落，露出下方的灰色物質。兩扇正面窗戶都蒙上一層灰，房前的草地沾滿褐色的泥土，上面覆蓋著乾樹葉。房屋與街道接壤，但沒有籬笆來區分街道的終點和前院的起點——如果算是有籬笆的話。房屋周遭的狀況也沒有好上多少。

塔圖姆來自的朋友洛杉磯調查處，設法從他們發送給他的鏡頭畫面中截取了車牌號碼，根據車輛管理局的說法，這輛車掛在柏莎．奧斯通名下，而這是她的家。房子後面有一個小車庫，幾乎與房屋一樣大小，車庫的門是關著的，無法看見裡面是否有車輛。

「在這裡等，」塔圖姆說。

「呃……不要。」

「可能會很危險。」

「這就是為什麼我要跟聯邦調查局探員混在一起啊，這樣我就安全了。」

他翻了個白眼。「妳這女人真的很煩。」他開始向前走。

柔伊離他有兩步之遙，他示意她靠牆邊站，她照辦，感覺到自己的心臟狂跳，塔圖姆靠在門另一側的牆上，然後敲了敲門。

他們等待。幾秒鐘後，他再次敲門，屋內沒有聲音。

「聯邦調查局，開門。」塔圖姆喊道。

遙遠的飛機聲和路上交通的嗡嗡聲，是柔伊除了自己心跳聲之外，唯一能聽見的聲音。

她謹慎地瞥了窗戶一眼，窗簾放下，完全阻擋看進屋內的視線。總之她不確定除了灰塵之外還能看到什麼。

塔圖姆再次搥門，這次用的是拳頭。

「她不在家！」一聲乾癟老朽的嗓音從隔壁房子向他們喊叫，柔伊看了一眼發出聲音的人，一個形容枯槁的瘋婦戴著一副巨大的眼鏡，正饒富興味地盯著他們看，她舉起一隻顫巍巍、像掃帚一樣細的手，推推她望遠鏡般大小的眼鏡。

「誰不在家？」塔圖姆問。

「嗯……你要找誰？」

「我們找柏莎。」

「柏莎死了，幾個月前死的。」

「那麼，我們要找住在這間房子裡的人，」柔伊說。「是她兒子嗎？」

「喔，沒人住在那裡，我想她的兒子們正試圖要賣掉這間房子。」

「妳知道他們住在哪嗎，夫人？」

「嗯，這就要看你是誰了？」

塔圖姆翻翻識別證。「聯邦調查局，女士。」

這似乎對她起不了什麼作用。「好吧，你找柏莎的兒子們做什麼？」

「我們只是想跟他們說說話，女士。」

她若有所思地點點頭，但什麼也沒說。

「妳能告訴我們哪裡可以找到他們嗎？」

「嗯，我真的不知道。」

塔圖姆嘆了口氣。

「他們惹了麻煩嗎？」老太婆問，再次推推眼鏡。

「我們只是想跟他們談談，」塔圖姆再次說道。

「嗯，我早就知道他們會惹上麻煩，像柏莎的孩子那樣長大，不會有什麼好下場。」糟老太婆咯咯發笑，好像是她講過最好的笑話。也許真的是。

這個女人的講話模式——每個句子都以嗯這個字開頭——讓柔伊神經緊繃。「什麼意思？她會虐待小孩嗎？」

「嗯，我不知道妳說的虐待是什麼意思，但她一定常給兒子一頓好打，我想她女兒更慘，她會對他們大吼大叫，然後對著他們丟東西……那還是她沒喝醉的情況下，她喝醉的時後真的會很變態。」

「女士，」塔圖姆說，「我們真的需要——」

「怎麼個變態法？」柔伊問。她覺得這個滿臉皺紋、飽受風霜的糟老太婆可能知道所有內情，而她似乎很樂意分享。

「嗯，她喝醉的時候會發酒瘋，說她可以聽見魔鬼跟她說話，或者有時是她前夫。有次她拿著髮膠噴她其中一個兒子，企圖用火柴點火燒他，鬧到大街上去了，我就打電話給警察。」

她用很奇怪的方式說著警察一詞，說警這個字之後停頓一秒鐘，然後用半尖叫的方式說出察這個字，柔伊開始懷疑柏莎不是住在附近唯一的瘋子。

「而且，嗯，當然，她女兒也有事，這個事你們當然是知道了。」她的口氣聽起來很雀躍，彷彿她明知他們並不知道這件事，但其實又想告訴他們想得要命。但他們還是不得不開口問。

「她女兒怎麼了？」柔伊問。

「嗯，我以為每個人都知道，她女兒十三歲就死了，原來是得了肺癌，可能是因為柏莎在家裡抽煙。很扯的是，柏莎沒有告訴任何人她女兒死了，就把她丟在那一個多星期，她說那個女孩在休息。後來我們都發現柏莎讓她的兒子們陪著死掉的姊姊，她把他們鎖在裡面，告訴他們，姊姊終於乖了，要他們祈禱她好起來。他們跟那具腐爛的屍體關在一起，關了超過一個星期，而且在該死的夏天。」

柔伊看了塔圖姆一眼，他回視著她，眼神裡充滿恐懼。這就是了。

「那邊傳來難聞的氣味，我不得不打電話給警……察。警察強行闖入，發現她女兒全身爬滿了蛆，男孩半死不活，到處都是嘔吐物，柏莎喝醉了，昏迷不醒。對啊……」她沉默下來。

「大家都知道這件事。」她最後說。

「後來她的兒子們怎麼樣了？」柔伊問。

「嗯，他們倆都還在。」

「他們叫什麼名字？」

「嗯……」鄰居凝視了片刻。「要死了，不記得了，其中一個改了姓；他非常恨他的母親，另一個保留了姓名，我一下就會想起來……」她舔舔牙齦並咂咂嘴。「不行，想不起來。」

「妳知道去哪裡可以找到他們嗎？」

「嗯，其中一個自己開公司，某種雜工。電工，我想是啦，對，絕對是電工。」

柔伊靈光一現，瞬間恍然大悟。她的心跳加快，莉莉不是在說「悍馬」（Hummer）或「卡車」（trucker）。

「我想是水管工（plumber）。」她說。

「嗯，我想妳說得對，」老鄰居大聲同意。「水管工，不是電工，他的名字是——」

「克利弗德．索倫森。」

「對，但他還小的時候，他媽管他叫克利弗。」

第七十章

塔圖姆的手緊握方向盤，車流以蝸牛的速度移動，他憤怒地掐著方向盤。

「一切都符合，」他跟柔伊說，語氣專注而緊張。「索倫森相信完美的女人就是死去的女人，這就是他從他的神經病母親那裡學到的事，他死去的姊姊是唯一不惹媽媽生氣的人。她把他們關在裡面一個星期，握著屍體的手，幫屍體梳頭髮，天知道還做了些什麼事。我的意思是，他當然會發瘋。」

「所以他殺害了他的未婚妻。」柔伊說。

「對，屍體腐爛——所以他必須棄屍，否則鄰居會抱怨。他是棄屍了，但開始沉迷於找個死人老婆的想法。」

「他可能本來就認識蘇珊．華納，因為他在她家修水管。」柔伊說，她凝視著前方，咬著嘴唇。「還記得她朋友說的嗎？公寓的污水氾濫成災？她得叫水管工很多次，他有很多時間到處看，看到她獨居。」

「你見過這個人，他看起來像監視錄影畫面中的人嗎？」

「可能是他，在錄影畫面中很難看清他的臉，但他看起來確實很熟悉，可能是他的肢體語言或者他的站姿。」

「他也非常符合妳的側寫，三十歲出頭，靠勞力工作……他除了他媽媽的車以外還有一輛廂型車嗎？」

「對，我拜訪他的時候看到還有兩輛廂型車，他的員工正在裝載水槽到其中一臺車上，車身印有索倫森管道公司的字在上面，這解釋了莉莉如何知道他是水管工……」她話說著慢下來，皺著眉頭。

「怎麼了？」塔圖姆問。

「他沒有完全符合側寫，我看見他試圖抬起一具鋼製水槽，背就痛了，如果他的背部那麼無力，他怎麼扛著屍體走那麼遠呢？莫妮可．席爾瓦的屍體幾乎是在公園中央。」

「也許這就是為什麼他的背部那麼容易受傷，因為用力過度了。」

「對，但是……克利弗德．索倫森和女性的關係很好，他訂婚了，他們試圖建立一個家庭——這不是一個無法建立親密關係的男人，這根本不符合側寫。」

「好吧，但是聽著。」塔圖姆緩緩地說，試圖找到一種避免說她錯了的方式來表達他的不同意。「也許妳，呃……」見鬼了。「錯了。我的意思是，妳本來不知道他母親的瘋狂故事，也許他只是喜歡死去的女人，而跟他未婚妻在一起一段時間後，他決定——」

「另一個兄弟。」柔伊打斷他，她顯然沒有聽他說半個字。

「是嗎？當然，還有另外一個，但克利弗德．索倫森是水管工，而且妳說——」

「萬一他的另一個兄弟也是水管工怎麼辦？克利弗德有一個名叫傑佛瑞的員工，他似乎跟他很親，他叫他克利弗。那個女人說，他的母親在他小時候曾經叫他克利弗，所以他的兄弟可能也叫他同樣的名字。傑佛瑞很強壯，輕輕鬆鬆就可以拿起鋼製水槽，如果情況需要，他可以扛得動女人的屍體。」

「所以如果妳是對的，那位傑佛瑞就是去處理蘇珊．華納公寓中污水問題的人。」

「是的，傑佛瑞殺害了克利弗德的未婚妻，那就可以解釋克利弗德如何擁有如此嚴密的不在場證明，因為他真的是無辜的。那也是為什麼他的兄弟會等到有一天，知道克利弗德會離開家，就是克利弗德和他朋友去釣魚的那一天。」

「該死的，我們應該打電話給馬丁內斯。」塔圖姆說。

「我們仍然沒有掌握什麼，」柔伊迅速說道。「這完全是間接證據，不足以申請搜索令，而且我們不該在這裡。」

她是對的。他們正在虛無飄渺的雲層上建築一座錯綜複雜的城堡。「那妳有什麼建議？」

「到處看看吧，也許我們會在一臺廂型車上發現一些血跡，也許假設我們透過車窗看，會看到一個甲醛容器，我不知道……找到任何能讓我們當成少數實際證據的東西，足以證明給馬丁內斯看。」

塔圖姆擺了一個怪臉，他又再次沒有顧及他的上司，就衝動行事了，這次他肯定會被被踢出調查局。

第七十一章

這個女人和她的兩個孩子目前已經處理妥當，綁了起來，堵住了嘴。他驚訝地發現一個母親有多容易被控制，他只要威脅要割斷她小女兒的喉嚨，她就願意讓他綁住了，綁好她後，要綁住嚇壞的孩子只需要幾分鐘。

他端詳他們三人，試圖要下定決心。小女孩很好；他可以想像自己是她的父親，陪著她和她的洋娃娃玩耍，讓她穿著粉紅色的褶邊裙。想到跟她們共同生活的模樣，他笑了。他，成為一個父親——誰想得到呢？他會當一個好父親；他永遠不會步上他母親的後塵，他每天都會花時間陪伴他的孩子，永遠不會對她大吼大叫或揍她。但那個男孩？一個還在蹣跚學步的嬰兒，鼻子上掛著兩行鼻涕，眼睛因哭泣而發紅流淚。老實說，他不想要兩個孩子，他只想要一個，將兩個孩子都防腐是很麻煩的事，他還得把他們扛回自己家，更別提一旦要開始共同生活，就要費一番沒完沒了的功夫，把他們從一個地點搬到下一個住處。

不行，這個男孩對他沒用。

他把孩子抓起來。他把刀放在哪裡？他環顧四周，在那裡，在檯子上。他把男孩拖到櫃檯上，小兔崽子蒙著嘴發出歇斯底里的尖叫。他一把抓住刀，架在孩子的喉嚨上，母親發出悶悶的尖叫聲，杏眼圓睜，拚命搖頭。

「我不需要他，」他直截了當地說了，然後壓下刀面。

他停了一下，將刀收回。

他從未幫小孩做過防腐，他可能會搞砸。假設他們的血管較小會比較保險；他可能會把那個小女孩搞砸，留著一個候補會很有用。當然了，如果必要，他也可以學會愛這個男孩。

他檢查孩子的喉嚨，幾乎沒有留下痕跡，很好，他把男孩拖回去，丟在他姊姊身旁。是時候來準備防腐工作臺了。

這次就像蘇珊那次，最好的地點是浴室，淋浴間既提供自來水，又有排水孔。他不想讓地板灑得到處都是血；走進去會弄得一團糟。他的廂型車上有一張摺疊桌，剛好放得下，那不是他工作室裡的桌子，但他不能奢求盡善盡美。

搬桌子和裝有防腐液的容器，還有防腐輸液機器，需要耗費很大的力氣。然後他還帶了前一天買好的玩具提袋，確實，這純粹是感情用事，但事成之後，他想送孩子一個新玩具。上回他去那邊，注意到他們大多數玩具都是又舊又壞。

他會是一個好父親。

第七十二章

他們將車停在小倉庫旁，只有一輛廂型車停在索倫森管線公司前面，有一名水管工出門去了。柔伊下車，將車門甩在身後，大步走向剩下的那臺廂型車，她聽見塔圖姆在後頭追趕她，感覺到他的手抓住她的手腕。

「幹嘛？」她怒氣沖沖地說。

他擔憂地看著她。「我們沒有搜索令或進入這裡的許可，先……冷靜一下。」

「對喔。」她喃喃自語，一點也冷靜不下來。

他們謹慎地一起走向廂型車。他們一走到車旁，塔圖姆就偷偷靠在廂型車上，試圖拉開車門把手，門沒開，鎖上了。柔伊繞著廂型車走，往裡面瞄，試圖查看車內。廂型車的後窗很暗；透過車窗什麼都看不見，塔圖姆和她一起站在廂型車的後方，看了一眼。

「沒有血跡，沒有甲醛，甚至也沒有連環殺手俱樂部的會員卡。」

柔伊沮喪地點點頭。「我們進去吧。」

「要幹嘛？」

「嗯……我之前來過，我可以說我來是想再問幾個問題。」

塔圖姆不悅地看著她，她聳聳肩。他們還有其他選擇嗎？現在就打電話給馬丁內斯，除了離開芝加哥的單程機票之外，他們什麼都得不到。

她走進店裡，眼睛迅速掃視店內。克利弗德．索倫森坐在辦公桌後面，正在看報紙。塔圖姆也走進來時，克利弗德放下報紙，看著他們倆。

「哈囉，」他說。「妳是聯邦調查局的人，對嗎？」

柔伊嚥嚥口水。「沒錯，」她說。「這是我的搭檔，葛雷探員。」

克利弗德向塔圖姆點頭致意。「有什麼事可以幫得上忙的嗎？」他問，他的語氣有些冷淡。

「只是幾個後續問題，」柔伊說。「能打擾你幾分鐘嗎？」

「當然，」克利弗德雙手合十，沒有請他們坐下或請他們喝咖啡。他們並不受歡迎。

「我希望沒有人會聽見我們的談話，」柔伊謹慎地說道。「這裡只有我們，還是你的兄弟也在這裡？」

「就妳跟我，和妳的搭檔，」克利弗德回答。「我弟弟去了客戶家。」

柔伊點點頭，感到一陣滿意，他們真的是兄弟。「好的，我想核對一下你發現未婚妻失蹤之前的時間順序。你和朋友一起去釣魚了，對吧？」

「沒錯。」

「只有跟你朋友？沒有別人？」

「沒有，只有跟我朋友。」

「我之所以這樣問，是因為有時候人們對事情的記憶會有差異，尤其是經過很長時間之後，你弟弟沒有加入你們的釣魚旅行嗎？」

「他有時候會去，但那次沒去。我對那天的記憶猶新，那是我這一生最慘的一天。」

是嗎？真的有比和死去的姊姊關在自己家裡還要更慘嗎？

「你還記得他為什麼不加入嗎？」

克利弗德瞇起眼睛。「我有種感覺是妳不只是來問後續問題的，探員，妳是不是又要把這起謀殺案套在我頭上？我想我得打電話給我的律師。」

「蘇珊．華納是你的客人嗎？」柔伊在情急之下問。

「現在我一定要打電話給我的律師了。」

「我們不是在指控你謀殺了你的未婚妻，先生，」塔圖姆低聲說道。「但是我們確實有掌握到一個極有可能的嫌犯，如果你回答我們的問題，會有所幫助。」

「真的嗎？」克利弗德說。「因為聽起來那些是關於我的問題。」

她盯著這個男人強硬的表情，內心在翻騰。她有多確定他弟弟是凶手而不是他？因為如果她錯了，並且告訴他他們已知的事，他可以供出他弟弟的所在位置，然後等他們離開，他可能就會人間蒸發。謹慎的做法是告訴馬丁內斯，試圖說服他，他們已經掌握足夠充分的理由，拿到搜查令，也許有人可以去跟監兩兄弟。

唯一的問題是她無法擺脫傑佛瑞正在偷偷潛行尋找受害者的預感，也許甚至已經找到了一個，在另一個女人死前，他們可能只有幾個小時，或幾分鐘。

但也僅此而已，只是一種預感。就她所知，凶手是克利弗德，也許兩兄弟都是，或許他們兩人可能都是無辜的，她現在就攤牌，會危害到整起案件嗎？

她擔心地看了一眼塔圖姆。他的眼神很平靜，他對她輕輕點點頭。他信任她。

她轉向克利弗德．索倫森。「先生，我們有理由相信你弟弟是殺害你未婚妻的凶手。」

他眼睛睜大，拿起桌面上的電話開始撥號。「我現在就打電話給我的律師，」他說。「然後我會打電話給我弟弟，確保他也跟我的律師談過，你們這些混蛋——」

「回想一下，」柔伊急急說。「傑佛瑞通常會錯過你的釣魚旅行嗎？你說兩個星期前和他去釣過幾次魚，但是那天晚上，他沒有加入你對嗎？你未婚妻失蹤的那個星期，他人在哪？我是說在發現她的屍體之前？」她看見他停止撥號，手在發抖。「你有看到他的人嗎？我敢打賭你沒有，你認為他去了哪裡？有什麼比支持哥哥和幫忙找人更重要的事呢？」

索倫森看起來坐立難安，她知道他想過他弟弟和他未婚妻的屍體在一起的可能性。

「記得你說過什麼嗎？維蘿妮卡跟你說上樑不正下樑歪，她不是在指你父親和你，她說的是你弟弟和你的母親。我們知道你的過去，索倫森先生。我們知道你母親的病態行為，萬一傑佛瑞對維蘿妮卡說了些奇怪的話呢？如果他的不合理行為嚇到了她呢？那可以解釋她為什麼那麼緊張，為什麼不想一個人被留在家裡。傑佛瑞有你家的鑰匙嗎？你姊姊的事發生之後他精神穩定了嗎？也許他陷入了困境。他曾經和任何人約會嗎？你見過他任何一位女朋友嗎？你真的可以確定不是你弟弟犯的案嗎，索倫森先生？」

那是一連串出自猜測和預感的亂槍打鳥，她從他的表情看出，其中一些，甚至大部分的問題都命中目標，他慢慢將電話放回電話座上。柔伊知道震驚會消失，一兩分鐘後他就會恢復理智，開始思索她所有問題的答案。她必須乘勝追擊，打鐵要趁熱。

「一個名叫蘇珊．華納的女性在幾個月前死亡，」她說。「你可能在報紙上看過這個新聞，我們有理由相信她的死與維蘿妮卡的死有關，我們懷疑她可能是你的客戶，你弟弟可能去過她家很多次，你能查一下嗎？也許我們完全搞錯了，也許這只是個很大的誤會。」

克利弗德轉向他的筆電，開始點擊，他面無表情地敲打鍵盤，表情呆滯。最後他向後一靠，用挫敗單調的聲音說，「蘇珊．華納是我們的客戶，傑佛瑞去過她家三次。」

柔伊的內心在呼嘯，她想問這個人很多問題，但有一個問題比其他所有問題都還要優先。

「你弟弟現在人在哪裡？」她問。

「我……我不知道，他沒有告訴我。」

「你說他去找客戶了。」

「這是我猜的，他沒有跟我說。」

「我們需要列出你弟弟過去三個月手上處理過的所有客戶清單。」塔圖姆說。

「可能有數百個名字。」

「我們來檢查一下，好嗎？」

克利弗德的戰鬥精神被粉碎了，他向他們示範如何在筆電上閱讀Excel表單，塔圖姆坐在電腦旁開始檢查列表，柔伊正想跟他吵，但她隨後發現他處理數據的能力顯然比她精通許多，就一個身材魁梧的聯邦調查局外勤探員來說，他的電腦技能令人欽佩。

列表上有九十三個名字。

「他會在她家攻擊她，」柔伊說。「這表示他可能會針對單身女性。」

塔圖姆刪除男性，留下了四十一個名字。

「妳認為他鎖定有小孩的女性嗎？」塔圖姆問。

「有可能，」柔伊說。「但是我們從列表中看不出客戶是否是單親媽媽。」

「蘿拉．桑默，」克利弗德說。「她想要折扣，因為她是單親媽媽。」

柔伊瞄了一眼那個名字。「他拜訪過她兩次，」她說。「我想就是她了。」

「我們得確認一下，」塔圖姆說。

柔伊撥打檔案上列明的電話號碼，當她聽著通話鈴響時說，「把這個列表用電子郵件寄給馬丁內斯，我們會在路上打電話給他，跟他解釋。」

塔圖姆點點頭，在處理的過程中，他問克利弗德，「傑佛瑞有帶電話嗎？」

「呃……有……當然。」

「我們需要電話號碼。」

克利弗德點點頭，抓了一張紙。

柔伊等待，焦急地踏著腳，蘿拉沒有接電話。

「沒有人接，」她說。

塔圖姆按下傳送鍵後站起身，一把抓走上面寫有傑佛瑞電話的紙。「我們走吧。」

第七十三章

柔伊第一次去索倫森管線公司看見的藍色廂型車，現在就停在蘿拉．桑默家門前，這立刻消除了柔伊對傑佛瑞．奧斯通真的在修理某人家中排水孔的希望。塔圖姆關掉引擎，檢查一下他的配槍。

柔伊在途中打電話給馬丁內斯，以非常籠統的方式解釋了他們已獲悉的資訊，馬丁內斯聽起來火冒三丈，但他很專業，知道他的首要任務是讓連環殺手從大街上消失，事後再來跟流氓聯邦調查局人員算帳，警察小隊正在路上。

「我要走後門，以防他們抵達時他企圖逃跑，」塔圖姆說。「妳在車上等，注意前門，如果他從前門離開要讓我知道，還有，在地面部隊抵達時表示歡迎之意。」

柔伊點點頭。她在這裡毫無用處，她沒有受過訓練，她會留在車上。

塔圖姆從腳踝槍套上抽出一小把槍，交給柔伊。「這是格洛克四三手槍，有七發子彈，沒有後路可退的時候再使用。」

她麻木地點點頭，從他手裡接過了那個金屬物體。天氣很冷，但天色出人意料地很亮。她拿著槍，將槍口移開，不對準他們兩人，心中感到恐懼。

塔圖姆打開駕駛座的門，下了車。

「別逞英雄。」柔伊說。

他對她微笑，做了一個怪表情，不像真正的微笑，然後關上車門。

柔伊看著他沿著房子向後潛行，他的動作很順暢，機警又快速，每一個動作都是精心計算過，避免從窗戶看出來的視線會看見他，她發現自己對搭檔拿著槍蹲伏著移動的技巧很是著迷。她與塔圖姆共事了好幾天，聽著他的愚蠢玩笑，看著他的滑稽行為，很容易忘記他也受過嚴格訓練，能應付兇險狀況，就像現在這樣。

他消失在牆角後面，她一個人被丟在這。幾乎在當下她的嘴裡就嚐到膽汁發苦的味道，她的喉嚨緊縮，呼吸沉重，凝視著那間房子，裡頭不知發生了什麼狀況？蘿拉和她的孩子們已經死了嗎？傑佛瑞正在從蘿拉的喉嚨輸送防腐液嗎？

握著槍的那隻手顫抖著，她擔心會不小心擊發，於是將槍放在她旁邊的座位上，座位仍留著塔圖姆的餘溫。他才剛離開半分鐘，感覺像好幾個小時，感覺像是過了好幾週。

她看著那條路，警察多久才會出現？

她想到莉莉．拉莫斯，嘴被塞住發出尖叫，祈禱著她死前警察會出現。

她緊握雙拳，等待著。

第七十四章

蘿拉・桑默的後院散落孩子們的玩具、生鏽的三輪車和鄰居樹上掉落的乾樹葉，要在這堆亂七八糟的東西之間靜悄悄地前進是快不起來的差事。在院子裡走到一半，塔圖姆踩到一根藏在層層樹葉下的樹枝，突然啪聲作響刺穿了空氣，在他耳裡聽起來與槍聲無異。他一動也不動凝視著後門，等待著。

門文風未動。

他的目標是門旁的牆，但有一扇大窗戶可以看見院子，使他無法側身而行到達彼處，他只好蹲伏在地上緩慢移動，希望沒人看見他，他很清楚知道，如果有人決定走到窗前向外看，就可以將他一覽無遺。

也許審慎的選擇是將自己部署在更遠的位置，把槍支對準正門口，然後等待即將到來的後援，但他記掛的是蘿拉・桑默和她的兩個孩子。

他祈禱他們還活著。

門仍有三步之遙，但窗臺在他身後，這代表他可以站起來了。他站起來，透過玻璃窗掃視。從他新的有利位置，可以看見孩子們。

他們還活著。

他們被綁在房間的一個角落，嘴被封住，臉上滿是淚水，但無疑還活著。塔圖姆鬆了好大一口氣，現在他只需要——

矇住的尖叫聲引起他的注意，屋子裡有東西被撞倒，他看見孩子們哭得更厲害了，他們看著他目前所處有利位置之外的某個物體，從聲音得知，當然是他們的母親正在掙扎著求生。靠著反射作用，他越過剩下的距離衝向門，向後退一步，然後將門踹開，他旋轉他的格洛克手槍，將準心對準正在搏鬥的兩個人。

那個塔圖姆認定是傑佛瑞．奧斯通的男人挾持了一個女人。她的嘴被膠帶封住，手被扭到背後。她面向塔圖姆，傑佛瑞站在她身後，他的身體幾乎完全被擋住。當他看見發生的事情時，眼睛睜大，他反射性低下頭，躲藏在人肉盾牌後面。

蘿拉的臉部泛紫，雙眼暴凸，脖子上纏繞著一條尼龍繩。她比傑佛瑞瘦，他的身體因此有部分暴露在外，幾乎足以對他開槍。

但是蘿拉屈服並移動了，呼吸不到空氣使她拚命掙扎，這使他很難開槍，如果他沒命中，會傷到蘿拉。

兩個男人僵持不下，但傑佛瑞率先動作，他側身一撲，從檯面上拿起一把刀，將刀架在女人的喉嚨上。

「把槍放下！」他咆哮。

蘿拉抽搐著，眼睛凝視著天花板，離死亡只有幾秒之遙。

塔圖姆拚命把槍瞄準傑佛瑞露出的身體。「把那東西從她喉嚨上拿開，否則我就開槍。」

「把槍放下，否則我就殺了她。」

「如果她窒息死亡，我會殺了你，你這個混蛋，把那東西拿開。」

傑佛瑞顯然了解自己正在失去以小搏大的優勢，因此在女人的脖子後面扭轉了某個裝置，絞索便鬆開了。那個女人發出一陣喘息，試圖透過被封住的嘴呼吸，她將空氣吸入肺部，鼻孔一開一闔。

「把該死的槍放下，否則我就割斷她的喉嚨。」

架在繩子下面的刀割傷蘿拉的喉嚨，鮮血從刀刃上滴下。塔圖姆猶豫了一下，因為他知道在這個迫切的局勢下沒有正確答案，但是警察在路上了，他可以試著爭取一些時間。

他把槍放低，心跳加速，試圖蒐集周遭資訊。兩個孩子被綁在角落，眼睛睜得大大的，他們發出難以辨別的尖叫，嘴巴也被封住。一張小茶几倒在地板上，蘿拉一定是在傑佛瑞企圖勒死她時踢到它，那就是塔圖姆方才聽見的撞擊聲。

「把槍放在地板上。」

塔圖姆非常緩慢地蹲下，把格洛克手槍放到地板上，他的目光沒有從傑佛瑞身上移開，刀子還架在蘿拉的喉嚨上。

「踢過來。」

塔圖姆猶豫了一下，心裡盤算著。如果傑佛瑞拿到槍，就沒有什麼能阻止他對塔圖姆開槍，然後再了結蘿拉和她的孩子們。

「快點！」

塔圖姆輕輕踢了槍一下，槍在地板上旋轉，在他們中間停住了。傑佛瑞瞪著他，眼裡燃燒著怒火。

「不要做出你可能會後悔的事，」塔圖姆說。「如果你殺了那個女人，你的下半輩子都要關在牢裡。」

他希望傑佛瑞弄不清楚發生了什麼事，這個男人不知道塔圖姆來自聯邦調查局，也不知道警察現在知道他是誰，傑佛瑞肯定只知道有一個武裝人員闖進屋子，試圖幫助蘿拉。

「你還逃得掉，」塔圖姆繼續輕聲說道。「這裡沒有人受到傷害，對嗎？沒人會知道。」

「閉嘴。去那邊坐下。」傑佛瑞以頭示意他過去孩子們哭泣的角落。

塔圖姆點點頭並開始移動，邁出的第一步使他更靠近傑佛瑞和蘿拉。

「不要靠近！」傑佛瑞的聲音歇斯底里。「我會割下去——你聽到了嗎？我會割斷她的喉嚨。」

蘿拉的喉嚨仍在滴血，塔圖姆定住不動。他非常緩慢地點點頭，舉起雙手，沿著牆壁向旁邊走，直到走到哭泣的孩子們那邊。

「坐下，坐在地上。」

「好。」塔圖姆坐下，緩慢地蹲下。

「坐著，用屁股坐好。」

該死的警察在哪？塔圖姆坐下來看著傑佛瑞，他似乎因遲疑不定而一動也不動。

「直接逃掉就好——」

「安靜！所有人都給我安靜。」

塔圖姆閉上嘴，可是孩子們卻無法自抑地抽泣著，他們的哭聲似乎使傑佛瑞更加生氣，他看著他們，然後看著地板上的槍，一個箭步朝槍走去。

塔圖姆坐著不動，根本無法衝過去搶槍，也來不及拿到槍。傑佛瑞拿得到槍，但是他必須把那把刀從蘿拉的喉嚨上移開，才能蹲下把槍拿起。那將是塔圖姆能夠採取行動的唯一時刻，他繃緊身軀，為不可能成功的衝刺做好準備。

然後，前門慢慢打開，讓塔圖姆既驚恐又不敢置信的是，柔伊站在門口，空舉著的手高過頭頂。

第七十五章

柔伊透過窗戶看見屋內爭鬥的片段，意識到他們沒有時間了。她看到塔圖姆放下槍，便下車奔向前門，她知道他別無選擇，他可能孤注一擲，希望警察趕到。這或許是最好的作戰方針……但柔伊不確定。

傑佛瑞・奧斯通在壓力下行為會反覆無常，他沒考慮清楚，他可能會決定射殺塔圖姆、蘿拉和孩子們，然後逃跑。他可能會割斷蘿拉的喉嚨，將她從這個局面排除，他甚至可能會不小心殺死蘿拉。

她強迫自己冷靜下來思考，她花了兩個星期對這個男人進行側寫，她知道他會如何動作，知道他想要什麼，渴望什麼。

她構想出一個計畫。

發現前門沒鎖使她鬆了一口氣，門一開，傑佛瑞就將視線轉向她，然後回到塔圖姆身上，塔圖姆坐在地板上沒有動彈，然後他又轉回到她身上。

「我沒有帶武器，」她迅速說，走進屋內，繼續將雙手舉高。「我現在要關門了。」

她必須讓他感到掌控全局，必須讓他冷靜下來，現在的他難以預測又危險，就像一顆不定時炸彈。她小心地放下右手，推了門將門關上。

「我會殺了她的，」傑佛瑞警告說，他的眼神閃爍不定。「放下妳的槍。」

「我沒有帶槍。」

「妳沒帶槍才有鬼，你們兩個都是警探。」他的目光轉向塔圖姆，塔圖姆似乎略有移動。「不要動。」

「我不是警探，」柔伊說。「我是心理學家。」

他哼了一聲。「是才有鬼。」

他想要的是控制權，他在乎的一直都是控制和孤獨感，特別是對於女性，那是他幻想的動力，而這些幻想決定了他的行動。他夢想有一個死去的女人，她的身體永不腐爛，能一直陪伴著他，這就是促使他一次次殺人的原因。她必須設法讓自己進入他的幻想之中，才能控制他。

「我沒有帶武器，」她再次說。「我會證明給你看。」

她慢慢解開上衣最上面的鈕釦，然後解開第二顆。

「你應該放那個女人走，」她說，「你不會想入獄的。」

「我反正都是要入獄了，也許我應該割斷她喉嚨來找個樂子，對吧？」

「如果你殺了她，你就無法帶她走了，警察正在路上，你沒有時間將她帶上車了。」她解開上衣底部的鈕釦，敞開上衣，讓衣服掉到地板上。她看著他的雙眼，尋找興奮的跡象，但沒有，她對他不感興趣。她在說話，自以為是，而且還活著。他比較喜歡女人死去且安靜。

「你甚至沒時間跟她搞個五分鐘。」她解開裙子的拉鍊，緩慢且小心翼翼地拉下裙子。他保持站姿看著她，好像在看著一件家具。

這個男人的想像力很猖獗，她必須為他的想像力提供一些施力點。

「我幫你想了一個更好的主意。」她說。

「不要說了。」

「拿我做交換吧，我不會掙扎，你不需要把我扛上車，我願意跟你走。」她挺直身體，她穿著胸罩和內褲站在他面前，她知道這足以讓他相信自己沒有攜帶武器，可以停止脫衣了。

但她沒有停止脫衣，反而伸手勾住胸罩。

「那邊那個人，」她說，用頭部示意塔圖姆，「有一副手銬，他可以將我的手銬在背後，確保我不會輕舉妄動。」

她向塔圖姆移動了一小步，傑佛瑞的手緊緊握在刀上；他咬牙切齒。她停步。

「等你把我帶到安全的地方，就可以用條帶子綁在我脖子上，然後拉緊。」

她卸下胸罩的左肩帶，顫抖爬上她的手臂，但她不確定是因為覺得冷還是出於純粹的恐懼。然後她卸下右肩帶。

「一旦我停止掙扎，你就可以和我一起找點樂子了，不只一次，甚至做個兩次，好久沒做了，不是嗎？」

他的眼神閃爍，嘴巴微張，握住刀的手仍然僵硬地抵在蘿拉脖子上。她聳肩抖落胸罩，聽到胸罩掉落在地板上沙沙作響的聲音。

「然後，你就可以做你該做的事，讓一切延續下去，讓我們永遠相守，那就是你真正想要的，不是嗎？晚上有人依偎在你身邊？早上吃早餐時坐在你身旁？」

她向塔圖姆邁出一步，再一步。

「想要有人無條件愛你？有人會比我更愛你嗎？她會比我好嗎？」

拿著刀的手動搖了。

「你看到了嗎，傑佛瑞？這張嘴，永遠凍結起來，我的皮膚冰涼，我的手臂和腿任憑你擺姿勢？你在腦中能想像得到嗎？」

另一步——再一步，她持續面對著他，眼睛緊盯著他，動作緩慢且經過計算，她強烈希望傑佛瑞能保持不動，還有塞在她背後內褲腰間鬆緊帶裡的格洛克手槍不會墜落在地。

「每天在一起，幫我穿衣打扮，愛撫我，親吻我，你的生命裡終於有人駐足，一個永遠不會離開你的人。」

她又邁出一步，槍移動了一下，稍微往下掉，她的心也掉了一拍，但槍沒有掉落；內褲鬆緊帶撐住了。她又跨出一步，再一步。

「其餘那些女人都是錯誤，我才是貨真價實的真命天女。」

她走到塔圖姆和孩子們身邊。

傑佛瑞咽咽口水。「你！」他對著塔圖姆咆哮。「把她的手銬起來，慢一點。」

柔伊等待，聽到塔圖姆在她身後動作。她感覺到其中一個手銬緊緊扣在左手腕上的冰涼觸感，然後她感覺到槍在內褲裡移動，第二個手銬扣緊在右手腕上。

她向前跨出一步，小心翼翼將塔圖姆擋在身後。

「最後，我們兩個都會有人愛了，來吧，傑佛瑞，讓我們在警察抵達前離開這裡。」

他輕輕點頭，刀片放下了，她又向前跨了一步。

然後她撲到地上。

她肩膀撞到堅硬的地磚，傳來三聲槍響，她的手被銬住，無法保護她不摔倒在地面上，她感到一陣痛楚，感覺嘴裡嚐到血腥的銅味，她咬到舌頭了。

她感到有人握住她的手，喀噠一聲，右手手銬的壓迫感消失了，她將手伸出，轉身。

塔圖姆把鑰匙交給她，她試圖解開另一邊的手銬，很難開，因為她的手指在顫抖。

警笛聲逐漸逼近，她泫然欲泣，但沒有哭。她終於解開手銬，將其取下，站起來急忙向那個女人奔去，迅速將蒙著嘴的膠帶一撕，那個女人喘著氣，接著開始啜泣。

「我的孩子，」她說。

「他們沒事，」柔伊說。「不用擔心，他們很好。」她檢查蘿拉的喉嚨，喉嚨正在流血，但只是淺淺一刮，如此而已。

塔圖姆蹲伏在傑佛瑞身上，柔伊一時之間想憤怒地對他大吼，他們必須幫這一家人鬆綁，然後她看見傑佛瑞在咳血，他還活著。塔圖姆將凶手的襯衫撕開，他找到一塊布，把布推壓在傑佛瑞流血的腹部。

柔伊眨眨眼看著塔圖姆，他的注意力在傑佛瑞身上，沒有看著她。「妳應該把衣服穿好，大半個芝加哥警署的人就快要闖進來了。」

「我無法，」柔伊的語氣緊繃，用一隻手臂遮住胸部。「你剛剛把我的襯衫當成繃帶用了。」

塔圖姆朝緊壓在鮮血上的襯衫眨眨眼。「噢。抱歉，」他清清嗓子。「這件上衣很不錯。」

第七十六章

維吉尼亞州匡提科鎮，二〇一六年八月一日，星期一

柔伊針對克利弗德．索倫森的訪談寫下筆記，這筆記她閱讀第三遍了，她皺著眉頭，拿著拔蓋筆輕敲桌面。這是個爛差事，她對自己感到失望。傑佛瑞被捕後僅僅兩天，就執行訪談了。克利弗德仍然驚魂未定，真相腐蝕他的內心，他自己的親弟弟殺害了他的未婚妻，克利弗德在尋找她下落的時候，他一直將她的屍體放在他家，並一遍又一遍地猥褻她。然後他還利用克利弗德的公司來尋找其他受害者，利用克利弗德提供的廂型車來協助他犯下這幾起謀殺案。

訪談中他一直心神不定，柔伊不確定他是喝醉、嗑藥了或者只是不知所措。她問的問題基本又膚淺。

這個案例讓她把握住絕佳的機會：兩個男人，共同渡過童年，一人長大後成為社會上有用的一份子，擁有自己的事業，並與女性保持有意義的關係，另一人則成為連環殺手。這個案例可以回答許多有關連環殺手的謎團和問題。

但是傑佛瑞此刻拒絕談話，而克利弗德願意與她談的唯一理由是因為他仍在努力掌握現實。

她正在任憑這個機會從她指間溜走。她必須跟曼庫索談談，讓她批准延長去芝加哥出差的時間，或者，也許他們可以把傑佛瑞調離她近一些，並用電話訪談克利弗德？她能向傑佛瑞承諾一些回報，以換取他的合作嗎？與許多其他的連環殺手不同，他似乎對名氣與趣缺缺，這下要怎麼讓他開口？

她嘆了口氣，放下筆，向後一靠。確實，現在不是向曼庫索詢問任何事的好時機。

有人敲她的辦公室的門。

「哪位？」她說。

門開了，塔圖姆站在門口。「嘿，」他微笑著說。「妳覺得怎麼樣？」

「我很好，」她說，她的手指掃過臀部。她衝進蘿拉・桑默家中時，其中兩條縫線已經爆開，必須立即將傷口重新縫合，但柔伊堅稱自己已經恢復健康，可以回去上班了。

「很高興聽到妳沒事了，我正在要去找曼庫索，她說她想跟我談談。」

柔伊繃著臉點點頭。「我剛從那裡回來，她……不太高興，我們談了很久。」

「但是她沒有開除妳，對嗎？」

「是還沒。」她嘴邊揚起勉強的微笑。

他開懷笑了。「很好，好了，我去看看她要把我送去哪吧，我聽說阿拉斯加調查處附近有個釣魚的地方還不錯。」

「祝你好運，」柔伊擔心地說道。她期待與塔圖姆共事，但她知道曼庫索可能必須除掉他來保全自己。她很後悔稍早沒有幫塔圖姆說話，她本來可以告訴曼庫索，塔圖姆這次想按照標準程序走，這全是她一手造成的。她懷疑組長會相信她，但還是……

「謝謝，」他眨眨眼。「我出來的時候會過來找妳。」

他關上門，柔伊凝視著門，她的心情沉重，她決定稍後與曼庫索談談，也許她還可以幫塔圖姆頂罪。

她的電話響了，在桌上震動。鈴聲是蕾哈娜（Rihanna）的〈你去哪了〉（Where Have You Been），這是安德芮亞的專屬鈴聲。她拿起手機接聽電話。

「嘿，」她心不在焉地說。

「妳有看到他們發表了關於妳的報導嗎？」安德芮亞半是問，半是尖叫。

「曼庫索有提到。」柔伊說著調低手機的音量。「我還沒有機會看。」

「見鬼了，柔伊，妳知道我剛剛在網路上搜尋妳的名字，這篇報導到處被引用。」

「不用太興奮，很快就會消聲匿跡了。」

「我有兩個朋友打電話給我，問柔伊・班特利是不是真的是我姊，」安德芮亞說。「他們想要簽名。」

「太白癡了。」柔伊說。安德芮亞繼續喋喋不休，她又開始瀏覽索倫森的訪談。

「是說，姊，妳很有名，是上全國新聞那種有名，太瘋狂了。今天有個人在街上攔住我，想知道妳是不是我姊，要求要幫我拍照。」

「喔，是喔。」柔伊笑了。

「嘿，妳儘管逃避自己的名氣吧，但我要兌現，從現在開始，妳可以叫我『我老姊是柔伊快算我免錢的安德芮亞』。」

「妳今晚會過來嗎？」柔伊問。

「不了，要上晚班，但我明天我可能會過去。」

「好，那我就隨便煮喔。」

「沒關係，我會做晚餐，喝點酒。」

「掰，安德芮亞。」

「掰。」

她掛斷電話，又開始閱讀訪談，她心不在焉，想著塔圖姆那邊的狀況有多糟糕。

第七十七章

塔圖姆悠哉地坐在死囚椅上，曼庫索在她桌上閱讀著一份好幾頁的報告，刻意無視他的存在。她的嘴唇緊繃，嚴厲又憤怒地翻閱頁面，彷彿內容是在對她口出惡言似的。塔圖姆懷疑她的憤怒與她閱讀的報告沒什麼關係，而是在針對他，他是否又要再次被轉調到另一座城市？還是完全被踢出聯邦調查局了？這點可能性無法排除。他瞥一眼組長身後的魚缸，想知道魚是否能感知主人的心情，目前所有的魚都聚集在離組長最遠的角落，這是個不祥之兆。

他決定擺出一個複雜的臉部表情，他知道對付生氣經理的完美配方：三分之一的贖罪，三分之一的謙卑，剩下的在幽默和贊同間平均分配，冷盤上桌，加一點萊姆和些許歉意，不一定要發自內心。

終於，曼庫索抬頭看著他。

「所以，」她說。

「組長——」

「閉嘴聽好。」

好，也許這樣最好，因為他也沒招了。

「我今天早上和馬丁內斯談過，到頭來，葛雷探員，你真是該死的走運。首先，你很幸運，傑佛瑞．奧斯通存活下來並且遭到逮捕。其次，你很幸運蘿拉．桑默提供了非常長的供詞，說明你和柔伊如何救了她的命，還救了她的孩子們，而且你這麼做是別無選擇。第三，你很幸運，因為有這篇文章。」她在抽屜裡翻找，拿出一份報紙摔在桌上，那是《芝加哥每日公報》，頭版的標題是「勒喉禮儀師被捕」。

「這是一篇四版的文章，」曼庫索說。

「喔。」塔圖姆決定露出一笑。「所以報導上有說我好話？」

「嗯，」曼庫索說，「讓我們一起來閱讀關於你的部分。」

她瀏覽這篇文章，翻了一面，最後點點頭。「來了。『這事件第二位要歸功的人是葛雷探員，他來自聯邦調查局。』」

塔圖姆按兵不動，曼庫索把報紙摺好。

「就這樣？」塔圖姆問，震驚了。

「對，這是關於逮捕行動最長的一篇文章，您可以感謝H．巴里的盛讚。」

「這是一篇四版的文章，剛那就是他寫的關於我的全部內容嗎？」

「不完全是，我改正了一下說法。」曼庫索重新攤開報紙，並將報紙顛倒過來讓塔圖姆可以看見，她指著該行文字，他閱讀著。

「這事件第二位要歸功的人是德雷探員……德雷探員？」塔圖姆抓起報紙並抖動報紙，彷彿抖抖報紙，拼字錯誤就會自動校正。

「記者H．巴里接受馬丁內斯副隊長、芝加哥警察處長和我的長時間訪談，」曼庫索說。

「我們所有人都希望……盡量減少聯邦調查局的涉入。」

「這裡有」——他瀏覽這篇文章——「兩版在講柔伊，而且他有拼對她的名字。」

「是的，但是你可以注意到，他提到她是一名顧問，沒有說她替哪個單位工作，所以你可以看到，結局完美收場了。」

塔圖姆把報紙放在桌上聳聳肩。「我不懂，這是很好的新聞，妳為什麼要降低涉入——」

「我不需要讚美我們的文章，」曼庫索嚴厲地說。「當然這是好事，但下次有連環殺手出擊時，你認為警方還會打電話給我們嗎？這一行樹大招風、驕者必敗，我希望這個部門在顧問角色上有良好的信譽，我們不會乘虛而入，也不會想掌控全局，我們不會在警方的眼皮子底下進行自己的調查，我們也不會自行逮捕凶手，而且在過程中差點殺害凶手。」

「好吧，」塔圖姆舉雙手投降。「我不在乎，我一點也不驕傲。」

「是喔，」曼庫索說，抓起報紙將報紙塞進抽屜，這次她靜靜地關上抽屜。

「那我會被怎麼處置？」

「你去你被分配的辦公桌，我想你根本還沒看到半眼吧，去寫幾份報告。我稍晚可能希望你來看幾個案子，請你提供意見。」

塔圖姆玩味她的意思。「妳不打算把我調走嗎？」

「葛雷探員，我沒有瞎，我有看到你在這個案子上所做的努力，儘管我不贊成你和班特利博士採取的某些方法，但我認為你在正確指導下能夠成為一名出色的探員。」

「『正確指導下』，妳的意思是——」

「意思是完全按我說的照辦。」

「太棒了。」

「老實說，你們兩個很能夠團隊合作，我在考慮創立一個小型的外勤工作隊，專門偵辦像上個案例這樣的案件，你和班特利……嗯……再看看吧。」

「好的。」塔圖姆對這次會議的過程感到不安。

曼庫索在辦公桌上閱讀著某樣東西，然後抬起眼睛。「你怎麼還在這裡？」

「呃，好，那我走了。」他站起走向門。

「葛雷探員。」

他停下，回頭看著她。

「不會有第三次機會。」

第七十八章

柔伊的公寓裡闃寂無聲，她在炒鍋中炒了一些切碎的紅蘿蔔和豌豆，她享受著這份安靜。她最近沒有太多自己的時間，即便在過去的幾週裡獨處時，她也一直在思考這起案子，一直在腦裡翻騰，試圖拼湊出這個謎題。她的思緒平靜下來，她將薑切碎，放入鍋中，廚房裡瀰漫著強烈的氣味。柔伊吸了口氣。

塔圖姆仍被派遣到行為分析小組，讓她鬆了一口氣。他還不清楚自己目前在部門中的角色，但沒關係，一想到偶爾可以跟他見面吃個午餐，或是在走廊上遇到他，就讓她感到既溫暖又快樂。

她再翻炒了一下蔬菜，將炒鍋內的菜倒在盤子上，然後將一碗飯倒入炒鍋炒熟，炒到有點鬆脆。她一邊翻炒，一邊瞄了檯面盤子旁的報紙一眼。

頭版上有一張傑佛瑞．奧斯通被銬在病床上的照片，旁邊是她的照片，位置在馬丁內斯的照片上方。她氣惱地搖搖頭，拿起盤子，把炒好的蔬菜加到飯裡翻炒均勻。然後她用勺子在炒飯中央隔出一個小洞，在洞裡打了兩個雞蛋，開始攪散。她的電話又響了，螢幕上顯示哈利．巴里。

她接聽電話。「你寫了這篇荒謬的文章，還有膽打給我。」

「妳不喜歡嗎？妳是英雄呢。」

「其中一半完全脫離上下文，有些說法幾乎是說謊——」

「只是加油添醋罷了，真的。」

「而且你故事只講半套。」她將炒蛋攪拌到飯和菜中，動作劇烈又憤怒，導致地板上掉落了一些米粒和紅蘿蔔難民。

「我寫的是我讀者感興趣的文章。」

「是嗎？塔圖姆也在場，你知道嗎？你根本不知道他是誰？」

「對對對，聽著，人們不在乎聯邦調查局探員，聯邦調查局探員到處都是，人們關心的是平民英雄。現在，有個側寫員抓到兩個連環殺手，而且還是在她小時候遭逢過其中一名連環殺手之後——這是一位真正的英雄。」

柔伊加入黃豆翻炒。「放屁，而且我的職稱是法醫心理學家。」

「我比較喜歡長話短說，現在是聊我出書協議的好時機嗎？」

「什麼出書協議？」她將炒鍋從爐子上拿下，想像著用鍋子痛擊哈利的臉會有什麼樣的感覺。

「我收到了一份撰寫柔伊·班特利故事的出書協議，現在我已經有一些關於妳的好題材，但我有興趣聽妳說更多。」

「去死吧。」

「我的重點是，我沒有提到那些妳希望留在黑暗過去裡的事。」

「像是？」

「就像妳的理論，芝加哥連環殺手就是梅納德連環殺手，或者出於某種原因，傑佛瑞·奧斯通中槍時，妳除了內褲之外一絲不掛的事實。」

柔伊咬咬牙。

「妳可以和我一起撰寫這本書，妳將對我們撰寫的所有內容擁有最終決定權，或者，我也可以寫一本書，書是關於一位靠露奶來讓凶手分心的側寫師。真的是妳的——」

她掛斷電話，怒火中燒，她試著讓自己平靜下來，將飯從鐵鍋倒到盤子裡，幫自己倒了杯紅酒。然後她走進客廳，拿著盤子端著酒坐在沙發上。她打開立體音響，裡頭播的是碧昂斯（Beyoncé）的專輯《雙面碧昂絲》（*I Am...Sasha Fierce*）。她跳過〈如果我是男生〉（If I Were a Boy），直接播放〈光環〉（Halo）。拍手伴隨著音樂下，她愉悅地搖擺身體，啜飲一口紅酒。還是碧昂絲懂她；這點是毋庸置疑的。她舀了一些飯，然後放進嘴裡，閉上雙眼，口中殘存的紅酒使薑和飯的風味增色不少，碧昂絲僅為她一人獨唱。

有人按了門鈴。真煩。她把盤子和杯子放到桌上，走到門前。

她看了一眼窺視孔，是一個穿著快遞制服的男人。

「有事嗎？」

「女士，有一封給妳的信。」

她打開門，瞥一眼他手中的棕色信封，她心一沉，然後簽名。

「你知道是誰寄的嗎？」

「不知道，我剛從總局那裡拿到——」

「好吧。」她試過從這個方向追蹤，總是無疾而終。

她關上門看著信封，也許這次她會把信封拿給塔圖姆看，也許他們可以一起調查。這個想法使她微笑，信封突然少去很多威脅性。她把信封撕開，是一條灰色的領帶。當然了。裡面還裝了別的東西，是一張方形層壓紙，她惶惶不安地將紙抽出。

當她看著那張照片，一股驚懼恐慌爬上她的脊椎。

今天有個人在街上攔住我，想知道妳是不是我姊，要求要幫我拍照。

安德芮亞的臉龐從列印出的自拍照中對著她微笑，上臂被咧嘴笑的羅德·格洛弗擁著。

致謝

這本書，就像我的其他所有作品一樣，如果沒有我的妻子里歐拉的支持，是寫不出來的。當我打斷我們關於孩子教育的對話，問她認為經過防腐處理的屍體是否具備足夠的靈活度來擺姿勢，她沒有退縮，或者跑去找一位優秀的離婚律師，反而與我一起腦力激盪，我們共同創造了一個更好的故事，之後，我們再繼續討論孩子的教育。具體來說，這本書的情節是在我們的假期間構思出來，她花費假期的很多時間討論連環殺手。

克麗絲汀・曼庫索（Christine Mancnso）提供了寶貴的意見，這些意見形塑了這本小說，讓它更鮮明緊湊，更引人入勝。她一直告訴我，要讓讀者感覺彷彿他們真的藉由角色之眼體驗到書中的事件，並且她總是指出我無法做到恰如其分的部分，有一天，我會學會的。

埃萊恩・摩根（Elayne Morgan）與這本書初稿永無止境的語法錯誤和情節漏洞搏鬥並進行編輯，最終獲勝。

感謝潔西卡・特里布爾（Jessica Tribble）讓這本書有機會得到她傑出的編輯註記。原本的柔伊一團亂，現在仍是一團亂，但是是刻意為之，而不是意外使然。

我的策劃編輯布萊安・闊特茅斯（Bryon Quertermous）透過指出故事的弱點並運用其編輯功力予以痛擊，從而使本書更加出色。當布萊安剛接觸這本書時，這本書的結局是一隻悲傷的毛毛蟲，當他完成時變成一隻血腥暴力的蝴蝶。

史蒂芬妮・周（Stephanie Chou）收到了最終版草稿，並證明「最終版」是一個相對詞，她敏銳的編輯之眼改正了許多錯誤和矛盾之處。

感謝我的經紀人莎拉・赫什曼（Sarah Hershman）相信我的書，成為它的推手，給予這本書難得的機會。

感謝班戈警察局退休警長理查・斯托克福德（Richard Stockford），他以聖徒般的耐心和勤勉回答了我所有問題。

本書中提到羅伯特・K・雷斯勒撰寫的《與怪物搏鬥的人》，這本書對我的知識和這本小說都起了重要作用，比我在研究中發現的還要重要。

感謝「作者角落」（Author's Corner）的所有作家陪伴我走過每一步，不斷對我提供我最需要的建議，為我打氣，並在我最需要時提供幫助。

感謝我父母的寶貴建議和無盡的支持。

臉譜小說選 FR6566

人體標本師

A Killer's Mind

原著作者	麥克·歐默 Mike Omer
譯者	李雅玲
書封設計	朱陳毅
責任編輯	廖培穎
行銷企畫	陳彩玉、楊凱雯
業務	陳紫晴、林佩瑜、葉晉源
出版	臉譜出版
發行人	凃玉雲
總經理	陳逸瑛
編輯總監	劉麗真
	城邦文化事業股份有限公司 臺北市民生東路二段141號5樓 電話：886-2-25007696　傳真：886-2-25001952
發行	英屬蓋曼群島商家庭傳媒股份有限公司城邦分公司 臺北市中山區民生東路141號11樓 客服專線：02-25007718；25007719 24小時傳真專線：02-25001990；25001991 服務時間：週一至週五上午09:30-12:00；下午13:30-17:00 劃撥帳號：19863813　戶名：書虫股份有限公司 讀者服務信箱：service@readingclub.com.tw 城邦網址：http://www.cite.com.tw
香港發行所	城邦（香港）出版集團有限公司 香港灣仔駱克道193號東超商業中心1/F 電話：852-2508 6231　傳真：852-2578 9337
新馬發行所	城邦（馬新）出版集團 Cite（M）Sdn. Bhd. 41, Jalan Radin Anum, Bandar Baru Sri Petaling, 57000 Kuala Lumpur, Malaysia. 電話：603-9056 3833　傳真：603-9057 6622 電子信箱：services@cite.my
一版一刷	2020年10月
一版四刷	2023年10月
	版權所有，翻印必究（Printed in Taiwan）
ISBN	978-986-235-871-9
	售價380元 （本書如有缺頁、破損、倒裝，請寄回本社更換）

城邦讀書花園
www.cite.com.tw

國家圖書館出版品預行編目資料

人體標本師／麥克・歐默（Mike Omer）著；李雅玲譯. -- 一版. -- 臺北市：臉譜，城邦文化出版：家庭傳媒城邦分公司發行，2020.10
面；　公分. --（臉譜小說選；FR6566）
譯自：A Killer's Mind
ISBN 978-986-235-871-9（平裝）
874.57　109012516